絶世狂人
절세광인

絶世狂人

절세
광인

BBULMEDIA FANTASY STORY

고붕 퓨전 무협 장편 소설

3

# 目次

第十一章

추격(追擊)

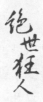

천재와 광기는 거의 같아서 둘을 갈라놓는 판은 매우 얇다.

— 존 드라이든(John Dryden), 영국 시인 겸 극작가

＊　　＊　　＊

추격이 시작되었다.

쫓기는 쪽은 당오를 비롯한 하례객들이었고, 뒤쫓는 자들은 장강십팔수로채의 수적들과 천마성의 마인들.

그리고 또 한 명, 동봉수였다.

　　　　　*　　*　　*

　이미 남궁세가의 배들은 모조리 침몰했다.

　배의 노를 젓고, 탈출자들의 발판이 되어 준 남궁세가의 하인들도 깡그리 죽었다. 그리고 하례객들 가운데 실력이 비교적 떨어지는 이들도 몰살되었다.

　생존한 사람들은 백여 명에 불과했다.

　그러나 지금껏 살아남은 이들은 하나같이 자기 세력권 안에서는 어깨에 힘 좀 주는 자들이었기에 쉽게 당하지 않았다. 그렇다고 그들의 앞날이 밝은 것은 절대 아니었다.

　장강수적들과 천마성도들이 그들의 뒤를 집요하게 추격하고 있었기 때문이었다. 죽여도 죽여도 끝이 없이 쫓아왔다.

　게다가 그들 중 간간이 섞여 있는 고수들은 생존자들에게 재앙에 다름 아니었다.

　그나마 다행이라면, 그들의 편에 초절정고수가 한 명 있다는 사실.

　당오는 남궁혜를 업은 상태에서도 소호 기슭에 펼쳐진 포위망을 뚫어 냈다. 돌파한 방향이 산 쪽인 것이 문제였지만, 그래도 현재로서는 그 위로 올라가는 것이 유일한 생로(生路)였다.

　생존자들은 본능에 따라 당오가 열어 놓은 길을 뒤따라갔다.

　이로써 생존자들은 최소한 앞쪽 방면으로 나타날 적 때

문에 곤란에 처할 일은 없었다. 하나 그들이 쫓기고 있다는 점은 전혀 변하지 않았다.

여전히 소호 방면에서 수적들이 꾸준히 올라오고 있었고, 북쪽 방면에서는 마졸들이 지속적으로 나타나 그들의 진행을 방해했다.

"죽어라!"

평소였다면 결코 뭍에서 마주칠 일 없던 수적들. 그들의 외침이 생존자들의 간담을 서늘하게 한다.

으아악.

부상을 당해 가장 뒤에 처져 있던 한 명이 또 희생되었다.

그리고 그 앞에 있는 한 명, 또 그 앞에…….

안간힘을 쓰며 도주함에도 생존자의 수는 계속 줄어들고 있었다. 아무래도 익숙하지 않은 지형이 그들의 발을 느리게 하고 있었고, 계속되는 추격전에 육신이 지칠 대로 지친 탓이리라.

그에 반해, 수적들과 마졸들은 매우 생생했다.

그 이유는 그들이 수적 우위와 두 패라는 점을 이용해 차륜전을 펼치고 있었기 때문이었다. 한 번은 수적들이 치고 빠지고, 또 그다음 마졸들이 들이치고 물러섰다.

별것 아닌 것처럼 보일지도 모르지만, 이는 큰 차이를 만들어 내고 있었다.

그냥 도망치는 것만 해도 체력소모가 어마어마한데, 공력마저 고갈되어 가고 있었으니, 이 상태가 계속된다면 얼마 가지 않아 생존자 전원이 전멸하게 될 터였다.

챙, 챙!

으아악!

추격전은 시간이 흘러갈수록 치열해졌다.

이제 생존자들의 이동 속도는 눈에 띄게 느려져 있었다. 어느샌가 수적들과 마졸들은 더는 번갈아 공격하는 형식을 취하지 않고 있었다.

그들은 이제 생존자들의 바로 뒤를 따르며 동시에 생존자들을 공격하고 있었다. 승기가 넘어온 듯하자 추격전에 종지부를 찍으려는 것이었다.

이에, 뒤로 처진 이들에 비해 상대적으로 고수인 생존자들은 결국 뒤떨어진 다른 생존자들을 버리고 산 위로 그대로 올라가 버렸다.

그들로서는 어쩔 수 없는 선택이었다.

어차피 이곳에 남아서 뒤처진 다른 이들을 살리려고 노력해 봐야 다 죽게 된다.

그럴 바에야 살 수 있는 사람만이라도 살아야 한다. 그들은 그렇게 생각했고, 그런 식으로 자기들의 행동을 합리화했다.

그렇게 그들은 또 한 번 다른 이들의 목숨값으로 자신들의 목숨을 보전하는 데에 성공했다.

그리고.

다시 약자들은 버려졌다.

남겨진 사람들은 자연스레 추격자들의 좋은 먹잇감이

되었다.

끄아악, 퍽퍽! 서컹!

수적들과 마졸들은 뒤에 남겨진 생존자들에게 악귀같이 달려들었다.

이미 퍼질 대로 퍼진 하례객들은 더 버티지 못하고 줄줄이 죽어 나갔다.

그런 그들 사이에서 특이하게 움직이는 수적이 한 명 있었다. 얼굴이 완전히 뭉개진 자였는데, 그는 수적들이나 마인들 사이에 껴서 생존자들을 공격했다.

재미있는 사실은, 그는 자신의 공격이 성공하면 미련 없이 다른 생존자를 공격하러 떠난다는 것이었다.

그리고 그 공격은 결코 치명적이지 않았다. 기껏해야 몸에 가벼운 생채기를 내는 정도에 불과했다.

이미 전투의 광기에 사로잡힌 수적들과 마인들 중 누구도 그의 그런 행동을 눈치채는 이는 없었다. 그저 누군가 바쁘게 왔다 갔다 하며 열심히 싸운다고 생각하는 정도였다.

파면인(破面人)은 이번에도 어김없이 다른 이들의 틈에 끼어들어 생존자를 공격하고 있었다.

그 생존자는 이미 혈인이 되어 있었다. 본인이 흘린 피인지 수적들과 마졸들의 피인지는 알 수 없었지만, 그의 온몸은 새빨갛게 뒤덮여 있었다.

그 때문인지 힘이 넘치던 그의 검에는 이미 처음의 날카로움이 사라져 있었다. 그렇다 하더라도 아직 적들이 쉽사리 접근하기 어려울 정도의 검기를 품고 있었다.

하지만 이미 그의 운명은 결정된 것이나 마찬가지였다.

수적들과 천마성도들이 그가 빠져나갈 모든 방향을 점하고 있었기 때문이었다.

"끄아아아!"

마지막 발악이었을까. 그는 알아듣기 어려운 괴성을 지르며 수적들이 있는 곳으로 뛰어들었다.

퍼버버벅!

순식간에 그, 기대효의 몸에 십여 개의 검이 박혀 들었다.

그것이 그의 목숨을 지옥 문턱까지 안내했다. 이제 한 발만 더 걸어 들어가면 다시는 돌아올 수 없게 되리라.

그의 몸에 박힌 검 중에는 파면인의 것도 있었다. 파면인의 검은 이번에도 결정타와는 거리가 먼, 기대효의 이마에 살짝 닿은 정도였다.

주르륵.

기대효의 찢어진 이마의 상처를 통해 핏물이 점점이 배어 나왔다. 기대효가 따끔거리는 고통을 참으며 고개를 들었다.

"끄……."

그에 기대효와 파면인은 서로 마주 보게 되었다.

기대효의 눈에 완전히 갈리다시피 한 상대의 얼굴이 보였다.

전혀 얼굴을 알아볼 수 없었는데도, 기대효는 파면인이

어딘지 낯설지 않다고 느꼈다. 하지만 어디서 봤는지는 명확히 기억해 낼 수 없었다. 왜냐하면.

서컹.

목이 잘린 자는 더는 아무 생각도 할 수 없으니까.

기대효를 완전히 걸레쪽으로 만든 수적들과 천마성도들은 이내 다음 목표물을 향해 떠났다.

파면인 동봉수는 뽑어 냈던 자신의 검을 갈무리하고는 조용히 한마디 내뱉었다.

"쉰."

오십.

동봉수의 이 말은 전직 퀘스트 완료 수를 의미하는 것이었다.

동봉수는 추격을 하는 와중에 레벨 10 이상의 적을 무려 오십 명이나 해치웠다.

그가 죽인 자들 중에는 레벨이 딱 10인 자들도 있었지만, 대부분은 그 이상이었고, 심지어 15가 넘는 자도 있었다.

그 정도라면 동봉수의 레벨이 올랐어도 진즉 올랐어야 했는데, 대체 어떻게 된 일인가?

그의 얼굴은 여전히 징그러운 검상 때문에 본래의 모습을 알아보기 어려웠고, 레벨업에 따른 성광의 발생도 당연히 없었다.

즉, 아직 레벨은 10.

그대로였다. 레벨 7일 때 레벨 16의 적을 죽이고 무려 레벨 3이나 올랐었는데…….

어떻게 된 일일까?

비밀은 바로 단체 사냥에 있었다.

동봉수는 추격하는 와중에 자연스럽게 다른 수적들과 협공을 가해 하례객들을 죽여 왔다. 방금 기대효를 죽인 것처럼.

원래 동봉수의 계획은 자신의 정체가 들키지 않는 선에서 있는 듯 없는 듯 따라다니면서 적을 죽이는 것이었다.

그런데.

그는 추격을 진행하는 과정에서 신무림 온라인 시스템의 새로운 특징 한 가지를 더 알게 되었다.

여럿이 한 명을 죽이면 데미지를 가한 만큼만 경험치가 들어온다는 것을 눈치챈 것이다. 그리고 그 데미지가 얼마가 되었건, 생존자가 죽으면 퀘스트 완료 수가 1이 올라간다는 사실은 그에 따른 아주 중요한 덤이었다.

어떤 상흔이라도 좋았다. 돌을 던지든, 검으로 손톱만한 상처를 내든 말이다.

시스템이 인식하기에 0의 데미지만 아니면 된다. 동봉수에 의해 '피가 깎인' 레벨 10 이상의 적이라면 누구든 퀘스트 완료의 대상이 되었다.

이걸 눈치챈 순간부터 동봉수는 전장을 누비면서 최대한 많은 생존자들의 몸에 생채기를 내기 위해 노력했다.

그로써 동봉수는 경험치를 거의 받지 않으면서도 전직

퀘스트를 착실히 수행해 나갈 수 있었다.

[1차 전직 퀘스트 : 낭인(浪人)]
테스터 전용 직업.
퀘스트 완료 조건 : Lv. 10 이상의 적 100 Kill 달성.
현재 퀘스트 완료도(완료 수/종료 수) : 50 / 100

성광을 발하지 않으면서도—정체를 들키지 않으면서도
오십 명을 해치웠다. 이제 전직까지 쉰 명.
그리고.
아직 추격은 끝나지 않았다.
동봉수는 목과 몸이 분리된 기대효의 시체를 넘어, 추격
을 재개했다.

* * *

정신없이 추격이 이루어지는 산의 중턱만큼이나 산 아래
소호 쪽도 바쁘게 돌아가고 있었다.
본래 장강십팔수로채 총채주의 계획대로라면 하례객들은
이곳에서 섬멸되었어야 마땅했다. 하나, 뜻밖에도 꽤 많은
하례객들이 생존에 성공했고, 지금 도망 중이었다.
그 때문에 장강유선들은 원래 계획했던 것과는 다르게
소호의 호변에 정박했다.
그중 다른 배들의 두 배는 되어 보이는 배가 한 척 있

었는데, 그 배에는 장강십팔수로채의 총채주가 타고 있었다.

그 배의 선두에 꼿꼿이 선 채 각 채의 부채주들에게 보고를 받고 있는 텁석부리 장한이 한 명 있었는데, 그가 바로 총채주 장강용호(長江龍豪) 사사호(查賜豪)였다.

보고는 사사호가 지정하는 순서대로 이루어졌고, 마지막 한 명의 차례만 남았을 때 웬일인지 사사호는 몸을 돌려 장루로 향했다.

"따라와라."

마지막 남은 부채주는 별 반응 없이 그를 따라 장루에 올라섰다. 배 가운데 높게 솟은 장루는 전장의 지휘막사와 같은 역할을 하는 곳이다.

그곳에 오른 사사호는 부채주를 등진 채, 소호를 내려다보며 말했다.

"늦었군."

"알고 있었나, 수영?"

부채주, 아니 변영 도허옥이 말했다.

사사호…… 수영이 조용히 말을 이어 갔다.

"회영한테 자네가 올 거라는 연락을 받았다. 그래서 기다리고 있었지. 아니었다면 너를 알아보지 못했을 거다."

"하하, 그랬군. 그렇다고 해도 용케 나를 알아봤군."

"아무리 자네라고 해도 부채주들에 대해 잘 모르는 상태에서 정확히 그들처럼 행동할 수는 없을 테니까."

"하하하."

변영이 다시 웃으면서 수영의 말에 긍정했다.

그는 웃는 낯을 유지한 채 수영의 옆에 가서 섰다. 아래를 내려다보고 있는 수영과는 달리 변영은 떠오르는 태양을 쳐다봤다. 그는 잠시 그렇게 있다가 툭 던지듯 말했다.

"당오를 선중산(禪中山)으로 몰아넣었다고 했지?"

수영이 여전히 아래를 내려다보면서 대답했다.

"선중산 꼭대기."

"그럼 산을 넘으면 더 이상 추격이 불가능하다는 소리 아닌가?"

"선중산은 반산반곡(半山半谷)이다. 소호의 반대쪽으로는 오를 수도, 내려갈 수도 없지."

변영은 하례객들을 산으로 몰아넣었다는 사실을 이곳에 와서 들었다. 처음에는 이해가 가지 않았었는데, 지금 수영의 이야기를 들으니 왜 그랬는지 알 것 같았다.

"반은 산이고, 반은 절벽이라…… 꼼짝없이 낭떠러지 끝으로 몰리겠군. 살길 찾아 열심히 올라가고 있을 텐데, 안타깝군. 근데, 땅인가 물인가?"

밑도 끝도 없는 질문이었지만 수영은 용케도 알아듣고 대답했다.

"땅이다. 물이었다면 애초에 녀석들을 그쪽으로 몰지도 않았겠지."

"그렇군."

거기까지 이야기가 진행된 후, 둘 사이에는 다시금 정적이 찾아왔다.

하지만 그리 길지는 않았다. 변영에게는 아직 이해가 가지 않는 것이 있었기 때문이었다.

"그런데 정말 당오 이외에는 초절정고수가 없었는가?"

사실 변영을 남궁세가 쪽이 아닌 이쪽으로 오게 만든 이유가 이것이었지만, 수영으로서는 그 사실을 알지 못했다.

"없었다."

짧고 굵은 수영의 대답을 들은 변영이 고개를 저으며 혼잣말을 내뱉었다.

"그럴 리가 없는데……. 그 난리를 친 이유도 남궁세가를 떠나기 위해 한 짓일 텐데. 왜 이렇게까지 궁지에 몰린 상황에서도 나타나지 않은 것이냐……?"

변영의 말에는 주어가 없었다.

하지만 수영은 그 주어의 주인공이 당오 이외에 있었어야만 하는 또 다른 초절정고수를 말함이라는 것은 충분히 짐작할 수 있었다.

수영의 짐작대로 변영이 말하고 있는 대상은 '삼성광의 주인공'이었다. 분명히 이쯤 되면 정체를 드러내 수적들과 마인들을 도륙했었어야 했는데, 그자는 여전히 수면 아래에서 올라올 생각을 하지 않고 있었다.

그렇다고 수영과 회영이 놓쳤을 리도 없었다.

천라지망은 완벽했다. 남궁세가로 통하는 모든 길목을 통제했다. 남궁세가가 큰 세가이기는 하지만, 자신들이 가

진 인원으로 봉쇄하는 데에 무리가 갈 만큼 큰 장원은 아니
었다.

그렇다면 놓친 것인가?

'아니야. 그럴 리가 없다.'

변영은 다시 고개를 저었다.

혹, 그를 놓쳤다면 놓쳤기 때문에라도 그 존재를 눈치챌
수 있었을 것이다.

천라지망을 빠져나가려면 어느 방향으로든 뚫어야 했
을 터. 그 자체만으로도 본인의 정체를 드러내는 것이었
다.

"동서남북 모든 방면이 완전히 틀어막혀 있는데…… 쥐
도 새도 모르게 꺼졌다라……."

도대체 그자는 어디에 있는 것인가?

변영이 그자의 행방에 대해 고민하고 있는데, 여전히 소
호를 내려다보고 있던 수영이 지나가듯 말했다.

"네가 누굴 찾는 것인지는 모르겠다만, 그자가 만약 너
같은 자였다면 내가 놓쳤을 수도 있다."

"……!"

수영의 말에 변영은 망치로 뒤통수를 얻어맞은 것 같은
기분이 들었다.

수영의 말이 맞았다.

왜 그 생각을 못 한 것인가? 나라면…… 만약 상대가 나
라면, 내가 나를 잡을 수 있을까? 나 같은 사람이 나만 있
으리라는 법은 없지 않은가?

"하하하. 그렇군, 그랬어. 그래서 남궁세가도, 너도 그자를 놓친 것이었어."

그자는 자신처럼 자유자재로 모습을 바꿀 수 있다. 변영은 그렇게 생각했다.

그렇다면 모든 것이 아귀가 맞아떨어졌다.

아니, 어쩌면 그자는 변용술에 있어서 자신보다 우위에 있을지도 모른다고 생각했다. 누구도 눈치채지 못한 자신을 알아보기까지 했으니까.

그런데.

만약 그렇다면 이제 그자를 어떻게 잡는단 말인가?

방법이 없었다. 변영은 스스로 절대 누구에게도 잡히지 않을 자신이 있었다. 그럼 상대방도 마찬가지일 것이다.

지금 변영이 그자에 대해 아는 것은 몇 가지 없었다. 그가 선중산 안에 있다는 것, 그리고 아마도 수적이나 천마성도로 변해 있을 것이라는 사실 정도였다.

한참을 고민한 끝에 변영은 하나의 결론을 도출해 냈다. 도저히 상대가 자신의 모습을 드러내지 않고는 못 배겨 내는 방법. 그것은 바로.

"모두 죽인다."

변영의 낮은 중얼거림에 수영의 시선이 드디어 소호에서 그에게로 옮겨 갔다.

변영이 그런 그를 마주 보며 힘 있게 다시 말했다.

"어차피 제일계가 끝나면 모두 죽을 놈들이다. 조금 일찍 죽는다고 달라질 건 아무것도 없지. 안 그런가, 수영?

하하하.”

“······.”

수영은 잠시 생각한 뒤에서야 변영이 하는 말을 이해했
다.

그리고 생각했다. 변영과 같은 편이라는 게 다행이라고.
아니, 최소한 같은 편인 척이라도 해 줘서 다행이라고.

수영은 다시 소호 쪽을 내려다봤고, 변영은 아직 붉은
태양을 바라보며 호탕하게 웃었다.

도허옥의 웃음. 그것은 과연 무엇을 의미하는 것인가.

*　　*　　*

날이 밝았다.

하나 선중산에서 벌어지고 있는 추격전은 여전히 진행
중이었다. 아직 당오 등 생존자들이 여럿 살아남아 있었기
에 추격이 끝이 나려면 앞으로도 상당한 시간이 더 흘러야
할 것이다.

동봉수는 추격대의 일원이 되어 전직 퀘스트를 수행하고
있었다. 그런데 퀘스트 완료 수가 80에 이른 때부터 더는
완료할 수가 없었다.

“젠장! 왜 추격 인원을 더 충원해 주지 않는 거야?”

그의 옆에 서 있던 매부리코를 한 수적 하나가 말했다.

그렇다. 어느 순간부터 추격이 지지부진해진 이유는 계
속 충원되던 후발대의 투입이 끊긴 탓이었다.

비록 살아남은 하례객들이 이제 몇 되지 않았지만, 모두 고수들이었다.

자연히 그들을 추살하는 데에 많은 희생이 따랐다. 심한 경우 수십이 죽고 겨우 한 명의 목을 벨 수 있을 때도 있었다. 그런 상황에서 추가적인 인원이 보충되지 않으니, 추격대의 행보에 제동이 걸리는 건 당연지사.

하나, 이상한 점은 그것뿐만이 아니었다.

'저쪽도 충원이 없다.'

천마성 쪽도 추격에 적극적이지 않았다.

아니, 그렇게 할 수가 없었다. 이쪽에서 벌어지고 있는 일이 저쪽에서도 똑같이 일어나고 있었으니까.

천마성의 추격대 쪽도 보결(補缺)이 이루어지지 않아 추격에 어려움을 겪고 있었다.

도망자들은 추격이 느슨해진 틈을 타 빠르게 당오의 뒤를 쫓았다. 추격자들은 여전히 그들의 뒤를 쫓고는 있었지만, 이제 더는 쉽사리 저들의 발을 묶어 둘 수 없었다.

동봉수는 아무래도 충원이 끊긴 것이 못내 마음에 걸렸다. 그는 다른 수적들과 발을 맞춰 산 위로 올라가면서 생각을 했다.

이유를 알아야 한다.

세상에 원인 없이 일어나는 일은 아무것도 없다. 만약 미친놈이 누군가를 죽였다면, 미친 것 그 자체가 그 일의 원인이고 살해동기. 언제나 원인과 결과는 상호작용한다.

원인은 언제나 존재한다.

그런 점에서 봤을 때 충원이 늦어지는 일은 확실히 이상했다.

도허옥과 그 패거리의 목적은 남궁세가와 그곳에 초대받은 모든 사람들을 죽이는 것이 아니었던가? 그들은 왜 대상의 섬멸 직전에 손을 늦추는 것인가?

생각을 거듭했음에도 동봉수는 그 이유를 알 수 없었다.

불길함이 그의 생존본능을 자극했다. 육감이 때로는 이성에 앞설 때가 있다.

동봉수는 지금이 바로 그때라고 생각했다.

그렇다면 지금과 같은 상황에서는 어찌해야 하는가?

동서고금을 막론하고 만고불변의 진리, 이런 상황에서의 로드맵은 언제나 정해져 있었다.

'모를 때는 회피한다.'

추격이 정상적으로 끝나면 그는 결국 수적들의 일원이 되어야 한다.

그렇지만, 이 얼굴로 장강십팔수로채에 완전히 녹아드는 것은 무리.

얼굴에 묻은 피를 씻어 내고 상처가 아물면서 피딱지가 앉으면 어느 정도는 얼굴을 식별할 수 있게 될 것이다.

그때가 되면 어차피 빼지도 박지도 못할 상황이 올 수도 있다. 게다가 목소리를 변조하는 일에도 한계가 올 터. 어쩌면 얼굴이 대충 아물기도 전에 그가 강달희가 아니라는 걸 알아보는 자가 나올 수도 있었다.

그래서 어차피 적당한 시기가 되면 이곳을 빠져나가야만 했다. 동봉수는 그 시기를 조금 앞당겨 지금 즉시 여기를 뜨기로 결정을 내렸다.

그런데 바로 그때였다.

"제길! 이제야 왔구먼. 하여간 윗대가리들 꼼지락거리는 건 관모쟁이들이나 도적놈들이나 똑같아."

아까부터 추가 인원이 없다고 불평을 토해 내던 매부리코가 말했다.

동봉수도 그를 따라 고개를 돌려 비탈길 아래쪽을 내려다봤다. 확실히 그의 말대로 수적들이 올라오고 있었다.

산 아래쪽 급경사를 따라 사람의 머리가 다닥다닥 붙어 있어 새까맣게 보일 정도였다.

비록 굵은 나무들이 촘촘히 서 있어서 시야를 완전히 확보하지는 못했지만, 얼추 봐도 여태까지 충원되었던 인원들 모두를 합친 것보다도 많아 보였다.

'너무 많다.'

동봉수는 문득 그렇게 생각했다.

그 때문인가. 다시 한 번 불길한 예감에 불이 붙었다. 게다가 거기에 기름을 끼얹는 사실 한 가지가 더 있었다.

분명히 저들이 입고 있는 복장의 색은 수적들의 것과 같았지만, 그들의 가슴팍에 새겨진 장강이라는 글씨가 좌우로 뒤집어져 있었던 것이다.

"뭐야, 저것들? 왜 죄다 옷을 거꾸로 뒤집어 입은 거야?"

매부리코의 말대로 새로 투입된 수적들은 몽땅 옷을 거꾸로 입은 채 나타났다.

'한두 명이면 모르겠으나 모든 이들이 옷을 뒤집어 입었다? 그렇다는 건······.'

제복, 군복, 교복 등의 유니폼들은 유니폼(Uniform, 획일적) 할 때에나 효과가 있고 의미가 있다. 그것은 같은 집단이라는 증거를 드러내 보이는 것이기 때문.

그런데 지금 저들은 일부러 장강수로채의 제복을 뒤집어 입어 다른 유니폼을 만들었다.

그 의미는 굳이 따져 보지 않아도 자명한 일.

파바박!

동봉수는 그 생각이 들자마자 이미 앞으로 치달리고 있었다.

그 순간.

퍼버버벅!

"뭐, 뭐야?! 끄아아악!"

새로 나타난 수적들이 이쪽의 수적들에게 검과 도끼 등의 병장기들을 마구잡이로 휘두르기 시작했다.

가장 뒤쪽에 처져 있던 십수 명의 수적들이 삽시간에 도륙당했다. 아군이라고 안심하고 있던 그들은 불시에 날아오는 칼을 전혀 막을 수가 없었다.

게다가 옷을 뒤집어 입은 자들의 맨 앞에 선 자는 그 용력(勇力)과 무공이 얼핏 보기에도 남달라 보였다.

"총채주?"

"총채주가 왜 우리를……?"

"이게 대체?!"

그는 장강십팔수로채의 총채주 장강용호 사사호, 즉, 수영이었다. 수영은 당황하는 수적의 목을 하나 더 베며 소리쳤다.

"한 놈도 남기지 말고 모조리 쓸어버려라!"

수영의 명령에 대부분은 공격을 시작했지만, 소수는 여전히 아군을 공격하는 것이 꺼려지는지 머뭇거렸다. 수영은 그런 자들을 바로 죽여 버리며 다시 외쳤다.

"뒤로 물러서는 자는 장강의 법칙에 따라 목이 달아날 것이다!"

장강의 법칙.

그것은 수적들이 따라야 하는 절대율법이었다.

그중에는 상관에 대한 절대복종, 전투에서 결코 뒤로 물러서지 말라, 라는 두 가지도 있었다. 지금 수영이 말하는 바는 바로 그것들이었다.

비록 지금 총채주의 명령을 이해하기는 어려웠지만, 그들은 따라야만 했다.

절대율법이란 그런 것.

싫고 좋고 자시고 할 것이 없었다. 따지고 싶다면 일단 전투를 끝낸 다음에 해야 한다. 지금은 어쩔 수가 없었다.

그에 더는 머뭇거리는 수적들이 없었다. 옷을 뒤집어 입은 수적들은 그 순간부터 추격조였던 수적들을 무차별적으로 공격하기 시작했다.

이제 생존자들을 추격하던 수적들은 또 다른 수적들에게
도리어 추격을 당하는 처지가 되었다. 지금 상황만 따져 본
다면, 그들은 저 위쪽으로 달아나고 있는 생존자들보다 오
히려 더 나쁜 사태에 직면해 있었다.

저들은 그나마 앞이 뚫려 있어 마음껏 도망이라도 칠 수
있었으나, 추격조 수적들의 발은 하례객들과 그들을 공격
하는, 다른 수적들 사이에 묶여 있었으니까.

자연히 추격조들은 금세 혼란에 빠졌다.

그나마 여태껏 생존한 하례객들이 지금 상황을 보고 어
리둥절해하면서도 최대한 빨리 산 위로 도주해 준 것은 불
행 중 다행이었다. 그들이 멀어진 만큼 그들을 죽이려는 총
채주와 수적들에게서 멀어질 수 있었으니까.

그런데 비슷한 일이 천마성도들 사이에서도 일어나고 있
었다.

그들 또한 옷을 뒤집어 입은 천마성도들에게 추격조였던
천마성도들이 추살 당하고 있었다.

이해하기 어려운 형국이 전개되었다. 그리고 그 형국은
결코 오래갈 수 없었다.

전력의 추는 처음부터 한쪽으로 기울어 있었기 때문이었
다.

동봉수는 다급한 중에도 사방을 살핀 연후에 빈 공간을
향해 몸을 날렸다. 그쪽은 산비탈의 옆면이었다. 그쪽으로
계속 갈 수만 있다면 산을 돌아 반대편으로 빠져나갈 수 있

으리란 판단에서였다.

"죽여라! 한 놈도 놓치지 마라!"

하지만 그 방면도 이미 옷을 거꾸로 입은 수적들이 장악을 하면서 올라오고 있었다. 그중 몸이 제법 날랜 수적 하나가 동봉수를 향해 벼락같이 달려들었다.

푸욱!

동봉수는 굳이 그를 피하지 않고 가차 없이 베었다. 아직 레벨업까지는 여유가 있었기에 가능한 일이었다.

파바박—

동봉수는 바로 스킬 운기행공을 쓴 후 경공을 발휘해 위쪽으로 방향을 틀었다.

이미 뒤와 좌측은 수적 떼, 우측은 천마성도들이 점하고 있었다. 하나 정면, 즉, 산 위쪽이라고 안심할 수 있는 것은 아니었다. 그쪽에는 생존한 하례객들이 있었으니까.

하지만 동봉수가 택할 수 있는 길은 그쪽 이외에는 없었다. 일단 빠르게 멀어지고 있는 하례객들의 뒤를 따르는 수가 그나마 나아 보였다.

그는 아슬아슬하게 하례객들의 공격이 닿을 듯 말 듯한 거리를 유지하면서 달렸다. 지금 그가 할 수 있는 유일한 일이었다.

그러나 그는 여전히 생각을 멈추지 않았다. 이제는 다른 생존법을 찾아야 할 때였으니까.

한편 수적들과 천마성도들이 괴이한 자중지란에 빠졌을 그때. 당오는 드디어 선중산의 정상에 도달했다.

"……!"

그는 정상부에 도착하자마자, 발을 멈췄다. 잠시 휴식을 취하고자 함은 절대로 아니었다.

"하, 할아버지! 이게……!"

지형이 그들의 발걸음을 막고 있었다.

선중산의 정상은 마치 천신이 망치로 정성껏 두들겨 만든 접시처럼 넓고 평평했다.

거기에서 그쳤으면 좋으련만, 천신은 산을 반으로 쪼개 놓았다. 신의 도끼가 산을 반으로 정확히 쪼갠 것마냥 절곡이 일자로 길게 펼쳐져 있었다. 반대편에 이 산과 똑닮은 산이 있었으니 원래 두 산은 하나였음이 분명했다.

아마 하늘 위에서 본다면 커다란 접시가 반으로 쪼개져 양쪽으로 흩어진 것처럼 보이리라.

하지만 이곳에서 저쪽 낭떠러지까지의 거리는 얼핏 보기에도 백 장은 넘어 보였다. 새가 아닌 다음에야 절대로 한 번에 뛰어넘을 수 없는, 먼 거리였다.

그제야 당오는 왜 마졸들이 자신이 산 위로 오르는 것보다 옆으로 방향을 선회하는 걸 봉쇄하는 데에 더 치중했는지 알 것 같았다. 애초에 적들은 이곳의 지형에 대해 잘 알고 있었을 것이다. 그래서 그와 생존자들을 일부러 이곳으로 몰아붙인 것이 확실했다.

타다닥…….

당오는 황망한 표정을 지으며 단애(斷崖)의 한쪽 끝에 섰다. 무심코 그의 발에 걸린 작은 돌 한 조각이 절벽 아래로 추락했다. 그것은 산 중턱에 매달린 구름을 뚫고 까마득한 아래로 사라졌다.

당오와 당화는 멍하니 돌이 사라진 곳을 내려다보았다. 돌의 행방이 묘연했지만, 둘은 이미 알고 있었다. 그 돌이 이미 산산조각이 나 수십 수천 조각으로 쪼개졌으리라는 것을 말이다.

"할아버지…… 이제 어쩌죠?"

당화가 현기증이 나는지 쪼그려 앉으며 당오에게 말했다.

당오는 아무 대답이 없었다. 그라고 해서 이 상황에서 뾰족한 수가 있는 것은 아니었기 때문이었다.

탁, 타닥.

그렇게 둘이 망연자실하게 있는데 당오의 뒤를 쫓아온 생존자들이 선중산 정상부에 나타났다.

하나같이 온몸에 피칠갑이 된 걸로 미루어 봤을 때 어떤 고초를 겪었는지는 쉬이 짐작할 수 있었다.

지친 그들의 거친 숨소리와 더불어 창검이 부딪치는 소리도 점점 가까워지고 있었다. 생존자들과 함께 추격자들 또한 정상부에 거의 도달한 듯싶었다.

생존자들은 대략 스무 명 정도. 그들은 도착하자마자 하나둘 당오의 곁으로 와서 섰다.

"……"

그들 또한 당오와 마찬가지로 한순간에 할 말을 잃었다. 천신만고 끝에 생로의 끝에 당도했다고 여겼는데, 그 길 또한 사로였으니…… 얼마나 허망하겠는가.

"여기 온 사람들이 전부인가?"

당오가 말했다.

"그렇습니다…… 당 대협."

당오의 옆에 서 있던 키가 큰 장한이 대답했다. 그의 음성에 활기가 없는 것이 이미 살기를 거의 포기한 듯 보였다.

"하면, 저 아래쪽에서 싸우고 있는 이들은 누구인가?"

당오의 귀에는 여전히 누군가 이쪽으로 다가오면서 격렬하게 싸우는 소리가 들렸다. 그의 질문은 그들의 정체에 대해 묻는 것이었다.

그에 조금 전 대답했던 자가 다시 답했다.

"수적들과 마졸들입니다."

이해할 수 없는 장한의 대답에 당오가 다시 물었다.

"지금 노부와 장난을 하자는 것이냐? 수적들과 마졸들에 맞서 싸우고 있는 자들이 누구냔 말이다. 상당히 시끄러운 걸로 봐서는 못해도 기백은 되어 보이는데?"

"아닙니다……. 제가 어찌 지금과 같은 상황에서 대협께 농지거리를 할 수가 있겠습니까? 이해하시기는 어려우시겠지만, 지금 저곳에서 수적들과 마졸들에 맞서 싸우고 있는 이들은 수적들과 마졸들이 맞습니다. 저희를 쫓던 수적들과 마졸들을 새롭게 나타난 또 다른 수적들과 마졸들이 들이치고 있는 것입니다."

"……!"

당오는 다시 할 말을 잃어버렸다.

지금의 절망적인 상황과는 별개로 너무나 어처구니가 없는 일이었기 그런 것이었다.

내분이 일어난 시기가 황당무계하기 그지없었다. 그것도 수적들과 마졸들 쪽에서 동시에 그런 일이 벌어지다니. 믿기 어려웠다. 하나, 방금까지 쫓기던 자의 말이니 아니 믿을 수도 없었다.

당오의 얼굴에 조금이지만 활기가 돌아왔다.

이것이 호기일 수도 있다고 느낀 것이었다. 그는 적들의 내분을 틈타 다시 한 번 포위망을 뚫고 산 아래쪽으로 갈 수 있을지도 모른다고 생각했다.

하지만 당오의 그런 속내를 읽은 장한이 말했다.

"소용없을 것이옵니다. 뒤에 올라온 쪽에 장강수로채의 총채주와 천마성 쪽 우두머리가 있었습니다. 최초에 우리를 추격하던 수적들과 마졸들은 얼마 버티지 못하고 궤멸당할 것입니다."

그의 절망적인 대답이 끝나자마자, 피투성이가 된 수적들 몇이 그들이 있는 정상부로 올라왔다. 그 수는 고작해야 십여 명에 불과했고, 마졸은 하나도 없었다. 아마도 추격조였던 마졸들은 이미 전멸한 것이 분명했다.

수적들의 몰골은 앞서 올라온 생존자들보다 더욱 엉망이었다. 특히, 그들의 가장 앞에 서 있는 자의 얼굴은 너무 참혹하여 눈뜨고는 볼 수 없을 지경이었다.

수십 개의 엇갈린 검상이 얼굴을 완전히 짓이겨 놓고,

그 위에는 마른 피가 몇 겹으로 덕지덕지 눌어붙어 있어 엉망진창이었다. 코는 반 정도 잘려 덜렁거리고 있었고, 귀는 찢어져 피를 쉴 새 없이 쏟아 내고 있었다. 특이한 점이라면, 그렇게 심하게 당했음에도 눈만큼은 멀쩡하다는 사실이었다.

그의 눈은 이상하게도 아무런 감정이 없는, 인세에서 다시 찾아보기 어려운 괴이한 눈이었지만, 누구도 그 점을 눈치챈 이는 없었다.

그, 동봉수는 절벽 공터에 올라서자마자 당오 등이 서 있지 않은 다른 쪽 낭떠러지 끝으로 향했다.

당오와 하례객들은 그들이 자신들이 있는 쪽으로 오지 않자 그 자리에 가만히 선 채 경계만 할 뿐 공격을 가하지는 않았다. 동봉수도 어차피 그럴 것이라는 걸 알고 그렇게 행동한 것이었다. 저들이나 자신들이나 어차피 궁지에 몰린 쥐나 마찬가지였다. 쥐끼리 싸워 봐야 고양이한테 어부지리를 안겨 주는 꼴밖에 되지 않는다.

그런데 희한하게도 간신히 살아남은 수적들은 동봉수가 움직이자 자연스레 그의 뒤를 따랐다. 왜냐하면, 그의 뒤를 따라왔기에 이곳까지 올라올 수 있었다는 것을 본능적으로 알고 있었기 때문이었다.

사실 당오 등의 생존자들이 보는 것과는 달리, 동봉수는 추격자들과 생존자들 사이에서 절묘하게 거리 조절을 하며 이동했기에 전혀 싸우지 않고도 이곳까지 올라올 수 있었다. 그걸 그의 옆을 따랐던 수적들도 이제는 모두 알고 있었던 것이다.

휘이잉—

만년단애를 타고 올라오는 상승기류가, 절벽 아래를 내려다보는 동봉수의 징그럽게 벗겨진 이마를 핥고 지나갔다.

바람이 살짝 스치는 정도에도 참기 어려운 통증이 온몸을 짜릿하게 했다. 하지만 동봉수의 얼굴에는 일말의 표정 변화도 없었다. 지금이 얼마나 중요한지 알고 있었기에 그럴 수 있었다.

동봉수는 도저히 헤어 나오지 못할 지경에 몰렸지만, 여전히 생을 포기하지 않고 있었다. 끝날 때까지 끝난 것이 아니었으니까, 진짜로 끝나기 전까지는 그는 최선을 다할 것이다.

동봉수는 계속해서 절벽 아래를 굽어봤다.

깎아지른 수직 암벽, 그리고 시야를 가리는 산 중턱의 구름, 그리고 그 끝이 보이지 않는 바다.

모든 것이 절망적이었지만, 그가 아래쪽을 내려다본 감상은 당오의 그것과는 사뭇 달랐다. 당오가 절벽 아래를 내려다보고 절망을 봤다면, 동봉수는 천 길 낭떠러지 아래를 보고 도리어 생존 가능성을 엿봤다.

"하하하하!"

동봉수의 눈이 낭떠러지 아래를 보며 투명하게 반짝일 때, 마침내 수영과 변영이 도착했다.

격전을 치른 것 답지 않게 깔끔한 변영의 지금 모습은 은라색마 파가혈, 바로 회영이었다.

그는 한바탕 크게 웃으며 당오를 조롱했다.

"하하하, 당 대협. 열심히 도망친다고 치신 것 같은데 여기까지밖에 못 오셨소이까?"

"네놈은 누구냐?"

당오는 그가 바로 도허옥이라는 걸 알지 못했다.

천마성도들도 그가 파가혈이 아니라는 것을 알아보지 못했는데, 당오라고 특별히 그의 변용을 구별해 내기는 불가능했다.

변영이 다시 한 번 웃으며 말했다.

"어차피 곧 염라대왕의 영접을 받으실 분이신데, 그딴 게 무에 그리 중요하오이까? 하하하."

"네 이놈!"

당오는 변영의 이죽거림에 분개했지만, 섣불리 나서지는 않았다.

아무리 성정이 불같은 그일지라도 지금 상황이 어떠한지는 잘 알고 있었다.

그에 변영이 입술을 가늘게 늘어뜨린 연후에 재차 큰 소리로 말했다.

"나와라! 어서 나와서 그 쥐새끼 같은 모습을 보여라! 얼마나 대단한 쥐새끼인지 얼굴이나 한번 보자!"

이제 변영의 시선이 향한 쪽은 당오 등의 생존자가 있는 곳이 아니었다.

그들과는 다른 쪽 절벽 한 귀퉁이를 차지하고 있는 수적들 쪽이었다.

동봉수는 그제야 저들이 왜 이런 무리수—아군을 도륙하는 일—를 둔 것인지 알 수 있었다.

저들은 바로 자신을 찾고 있었던 것이다.

하기야 그럴 수밖에. 레벨업으로 인한 빛에 남궁세가도 발칵 뒤집혔는데, 저들이라고 다르겠는가.

그들 또한 분명히 신경 쓰고 있었을 것이고, 몇 번에 걸친 포위 공격에도 그 정체를 알아낼 수 없자, 이런 마지막 방법까지 쓴 것일 터.

동봉수의 눈꼬리가 가볍게 휘어졌다.

재미있었다. 이곳에 와서 몇 번이나 흥미로운 일이 있었지만, 이번과 같이 재미있었던 적은 없었다.

위기일발. 아니,, 그런 상황의 연속.

그것이 동봉수의 흥미를 한없이 자극했다. 거기에 더해, 자신의 뒤통수를 치는, 지극히 '인간적인' 전술까지.

역시 이 신무림 온라인은 그만을 위한 게임이 분명했다.

동봉수는 아무도 모르게 초보자의 검을 꺼내 손에 그러쥐었다.

"나오기 싫으냐? 그렇다면 이 내가 손수 네놈의 그 잘난 대가리를 바순 후에 확인하도록 하지."

수적들 쪽에서 아무런 대답이 없자, 변영이 앞으로 나섰다.

동봉수는 이미 그가 도허옥이라는 것을 파악하고 있었다.

도허옥으로 변신했을 때와 마찬가지로, 실수 아닌 실수가 동봉수에게 만큼은 보였던 것이다.

때로는 너무 완벽한 것이 완전하지 않다는 걸 도허옥은 여전히 모르고 있었다.

그리고.

이 산꼭대기 또한 완벽한 벼랑 끝이 아니라는 것도 말이다.

스스스슥.

변영이 한 걸음 더 수적들 쪽으로 다가서는 바로 그때, 동봉수의 검이 소리 없이 움직였다.

그와 동시에 그의 앞에서 변영을 경계하고 있던 수적들은 일거에 모두 목을 잃었다.

동봉수가 낭떠러지에 가장 가까이 있었기에 수적들은 모두 그를 등진 채였던 것이다. 그렇기에 도저히 그를 막을 방도가 없었다.

퍼버버벅.

수적들의 머리 십여 개가 선중산 정상에 떨어졌다.

그리고 바로 그 순간!

번쩍―!

일전, 남궁세가를 휩쓸었던 성광이 다시금 선중산 정상을 뒤덮었다.

갑작스러운 섬광에 변영은 전진을 멈추고 급히 뒤로 물러섰다.

빛에 혹시나 태양신공의 그것과 같은 강력한 경력이 실

려 있을 수도 있어서였다.

그래서 다급히 호신강기(護身剛氣)까지 펼쳤지만, 그의 그런 노력은 헛일이었다. 섬광은 마치 봄볕의 햇살처럼 그저 온화하게 스쳐 지나갔던 것이다.

그는 강기다발로 생각했겠지만, 그건 단순히 동봉수가 레벨업을 하면서 뿜어져 나온 빛에 불과했으니 그럴 수밖에 없었다.

그렇다 하더라도, 그 빛이 눈을 뜨기 어려울 정도로 강력한 것만큼은 확실했기에, 변영은 계속 경계를 하며 빛이 쏟아진 곳을 주시했다.

빛이 뿜어진 순간, 당오 역시 잔뜩 긴장한 채 당화의 앞을 가로막아 섰다. 그가 보기에도 레벨업 순간의 광채가 심상치 않았던 것이다.

하지만 그 역시 빛에 경력이 실리지 않았다는 걸 깨달은 후에는 가만히 그 방향을 주시할 뿐이었다. 그는 신체감각을 최대한 끌어올린 상태에서 옆구리에 낀 남궁혜를 자신의 뒤에 조심스럽게 내려놓았다. 까딱 잘못하면 낭떠러지 아래로 떨어질 수도 있었으나, 지금은 오히려 그녀를 들고 있는 것보다 최대한 안전하게 내려놓는 것이 더 낫다고 판단했다.

반면, 수영은 예상치 못한 일의 발생에 깜짝 놀라며, 올라왔던 길을 다시 내려갔다. 그 정도로 동봉수가 쏟아 낸 빛이 놀랍고 갑작스러웠던 것이다.

그래도 그나마 이 셋은 그 상황에 맞춰 대처한 유일한 사람들이었다.

나머지는 도대체 장내가 어떻게 돌아가는지, 그리고 어떻게 해야 하는지조차 전혀 감을 잡지 못하고 있었다.

나머지 수적들과 천마성도들, 그리고 생존자들이 아는 것이라고는 그저 수적 중 하나가 다른 수적들의 목을 갑자기 베었고, 뒤이어 뜬금없이 강렬한 빛이 그의 몸에서 뿜어져 나왔다는 것. 그것만을 두 눈으로 확인했을 따름이었다.

휘류류류—

어수선했던 선중산 정상에 때 아닌 정적이 찾아왔다. 그에 정상의 강력한 바람 소리만이 사람들의 귀를 가볍게 두들겼다. 하나, 입을 다문 것과는 달리 모두의 시선은 마치 약속이라도 한 듯, 한 곳을 주시하고 있었다.

바로 섬광의 발원지, 동봉수였다.

그가 서 있던 곳에서는 여전히 빛의 잔광이 퍼져 나오고 있었지만, 시야를 전혀 확보하지 못할 정도는 아니었다. 게다가 대낮인지라 태양빛이 섬광을 천천히 집어삼키고 있었다.

촌각 후.

결국, 그 잔광마저 완전히 소멸했다.

그런데.

소멸한 것은 빛뿐만이 아니었다.

"사라졌어……."

누군가 중얼거렸다.

그의 말은 정적의 틈을 메우며 바람 대신 사람들의 귓속에 꽂혀 들었다. 그리고 그것을 들은 모두는 그 말에 동의했고, 그럴 수밖에 없었다.

동봉수, 그리고 그에게 죽임을 당한 수적들이 일제히 빛과 함께 사라졌던 것이다.

텅 빈 절벽 끄트머리만이 덩그러니 남아 사람들의 시야를 그득히 채울 뿐, 그곳에는 이제 아무것도 존재하지 않았다.

원래부터 그랬던 것처럼, 아무도 없는 그 상태 그대로 말이다.

하지만 이들 중 변영, 수영, 그리고 당오 셋은 어렴풋이나마 동봉수가 어떻게 사라졌는지 보았다.

빛이 굉장히 강렬했지만, 그 안에서 빠르게 움직이는 옅은 그림자를 목격했던 것이다.

그들이 본 그림자는 분명히 절벽 아래로 뛰어내렸다. 한데, 신기한 건 다른 수적들의 시체까지 감쪽같이 사라졌다는 사실이었다.

그것들은 조금 전 누군가의 중얼거림처럼 그냥…… 그냥 그렇게 사라졌다.

잠시간, 그에 대한 셋의 생각이 엇갈렸지만, 결국 하나로 통일되었다.

그들은 수적들의 시체가 강력한 양강지공(陽剛之功)에 흔적도 없이 증발해 버렸다고 여겼다.

비록 그들이 서 있는 곳에서는 그 섬광이 온화하게 느껴졌을지언정 저 가까이에서는 마치 화산의 용암처럼, 어쩌면 저 중천에 떠 있는 태양의 옆에 있는 것처럼 뜨거웠으리라.

다르게 생각할 수 없었다. 그들의 상식 안에 게임이라는 요소는 들어 있지 않았으니까.

하지만 그렇다 하더라도 한 가지 커다란 의문점이 남았다.

왜 그자는 낭떠러지로 뛰어내렸을까? 저렇게 대단한 공력을 가지고 왜 싸워 보지도 않고, 저렇게 쉽게 포기했을까?

셋의 머리에 공통으로 떠오른 질문이었다.

변영은 그래서 아쉬웠고, 당오는 그래서 허망함을 느꼈고, 수영은 그래서 안도했다.

각기 다른 감정이었지만, 그들 모두 동봉수의 죽음을 의심하지 않았다. 어떤 고수도 저 천 길 낭떠러지 아래로 떨어지면 죽음을 면할 수 없다.

암연의 바닥에 닿는 순간 죽는다. 그래야만 한다. 그것이 또한 그들의 상식이었으니까.

그렇게 서로 말하지는 않았지만, 다시 한 번 그들은 의견의 일치를 봤다.

그러나, 세상에는 언제나 예외라는 것과 상식을 파괴하는 존재가 있기 마련이다. 그래서 세상이 재미있고, 살 만한 것이 아닐까?

                    *    *    *

퍽, 퍽, 퍽…….

동봉수는 추락하고 있었다. 하지만 변영 등이 예상한 것과는 전혀 다른 양상으로 떨어지고 있었다.

분명히 땅을 향해 하강하고는 있었지만, 중력가속도를 온전히 받은 것만큼 빨리 떨어지고 있지는 않았다.

퍽, 퍽, 퍽…….

그 이유는 지금 허공에 주기적으로 울려 퍼지는 이 소리와 관계가 있었다.

퍽.

어김없이 동봉수가 한 주먹과 양발을 동시에 아래쪽으로 강하게 뻗었다. 때를 같이하여 아무 일도 하고 있지 않은 다른 쪽 손에서 시체 하나가 튀어나왔다. 물론 인벤토리 술에 의한 것이었다.

둔탁한 소리가 나며 시체가 완전히 짓뭉개졌다.

그와 함께 자연스레 시체는 더욱 빨리 아래로 떨어져 내렸고, 가속되던 동봉수의 속도는 시체가 받은 충격량만큼 줄어들었다.

동봉수는 이 행동을 일정한 간격마다 시행했다. 그 간격이 너무 길면 지나치게 신체가 가속되어 손발을 제어하기 어려웠고, 너무 자주 하면 인벤토리 내에 있는 시체와 물건이 땅에 도달하기도 전에 바닥이 날 수도 있었다. 동봉수는 신중히, 아까 '계산'했던 대로 일을 진행했다.

공중에서도 그의 침착함은 여전히 유지되고 있었다.

'이제 오백 미터 내려왔다. 앞으로 남은 거리 약 천이백에서 천오백 미터.'

그가 산꼭대기에서 뛰어내리기 직전 추정한 선중산의 해발고도는 어림짐작으로 1700~2000미터.

이 계산은 그가 생존자들을 추격하면서 느낀 선중산의 경사와 이동거리에 따라 이루어진 것이었다.

산길이란 것이 똑바르지만은 않아서 감만으로 알아내기는 어렵다.

하지만 그 시작점과 끝점을 직선으로 긋는다면 어느 정도의 추정은 가능하게 마련이다. 경사가 급한 길, 덜한 길이 섞여 있기에 오차가 크기는 했다. 그렇지만, 어차피 2000이라는 최대치에 맞추어 일을 진행하면, 결국 그 위험도는 최소화할 수 있었다.

사실, 동봉수의 이 계산은 변영과 수영이 그와 추적대의 뒤를 들이쳤을 때부터 시작되었다.

그때 그가 생각해 낸 새로운 활로가 바로 산꼭대기에서 뛰어내리는 것이었다. 그리고 그때부터 꾸준히 바위와 돌, 죽은 자들의 갈가리 찢긴 신체 조각 등을 닥치는 대로 인벤토리에 넣었다. 물론 아무도 볼 수 없게 발에 걸리는 것만을 대상으로 삼았다.

이 방법은 그의 신체가 일반인이었다면 절대로 시도조차 할 수 없는 일이었다.

모든 것은 그의 힘이나 지구력, 순발력 등이 보통 사람에 비해 월등했고 인벤토리 신공이 있기에 가능한 일이었다.

무엇보다도 이 방법의 성공을 확신할 수 있었던 것은 현대의 기억이 남아 있었기 때문이었다.

피타고라스 정리, 뉴턴의 중력 법칙과 작용 반작용, 운동방정식 등.

기초적인 수리, 물리 계산만으로 동봉수는 생존의 확신을 가지고 절벽에서 뛰어내릴 수 있었다.

'그동안의 경험으로 봤을 때 뉴턴 법칙은 이곳에서도 똑같이 적용된다. 중력가속도는 고도에 따라 조금씩 차이가 있지만, 그건 아주 조금일 뿐. 고려할 가치가 없다. 약 9.8㎧로 거의 고정이다. 이것을 대략 10이라고 가정한다. 공기 저항이 거의 없다면, 땅에 닿기 직전의 내 속도는 720㎞/h가 된다. 음속의 절반이 넘을 정도로 빠른 속도. 레벨업으로 많이 강해졌다 해도 내 몸이 이 충격을 버틸 수 있을 리는 만무하다. 아마도 내 육체가 감당할 수 있는 추락 속도는 기껏해야 50~60㎞/h 정도. 만약 큰 데미지를 입고도 생존이 가능한 정도라면…… 100㎞/h까지는, 지금의 신체라면 어쩌면 견딜 수 있을지도 모른다. 어쩌면 그보다 조금 더 강한 충격을 버틸지도.'

동봉수의 머릿속에서는 아까 했던 계산과 가정을 다시금 반복하고 있었다.

아무리 동봉수라 하더라도 여러 가지 일을 동시에 수행하고 있기에 그 가정이나 계산은 최대한 간략화될 수밖에 없었다.

'그러나 이 정도까지 감속하면서 내려가려면 초당 한 구의 시체가 소비된다. 공기저항이 없이 자유 낙하했을 경우 바닥까지 도달하는 데에 걸리는 시간은 약 20초. 하지만 계산된 대로 감속하며 하강한다면 그 시간은 비약적으로 늘어난다. 추정 시간 최하 1분에서 최고 2분여. 그러므로 필요한 시체와 물건은…… 인벤토리 내의 물건들의 모든 무게가 일정하지 않으니…… 최하 60개, 최고 120개 정도…… 어쩌면 그 이상 필요하다. 여기서 다시 공기 저항이 있다는 걸 감안한다면 이보다는 적게 필요할 수도 있다.'

그의 몸무게를 감당할 만큼 관성이 큰 백스무 개의 물건.

동봉수의 인벤토리 속에는 그렇게 많은 시체와 물건이 있지 않았다. 아까 집어넣은 작은 돌이나 잡목, 시체쪼가리들이 있었지만, 이것들은 거의 반등하는 데에 도움이 되지 않을 터.

'하지만.'

동봉수에게는 비장의 수가 아직 더 있었다.

그것은 바로 절벽의 비탈을 이용하는 방법이었다.

퍽, 퍽, 퍽…….

꾸준히 속력을 줄이며 아래로 떨어지던 동봉수의 눈에 드디어 원했던 장소가 나타났다.

'나왔군.'

동봉수는 인벤토리에서 꺼낸 바위 하나를 걷어차 절벽

쪽으로 날아갔다. 그러고는 그대로 절벽에 달라붙었다. 이미 떨어지던 속력을 거의 없앤 상태였기에 동봉수는 비교적 손쉽게 절벽에 붙을 수 있었다. 이는 절벽 사이사이에 손과 발을 끼워 넣을 만한 틈이 있었기에 가능한 일이었다. 무엇보다도, 절벽의 경사가 아주 약간이지만 아래쪽을 향해 기울어져 있다는 사실이 중요했다.

동봉수는 천천히 절벽 아래로 암벽등반을 하듯 내려갔다.

그러다가 다시 경사가 위쪽으로 기울여져 발을 디디기 어려워지면 또다시 몸을 허공에 띄워 아래쪽으로 떨어졌다.

그러다가 다시 암벽에 발을 디딜 공간이 발견되면 인벤토리에서 물건을 꺼내 반대쪽으로 추진력을 줘 다시 절벽 쪽으로…….

동봉수는 그 일을 반복했다.

벽면이 위로 비스듬히 경사가 져 있을 때는 물건과 시체들을 때려 그 반작용으로 속력을 줄인다. 그러다가 벽면의 경사가 미끄럼틀처럼 조금이라도 아래쪽으로 기운 곳이 나타나면 절벽에 붙어서 내려간다.

이것이 동봉수의 전략이었고, 지금까지는 성공적이었다.

이렇게 한다면 시체나 물건의 소모를 최소한으로 줄이며 아래로 내려갈 수 있었다.

발이나 손으로 물건을 치는 즉시 다시 회수할 수 있는 능력이 있었다면 보다 수월하게 이 작업을 해낼 수 있었겠지만, 그것은 그가 할 수 없는 능력이었다.

물건을 치는 순간 그 즉시 그와 물건과의 거리가 멀어졌기에 사용한 물건을 다시 인벤토리 속에 넣는 것은 불가능했다. 만약 이게 가능했다면 허공답보(虛空踏步)도 할 수 있었겠지만, 애초에 가능하지 않은 일이었다.

그가 이 전략의 성공을 확신할 수 있었던 것은 선중산 정상에서 절벽 아래를 내려다봤을 때였다. 그가 주목한 것은 현무암질로 이루어진 주상절리(柱狀節理)가 쭉 이어지다가 어느 순간 화강암과 현무암이 섞인 편리층이 나타났다는 사실이었다.

수직으로 깎아지른 일자형 절벽이 어느 순간부터 층층이 수평으로 연결된 단층 구조의 절벽으로 변환되었던 것이다.

아마도 산이 높은 만큼 여러 개의 층이 시대별로 따로 생성된 것 같았다. 이에 동봉수는 큰 망설임 없이 바로 절벽 아래로 뛰어내릴 수 있었다.

한번도 해 본 적 없지만, 할 수 있다고 여겼다. 그리고 실제로 해냈고, 해내고 있었다.

심지어 그는 절벽 아래로 미끄럼을 타기도 했다. 간혹 주상절리 중 아주 매끄럽게 깎인 바위가 나타났는데, 그 경사 또한 미끄러져 내리기에 아주 적절한 것들이 있었다.

다다다다—

그가 사용한 미끄럼용 깔개는 시체였다. 마찰에 의해 시체의 피부가 벗겨지고 피가 튀고 뼈가 갈려 나갔다.

하지만 그러면 그럴수록 동봉수는 더 많이 아래쪽으로 내려갈 수 있었다.

그러다가 과도하게 가속되어 시체가 완전히 갈려 버리거나 더 버티기 어렵다 싶어지면 동봉수는 벽면을 발로 긁어 차 허공으로 몸을 띄웠다가 다시 절벽으로 돌아왔다. 이 경우 당연히 걸레가 된 시체가 절벽으로 돌아오는 데에 사용되었음은 당연한 일이었다.

절벽에 돌아오면 새로운 시체 미끄럼틀을 깔고 다시 미끄러져 내려갔다.

매우 위험하고 어려운 방법이었지만, 동봉수는 침착하게 수행해 나갔다. 그렇게 그는 차근차근 하늘과 점점 더 거리를 벌려 나갔고, 그만큼 땅과는 가까워져 갔다.

파바바박—

다시 하나의 시체가 절벽에 갈려 누더기가 되었다. 그리고 그만큼 동봉수의 생존 가능성은 높아졌다.

그렇게 동봉수가 거의 땅에 다 와 갈 어느 순간이었다.

"끄아아악—!"

누군가가 절벽 아래로 추락하면서 내지르는 비명이 동봉수의 귀에 접수되었다.

'드디어 왔군.'

동봉수는 소리가 들리는 순간 이미 그쪽으로 도약하고 있었다.

그의 손에는 어느 샌가 초보자의 검이 들려 있었다. 그것은 언제나처럼 징그럽도록 간결하게 허공을 갈랐다.

댕강—

떨어지던 자는 어쩌면 이렇게 생각했을지도 모른다. 그래도 혹시나 절벽 아래로 뛰어내리면 기연이 기다리고 있지 않을까 하고 말이다. 그런 작은 희망조차 없었다면 아예 뛰어내리지 않을 테니까.

하지만 그를 기다리고 있던 건 동봉수의 차가운 검날이었다.

그는 공중에서 머리와 몸이 분리된 채 땅을 향해 다시 여행을 떠났다. 반면, 그를 두 동강 낸 동봉수는 바위 하나를 소환해 걸어차고는 다시 절벽 쪽으로 돌아왔다. 그리고는 나지막하게 중얼거렸다.

"87."

[1차 전직 퀘스트 : 낭인(浪人)]
테스터 전용 직업.
퀘스트 완료 조건 : Lv. 10 이상의 적 100 Kill 달성.
현재 퀘스트 완료도(완료 수/종료 수) : 87 / 100

전직까지는 이제 단 13명.
파바바박…….
동봉수는 다시 절벽 아래로 내려가기 시작했다. 다음 희생양을 기다리며.

\*　　\*　　\*

촌각 전 선중산 꼭대기.

휘이잉—

변영이 동봉수와 수적들이 서 있던 절벽 끝에 서서 아래를 내려다보고 있었다.

당연하게도 아무것도 보이지 않았다. 기껏 그의 눈에 보이는 것이라고는 오직 산 중턱에 걸린 흰 구름뿐.

"왜 그랬냐……?"

상대도 없는 공허한 질문이 상승 기류에 쓸려 선중산 정상부에 흩어졌다.

변영은 천천히 몸을 돌려 반대쪽 절벽에 뭉쳐 있는, 당오와 그 떨거지들을 훑었다. 그러다가 당오와 눈이 마주쳤다.

"아쉽지만 당신으로 만족해야겠군."

변영이 담담히 말했다. 그러고는 일체의 망설임도 없이 그쪽으로 몸을 날렸다.

그걸 신호로 수영과 수적, 천마성도들이 일제히 당오 등 최후의 생존자들을 공격했고……

전직 퀘스트의 87번째 희생자가 그들 중 최초로 절벽 아래로 뛰어내렸다.

그리고.

곧 더 많은 사람들이 아래로 뛰어내리리라. 실낱같은 생존 가능성에 희망을 걸고서.

*　　*　　*

신무림 온라인 제8법칙 : 여럿이서 한 명을 죽이는 일이 발생하는 경우, 동봉수가 얻는 경험치의 양은 그가 사망자에게 입힌 데미지에 비례한다(첫타나 막타의 효율에 대해서는 좀 더 연구가 필요).

第十二章

종시(終始)

絶
世
狂
人

어떤 이들은 죽은 후에야 비로소 태어난다.

— 프리드리히 빌헬름 니체(Friedrich Wilhelm
Nietzsche), 독일 철학자

\* \* \*

슉—

동봉수의 검이 재차 하늘 위로 솟구쳤다. 바람을 가르는
소리가 경쾌하다.

퍽—

하나 그 결과는 결코 가볍지 않았다.

최후의 최후까지 생존했던 하례객의 정수리에 초보자의 검이 그대로 틀어박혔다. 이미 추락의 공포로 정신을 잃고 있던 그는 고스란히 경험치로 화했다.

그로써 동봉수는 다시 한 번 레벨업을 했다.

그의 몸을 중심으로 강렬한 빛이 뿌려졌고, 절벽 아래의 어둡고 습한 공간이 일시적으로 밝아졌다.

동봉수는 가만히 빛이 뻗어 가는 걸 응시했다.

역시나 빛은 밤에 그랬던 것만큼 멀리 이르지는 못했다.

절벽을 따라 올라가다가 햇살이 비치는 곳에 도달하자 그대로 거기에 동화되어 버렸다. 잔광이 미약하게 남아 있었지만, 그것이 산 중턱의 구름을 뚫고 절벽 꼭대기까지 올라간다는 건 상상할 수도 없었다.

탁.

쑤욱—

동봉수는 시체의 몸에 박힌 검을 뽑았다. 그러면서도 시선은 시종일관 절벽 위를 향하고 있었다.

'아직 남았다.'

먹잇감. 그것도 경험치가 될 좋은 먹잇감.

그들은 아직 남아 있었다. 어렵게 잡은 기회. 잠시의 방심으로 놓쳐서는 곤란하지 않겠는가.

무엇보다도 아직껏 당오가 뛰어내리지 않았다.

동봉수는 그를 기다리고 있었다. 좀 더 정확히는 기대하고 있다고 해야 할까? 상처 입고 궁지에 몰린 야수는 새끼들을 구하기 위해 반드시 절벽 아래로 뛰어내릴 것이다. 비록 상처를 입었다 하나, 그를 죽인다면 어마어마한 '광렙'을 할 수 있을 터.

펙, 펙, 펙…….

그를 기다리는 사이, 동봉수의 검은 수시로 허공을 갈랐다. 종단 속도까지 가속된 하례객들은 그가 던진 초보자의 검을 결코 피할 수 없었다.

강력한 풍압으로 인해 눈을 뜨기도 어려웠을뿐더러, 대부분은 이미 정신을 놓고 있었으니까.

종단속도에다가 동봉수가 던진 검의 속도가 더해져서, 초보자의 검이 실제로 그들의 머리에 닿을 때의 상대 속도는 가히 엄청났고, 그 힘은 더 말할 것도 없었다.

펙—

다시 한 번 경쾌한 소음과 함께 한 명의 몸이 검 꼬치가 되어 땅에 떨어졌다. 역설적이게도, 동봉수의 검이 그들의 몸을 꿰뚫음으로 해서 그들은 시체나마 온전히 보존할 수 있게 되었다.

그대로 바닥에 떨어졌다면 분명 산산조각 났으리라.

하나, 끝까지 온전하게 보존할 수 있을지는 좀 더 지켜봐야 했다. 동봉수에게는 아직 남은 계획이 더 있었으니까 말이다.

"98."

동봉수가 낮게 중얼거리며 다음 숫자를 세었다.

이제 단 두 명. 전직이 눈앞에 다가왔다.

하지만 그 이후 꽤 오랜 시간이 흘렀지만, 더는 공짜 경험치가 떨어지지 않았다. 그럼에도 동봉수는 여전히 자리를 지키고 있었다.

'아직, 아직이다.'

낮게 되뇌는 그 말 속에는 당오에 대한 믿음이 있었다. 당오 그 자체를 믿는다기보다는 당오의 강함과 그 단호함을 믿었다.

그라면 도허옥에게 호락호락 당하지는 않을 것이다.

또한, 당화와 남궁혜를 그대로 도허옥에게 잡히도록 놔두지도 않을 터였다.

그렇다면 그가 할 수 있는 최후의 수는 역시나 하나. 지금까지 그랬던 것처럼, 다른 이들이 그랬던 것처럼 말이다.

동봉수는 계속 기다렸다. 그리고 그 믿음은 결국 보답을 받았다.

파라라락—

어느 순간, 미세한 파공음이 들렸고, 동시에 무엇인가가 빠르게 추락하는 것이 그의 동공에 잡혔다. 그것의 색은 갈색이었고, 공기를 치는 소리는 장포 자락이 빠르게 펄럭이며 나는 소리였다.

갈의장포를 입은 중년인. 확인해 보지 않아도 확실했다. 짧지만 강렬했던 만남. 당오였다.

창—!

동봉수가 다시 검을 뽑아 자세를 취했다.

그 짧은 순간, 당오는 수십 미터를 더 내려왔다. 그의 떨어지는 모습은 앞서의 생존자들과 마찬가지로 머리가 땅,

다리는 하늘 쪽을 향해 있었다.

다만, 몇 가지 다른 점이 있기는 했다.

당오는 혼자 떨어지는 것이 아니라, 품에 누군가를 안고 있었다. 단, 동봉수의 예상과는 다르게 둘이 아닌 하나라는 사실이 특이하다고 할 만한 점이었다. 또 다른 점은, 엄청난 풍압에도 불구하고 당오가 똑바로 눈을 떠 아래를 직시하고 있다는 것이었다.

그에 자연스레 동봉수와 당오는 서로를 마주 보게 되었다.

당오는 놀랐다.

'당삼?!'

매서운 상승기류가 눈에 부딪히면서 눈알이 터질 듯 아파져 왔지만, 그의 시력에는 별문제가 없었다.

처음에는 생존자가 있다는 사실에 놀랐고, 그다음에는 그 사람이 당삼이라는 데에 놀랐다.

당삼, 즉, 동봉수는 이미 레벨업으로 인해 원래의 모습을 되찾은 상태였으니, 당오가 못 알아볼 리가 없었다.

절체절명의 순간이었음에도 당오의 머릿속에는 '어떻게' 와 '왜'라는 두 단어가 아로새겨졌다.

어떻게 네가 여기에?

왜 네가 그렇게 검을 그러쥐고 있는 거지?

물론 대답은 들을 수 없었다.

팟―!

대신 당오의 의문 섞인 눈빛에 대한 동봉수의 답은 초보자의 검이었다.

동봉수의 손을 떠난 검이 엄청난 속도로 그를 향해 날아들었다. 당오는 몰랐지만, 이 모든 것은 이미 정해진 대로 이루어진 일일 뿐이었다.

"......!"

깜짝 놀란 당오는 다급히 장력을 펼쳐 날아오는 검을 쳐내려 했다.

하나 몸이 말을 듣질 않았다. 긴 격전에 진기는 이미 그 바닥을 드러내고 있었고, 변영과 수영에게 당한 상처 또한 심각했다.

게다가 몸이 가속된 만큼 팔도 아래쪽으로 가속되고 있었다. 그에 하늘로 향한 손을 아예 아래쪽으로 내릴 수도 없을 정도였다.

장법을 펼치려면 팔꿈치를 최대한 몸 쪽으로 붙여야 하는데, 그 일이 불가능했으니 장법을 펼친다는 것은 애초에 불가능한 일이었다.

죽음.

예정되었던 일이었다.

당오는 어차피 낭떠러지 아래로 뛰어내렸을 때부터 살 생각은 버렸다. 그는 그저 당화를 살리고픈 마음만 가지고 몸을 날린 것이었다. 어쩌면 자신을 희생한다면 손녀를 구할 수 있지 않을까, 그런 생각에서였다.

하지만 그 계획은 지금 어그러졌고, 예상치 못한 위기까지 닥쳤다. 당오는 급히 할 수 있는 한 최대로 몸을 까뒤집었다.

그 순간!

푹—!

그의 뒤통수에 차가운 검날이 파고들었다.

퍼벅! 쑥!

검은 이내 당오의 머리를 관통해 입과 코 사이, 인중을 뚫고 하늘로 치솟았다. 그리고 그때 당오의 눈에 회광반조(回光返照)가 일어났다.

동시에 검에 실린 힘에 의해 그의 몸에 가해진 가속도가 많이 상쇄되었다.

당오는 마지막 진원지기(眞原之氣)를 있는 대로 짜내 당화를 하늘 높이 쏘아 올렸다.

진기만으로는 가능하지 않았던 장법이 진원지기를 쏟아 내자 가능해졌다. 그 덕분에 당화의 몸은 그동안 가속되었던 속도를 대부분 감속할 수 있었고, 반면 당오의 몸은 더욱 빨리 땅을 향해 떨어져 내렸다.

고오웅—!

무지막지하게 가속된 당오의 몸이 급락했다. 어찌나 빨리 떨어지는지 그 소리가 동봉수가 서 있는 땅까지 전달되기도 전에 그의 몸이 먼저 떨어지고 있었다.

당오의 몸이 음속보다 더욱 빨라졌다는 뜻이었고, 그만큼 당오가 마지막으로 쏘아 낸 진원지기가 엄청났다는 의미였다.

동봉수는 당오의 시체를 피해 다급히 옆으로 몸을 날렸다.

쿵—!

"할아버지!"

검과 일체가 된 당오가 땅에 틀어박힘과 동시에 공중에서 그걸 정확히 목격한 당화가 부르짖었다.

그와 함께 당오의 눈에 떠올랐던 회광반조 현상이 사라지며, 동봉수의 몸에서는 성광이 눈부시게 쏟아졌다.

그것도 열 번이나.

당오를 처치한 동봉수가 무려 10 레벨 업이나 달성한 것이었다.

하지만 동봉수는 그것이 의아했다.

그는 당오를 죽이면 훨씬 많이 레벨 업 하리라고 생각했다.

레벨 10.

물론 엄청난 진보는 맞았지만, 예상에는 미치지 못했다.

그가 고개를 갸웃하며 말했다.

"너무 적군."

그는 산산이 부서진 당오의 시체 쪽으로 다가갔다. 그리고는 곧 납득할 수 있었다.

완전히 으깨어진 당오의 몸은 원래부터 죽기 일보 직전이었던 것이다.

자신이 한 일은 그저 마지막 결정타를 날린 것뿐이었다. 그나마도 당오가 진원지기로 당화를 구하면서 경험치 분산이 일어났던 것 같았다.

"이런 걸 막타라고 하던가?"

게임을 즐기지 않아서 자세히는 모르겠지만, 아마 그런 식으로 부르던 걸 어딘가에서 들은 것도 같다. 어차피 용어 따위가 중요한 건 아니었지만.

동봉수는 이제 만족했다. 다 죽어 가던 당오를 죽이고 이 정도 '광렙'을 했으면 충분한 것 아닌가.

동봉수는 더는 죽은 당오에게 신경을 쓰지 않았다.

쿵.

마침내 당화가 땅에 떨어졌다.

그녀는 당오의 희생 덕분에 그럭저럭 무사히 땅에 내려올 수 있었다. 동봉수의 몸에서 뿜어진 빛 탓에 제대로 착지하지는 못했지만 말이다.

동봉수는 당화가 비틀거리며 일어서는 걸 그저 바라볼 뿐. 가만히 서 있었다.

당화는 일어서서 머리를 세게 흔들었다.

아직 추락의 충격에서 완전히 헤어 나오지 못한 것이리라. 이마를 만지는 그녀의 손은 당오의 피로 붉게 물들어 있었다.

그녀와 당오가 떨어진 위치가 똑같았기 때문에, 어쩔 수가 없는 일이었다.

"아아! 하, 할아버지? 흑!"

정신을 차린 그녀가 가장 먼저 한 일은 당오의 파편을 그러안고 우는 것이었다. 그러다가 당오의 입—아마도 그럴 것이라고 생각되는 부분—을 뚫고 나와 있는 초보자의 검을 봤다. 그러고는 화들짝 놀라며 고개를 들었다.

자연스레 동봉수와 그녀의 눈이 마주쳤다. 그는 약 2미터 정도 떨어진 거리에서 그녀를 가만히 지켜보고 있었다.

그 모습이 너무도 태연해서 둘이 원래부터 함께 있었던 것처럼 보일 정도였다.

하지만 당화는 그럴 수가 없었다.

"다, 당신! 당신이 어떻게 여기에?!"

지극히 예상된 반응.

식상했다. 동봉수는 당화의 바로 다음 반응도 물론 예측할 수 있었다.

"왜……? 왜! 할아버지를……?"

타박.

동봉수는 판에 박힌 대답 대신 그저 그녀에게 한 발짝 다가섰다. 그에 당화가 본능적으로 뒤로 물러섰다. 그녀 본인도 왜 그랬는지 알지 못했다.

아니, 애초에 그랬다는 걸 인지하지도 못했다.

그냥…… 무서웠다.

그녀의 머릿속에는 동봉수가 별 볼 일 없는 마고공이었다는 것과, 방금 당오를 죽인 자가 그라는 사실이 이미 사라지고, 그 대신 공포만이 자리 잡았다.

동봉수의 무심한 눈이 자신을 응시하고 있다는 것이 너무도 무섭고 싫었다.

타박, 타박.

동봉수가 두 발 더 다가섰다. 그리고 그만큼 당화가 뒤로 물러섰다.

끼릭.

그가 땅에 비스듬히 박혀 있는 초보자의 검을 뽑았다.

그것에 관통되어 있는 당오의 머리라고 생각되는 물건이 같이 딸려 올라왔다.

퍽.

동봉수가 그대로 검을 머리 위로 들었다가 땅바닥에 비스듬히 내리꽂았다.

당오의 머리가 반 토막이 나며 초보자의 검이 당오의 시체에서 완전히 분리되었다.

주르륵.

반으로 쪼개진 당오의 머리 밖으로 피와 뇌수가 흘러 바닥이 더러워졌다.

"괜찮군."

"……."

무엇이 괜찮다는 말……?

그 짧고 뜻 모를 말에 당화가 몸을 떨었다. 아무리 죽었다 해도 당오는 그녀의 조부였다. 이런 만행을 용서해서는 안 되었지만, 그녀는 아무 말도 할 수가 없었다.

동봉수는 초보자의 검에 묻은 피를 가만히 당오가 입고 있던 갈의장포에 닦았다. 옷이 너무 더러워 그다지 검을 닦는 데에 도움이 되지는 않았다. 그러던 어느 순간, 그가 고개를 들어 당화를 바라봤다.

"안 되겠군."

뭐가……?

당화는 다시 이해할 수 없는 동봉수의 말에 의문을 품었다. 그리고 그것이 그녀의 마지막이었다.

스르륵.

동봉수의 몸이 갑자기 움직이더니 당화를 스쳐 지나갔다. 뒤이어 당화가 쓰러져 당오의 시체 위에 포개졌다.

그와 동시에.

우우웅!

동봉수의 몸에서 찬란한 금빛 광채가 쏟아져 나왔다. 레벨 업 때의 빛과는 확연히 차이가 나는 빛이었다.

[퀘스트 완료.]
[플레이어 님께서 낭인으로 전직하셨습니다.]
[전직에 따른……]
……
……
…….

마침내 전직이 되었다. 그러면서 그의 눈앞에 여러 개의 홀로그램 메시지 창이 중첩되어 떠올랐다.

동봉수는 메시지를 읽지 않고 곧장 창을 모두 닫았다.

왜냐하면, 아직 추격이 끝난 것이 아니었다고 생각했기 때문이었다. 도허옥이라면 완벽을 기하기 위해 어쩌면 이곳까지 추격대를 보낼 수도 있을 것이라고 여긴 것이었다.

하지만 이는 순전히 동봉수가 이 산의 구조를 자세히 몰랐기에 든 생각이었다.

실제로 그가 밟고 서 있는 이 바닥은 단순히 선중산의 아랫 부분이 아니었다. 이 절벽의 양옆은 절곡답게 엄청나게 높은 바위들과 수풀로 우거져 있어서 지난 수백 년간 인간의 발길을 허락하지 않았다.

거기에 더해 앞뒤는 방금 그가 뛰어내린 진짜배기 절벽이 가로막고 있어서 더욱 접근이 어려웠다.

도허옥이 뒤쫓고 싶어도, 애초에 불가능했던 것이다.

그러나 동봉수는 당오가 진원지기를 써 마지막 순간에 당화를 살려 냈다는 사실을 상기하며 혹시나 있을지 모를 가능성을 없애기 위해 분주히 움직이기 시작했다.

그는 가장 먼저 주변을 돌며 시체들을 정리했다. 떨어져 내린 시체와 흩어진 시체의 개수를 맞추는 것이었다.

그러면서 그들의 품에 있는 물건들을 정리해서 쓸 만한 건 모두 챙겼다. 그중에는 당오의 용봉금침도 있었고, 무공비급들도 몇 가지 있었다.

그렇다고 싹쓸이한 것은 아니었다. 적당히 의심이 가지 않을 정도로 남겨 놓는 건 기본 중의 기본.

그는 자신이 떨어져 내릴 때 이용했던 시체들과 물건들은 모두 찾아내 다시 인벤토리에 넣었다.

그다음에는 자신의 검에 머리가 뚫린 자들의 시체를 짓뭉갰다. 특히 검상이 나 있는 부분은 더욱 교묘히 바스러뜨렸다. 꼭 추락 때 충격으로 터진 것처럼 보여야 했기 때문이었다.

얼마 지나지 않아 작업은 모두 끝이 났다.

동봉수는 마지막으로 점검을 해 본다.

바닥에 널브러져 있는 파편들을 모두 머릿속에 그렸다. 그 후 하나씩 상상 속에서 조립했다.

그러자 정확히 떨어져 내린 자들의 숫자만큼 시체를 만들어 낼 수 있었다. 그 시체들 중에는 물론 자신도 포함되어 있었다.

시체들 가운데에 수적 복장을 하고 있는 자가 하나 있었는데, 그 시체가 바로 자신의 대역이었다.

이미 완전히 망가져 있었기에 누구도 그것이 원래 어떤 사람이었는지 알아차릴 수는 없을 것이다.

완전 범죄.

동봉수는 그렇게 확신하고는 빠르게 그 자리를 벗어났다.

그의 움직임이 떨어질 때보다 배 이상 날래져 있었다. 아직 새롭게 생긴 능력을 확인해 보지는 않았지만, 스탯의 증가만 하더라도 비약적인 상승이 있다는 걸 몸소 느낄 수 있었다.

씨익.

동봉수의 입에 실금이 간다. 그가 웃고 있었다.


여기 살인마가 한 명 있다. 살아남았다.

그리고…….

마침내 그가 세상 밖으로 나왔다.

*   *   *

무림이 출렁이기 시작했다. 파도의 발원지는 안휘성이었다.

안휘제일 천하명문 남궁세가의 멸문.

대저 누가 있어, 명실상부 중원오대세가의 수좌인 남궁세가를 하루아침에 패망하게 한 것인가.

처음 이 소문이 무림에 돌았을 때는 누구도 쉽사리 믿으려 들지 않았다. 하지만 얼마 지나지 않아 무림인들은 이 충격적인 사건이 진실이라는 것을 알게 되었다.

수십 년간 돌지 않았던 무림첩이 중원 각지에 배달되었다.

거기에는 남궁세가의 멸문으로 무림대회의를 연다는 문장이 적혀 있었고, 무림맹주의 인장이 선명히 찍혀 있었다.

믿기 어려웠지만, 남궁세가라는 거목은 쓰러졌다. 봉문이 아닌, 멸문을 당한 것이 확실했다.

곧 구파일방과 남궁세가를 제외한 나머지 사대세가의 대표가 정주에 모여들었다. 아니, 보다 엄밀히 말하면, 오대세가의 대표가 모두 모였다고 할 수 있었다. 멸문한 남궁세가의 생존자도 무림대회의에 참석했던 것이다.

그 지독했던 겁난에도 살아난 단 한 사람.

그는 바로 남궁세가주 남궁벽의 차녀, 남궁혜였다.

그녀가 흉수들의 불길 같은 공격을 헤치고 나와, 끝끝내 정주에 도착한 것이었다. 유일한 생존자이자 증인인 그녀는 무림대회의에서 남궁세가 멸문지화의 전말에 대해 증언했다.

남궁혜가 흉수로 지목한 세력은.

천마성이었다. 그리고 그들의 측면을 장강십팔수로채가 지원했다고 말했다.

무림대회의에 참석한 각파의 대표들은 모두 경악했다.

설마설마 했던 흉수의 정체가 정말로 천마성이었다니. 그 자리에 있던 모두는, 드디어 백 년간의 평화가 깨어졌다는 걸 직감했다.

남궁혜의 증언 후, 무림대회의가 본격적으로 개시되었다. 몇몇은 천마성이 갑자기 그런 일을 벌인 것이 이해가 가지 않는다고 말하며 신중론을 펼쳤다.

확실한 진상 조사를 거친 후에 행동에 나서도 늦지 않는다는 논리였다. 하지만 그렇게 주장하는 사람들은 일부에 불과했다.

이곳에 모인 사람들이 비록 백도의 인물들이었지만, 그것은 겉모습이라는 탈을 쓴 것일 뿐, 이들은 기본적으로 모두 무림인들이었다.

주먹에는 주먹, 칼에는 칼, 무엇보다도 피에는 피! 라는 절대 법칙 하에서 움직이는 무법자들이었다.

특히, 당오와 당화를 잃은 당가는 눈이 뒤집혀 있었다.

만약 무림맹이 움직이지 않는다면 혼자서라도 행동에 나설 것처럼 보였다.

또, 당가의 호전성과는 별개로 사천성은 서장과 인접해 있다. 아닌 말로, 서장은 천마성의 앞마당이었고, 사천은 서장의 앞집이었다.

이번 일이 정말로 천마성이 중원에 진출하기 위한 계획의 서막이라면, 그 첫 번째 목표에는 볼 것도 없이 사천성도 포함될 터였다.

곤륜파와 공동파도 당가와 마찬가지의 위기감을 느끼고 있었다.

사천이 서장의 앞집이라면 청해와 감숙성은 신강의 옆집과 뒷집이라고 할 수 있을 정도로 천마성에 가까웠다.

나머지 문파들도 특별히 나서서 말하지는 않았지만, 대부분 강경책에 동의하고 있었다.

남궁세가의 괴멸은 무림맹의 입장에서 대단히 큰일이었다.

그런 정도의 큰일에 무림맹이 나서지 않는다면 무림 전체에 대한 무림맹의 영향력이 저하될 것은 명약관화했다. 만약 천마성이 실제로 중원을 도모하기 위해 움직인 것이라면 무림맹을 구심점으로 해서 무림 전체가 뭉쳐야 한다. 그러기 위해서라도 무림맹은 적극적으로 행동에 나서야 했다.

결국, 회의는 오래가지 않아 끝이 났다.

무림맹주 현천진인(賢天眞人)은 즉각 삼전(三殿) 중 항마전(降魔殿)과 극사전(克邪殿)의 전력을 안휘성에 투입했다.

두 개의 무력 단체가 동원되면서 자연스레 그 산하의 사방신대(四方神隊)가 모두 안휘성으로 출동하게 되었다. 무림맹주는 거기에서 멈추지 않고, 호북, 강서, 절강, 강소, 산동, 하남 등 안휘를 둘러싸고 있는 모든 성에 있는 가맹 문파에 배첩을 돌려 사방신대를 지원하게 했다.

더 나아가, 현천진인은 감숙과 청해, 그리고 사천에도 수백의 고수들을 파견했다. 무림맹이 안휘성에 신경을 쓰는 틈을 타, 천마성의 본대가 중원으로 진출할지도 모른다고 생각했기 때문이었다.

하나 그때까지도 천마성은 잠잠했었다. 그러다가 무림맹의 병력이 감숙과 청해의 변경 깊숙한 곳까지 올라오자, 그 견제를 위해 수백의 고수를 감숙과 청해에 급파했다. 하지만 양측의 실질적인 충돌은 없었고, 그저 견제만 할 뿐이었다.

그러는 사이, 무림대회의에서 정해진 결정대로 피의 응징이 시작되었다. 천마성 안휘지부가 초토화되었으며, 장강십팔수로채의 수적들이 학살되었다.

무림맹의 진격이 꽤 신속했다 하나, 무림대회의를 거친 후 병력을 파견했기에 실제 토벌이 이루어진 것은 남궁세가의 살겁이 있은 지 무려 보름이나 지난 뒤였다.

토벌 과정 자체는 대단히 순조로웠으나, 흉수들을 모두 처단하지는 못했다.

다수의 마졸들과 수적들이 무림맹의 고수들을 피해 잠적했다. 무림인의 특성상 무복을 벗고 민가로 숨어들면 찾아

내기가 극히 어려웠다. 결국, 무림맹의 토벌은 반쪽짜리로 끝이 나 버렸다.

특히, 이 모든 일을 주도했다고 알려진 안휘지부주 은라색마 파가혈과 장강수로채의 총채주인 장강용호 사사호는 끝내 잡지 못하였다. 토벌과정에서 입수한 정보에 의하면, 둘은 남궁세가 혈겁이 있은 직후 잠적했다고 한다.

둘은 도대체 어디로 사라진 것인가?

무림맹은 그들이 장강을 따라 사천까지 간 후 거기서 천마성으로 도주했다고 추정했다. 반면, 천마성은 애초에 무림맹이 천마성을 치기 위해 이 모든 일을 꾸몄다고 주장하며, 그 둘은 그 음모의 희생양이라고 선전했다.

무림맹은 천마성에 그들을 내놓으라고 윽박질렀고, 천마성은 백도의 쓰레기들이 계략을 쓴다고 분노하며 복수를 다짐했다.

은라색마와 장강용호가 실제로 어떻게 되었든 그 둘의 행방이 묘연해짐으로써 양측 모두에게 상대를 칠 명분이 생겼다. 둘의 행방불명 자체가 전쟁의 빌미가 된 것이다.

무림에는 이내 전운이 감돌고, 실제로 사천과 감숙, 청해로 속속 무림인들이 집결하기 시작했다. 이제는 설사 은라색마와 장강용호가 나타난다 하더라도 전쟁을 막을 수 없는 상황까지 왔다.

과연 그 둘은 어떻게 된 것일까?

                    *    *    *

"그래서 너희들 말은 제일계가 아무 문제없이 완수되었
다?"

붉은 장막 뒤에서 남녀노소를 분간하기 어려운, 낮고 건
조한 음성이 나와 동굴 안에 퍼져 나갔다.

천하에 다시없을 듯한 기괴한, 이 음성.

이 목소리의 주인은 무본이었다.

그리고 그가 있고, 그의 목소리가 울려 퍼지는 이곳은
무본비동(武本秘洞)이었다.

장막이 처진 단상 앞에는 검은 옷을 입은 두 명이 부복해
있었고, 그들의 이름은 각각 파가혈과 사사호로 무림을 발
칵 뒤집어 놓은 장본인들이었다.

그들은 변영 도허옥과 함께 남궁세가를 멸하고는 그 즉
시 안휘성을 떠났다.

계획했던 일이 마무리된 마당에 굳이 그곳에 남아 있을
아무런 이유가 없었기 때문이었다.

지휘 체계가 붕괴된 천마성 안휘지부와 장강십팔수로채
는 회영과 수영만 믿고 있다가 뒤통수를 맞았고, 무림맹의
공격에 지리멸렬할 수밖에 없었다.

둘은 이곳에 도착하자마자, 제일계의 경과를 무본에게
고하고는 그 자리에 부복해 있는 것이었다.

방금 무본이 한 말은 그들의 보고를 받은 지 한참이 지난
뒤에 나온 첫 마디였다.

"네, 무본."

그에 회영이 지체 없이 대답했다.

팟—

극도로 낮은 파공음과 함께 회영의 오른쪽 뺨이 길게 찢어졌다. 회영은 아무것도 보지도, 느끼지도 못했다.

그렇지만 누가 그런 것인지는 이미 알고 있었다. 이런 식으로 기파를 자유자재로 다룰 수 있는 사람은, 그가 아는 한에서는 천하에 한 명뿐이었다.

주르륵.

뒤늦게 그의 뺨을 타고 피가 흘러내렸다. 사실 통증이 느껴지지 않았다면 피가 나기 전까지 상처가 났다는 사실조차 몰랐으리라. 그 정도로 무본의 공격은 무섭도록 은밀했다.

"다시 말해 보라."

무본의 삭막한 음성이 다시금 장막 밖으로 흘러나왔다.

지극히 담담했지만, 이곳의 누구도 그 목소리를 담백하게 받아들이는 이는 없었다. 무본의 기파가 자신들의 뺨을 스쳤다는 그 사실, 그것 하나만으로도 그들에게 잘못이 있다는 뜻이었으니까.

당연히 회영은 아무런 대답도 할 수가 없었다.

팟—

주륵.

다시 한 번 파공음이 났다. 이번에는 왼쪽 뺨이었다. 뺨에 경련이 일어나는 걸로 봐서 이번 것은 상당한 경력이 실려 있는 것 같았다. 회영은 고통스러웠지만, 아무 말 없이 이를 악물고 참았다.

"아무 문제없이 완수되었는데, 왜 변영이 남궁혜가 되어 있지? 원래 계획에도 변영이 여자로 분한 채 무림맹으로 숨어드는 것이었더냐?"

"……."

회영과 수영은 아무 대답 없이 고개를 더욱 숙일 뿐이었 다.

그러자 장막 밖으로 막대한 살기가 뿜어져 나왔다.

그에 압도된 회영과 수영은 그저 땀을 흘리며 몸을 떨 뿐 이었다. 공포도 뭣도 아닌 그냥 살기에 몸이, 본능이 반응 을 하고 있었다.

살기를 느낀 지 얼마 되지 않아, 회영과 수영의 입술 사 이로 붉은 액체가 흘러내리기 시작했다. 단지 살기를 몸으 로 받는 것만으로 초절정고수 둘이 내상을 입은 것이었다.

그러던 어느 순간.

"다시 한 번 이런 일이 있을 시에는 온전히 죽지 못할 것이다. 알겠느냐?"

무본의 음성이 다시 흘러나왔고 살기도 걷혔다.

회영과 수영은 그에 대답하기 위해 입을 열었지만.

"네……. 무……! 쿨럭! 본……."

피를 토하며 그 자리에서 혼절해 버렸다.

그리고 그걸로 무본의 추궁은 끝이 났다.

그렇게 일다경 정도 시간이 흘렀을까? 무본의 목소리가

다시 공동 안에 울려 퍼졌다.

"그자가 뛰어내린 곳이 어디라고 했지?"

이제 공동 안에 제대로 서 있는 자는 아무도 없었지만, 어딘가에서 묵직한 음성 한 줄기가 흘러나와 무본의 질문에 대답했다.

"선중산이옵니다, 무본."

대답을 한 이는 회영과 수영보다 먼저, 안휘성에서 돌아온 광운이었다.

사실 무본은 이미 그에게서 모든 경과보고를 받은 상태였다. 그리고 광운은 무본이 말하는 '그자'가 누구를 가리키는지도 이미 알고 있었다. 비록 그 정체에 대해서는 정확히 몰랐지만.

"선중산이라……."

무본의 속삭이듯 낮은 음성이 잘게 떨리며 공동 안에 내리깔렸다. 그 떨림이 아주 가라앉아 사라질 때쯤 그의 목소리가 다시 한 번 장막 밖으로 나왔다.

"비운(飛雲)."

그 말이 떨어지기 무섭게 천장에서 검은 인영 하나가 땅으로 떨어져 내렸다. 그는 바닥에 내려오자마자 이마를 땅에 붙였다.

"찾아 계시옵니까? 무본."

"천 길 낭떠러지 아래로 내려갈 수 있겠느냐?"

"네, 무본."

이게 무슨 소리인가?

무본의 말도 되지 않는 질문에 비운이 말도 되지 않는 답변을 내 놓았다. 도대체 피륙으로 다져진 인간이 어떻게 천 길 낭떠러지 아래로 무사히 내려갈 수 있단 말인가?

하지만 비운은 조금 전 잠시의 망설임도 없이 바로 대답했다.

그림자들과 구름들은 누구도 무본에게 거짓을 고할 수 없었다. 그렇다는 것은 그가 한 말이 사실이라는 뜻이었다.

"그래, 그렇지. 너라면 아무 문제없이 내려갈 수 있을 것이니라."

"……"

비운은 대답 없이 무본의 다음 말을 기다렸다.

"천하는 넓다. 우리를 뺀 천하도 넓다. 안 그러냐, 비운?"

"그러하옵니다, 무본."

"비운."

"네, 무본. 하명하시옵소서."

"저 둘을 데리고 선중산으로 가라. 가서 그자를 찾아오라. 죽었다면 그 시체라도 찾아와. 혹, 산산조각이 났다면 그 뼛조각이라도 남김없이 수거해 오라."

"존명."

비운은 대답을 마친 후 수영과 회영을 각각 한쪽 어깨에 얹고는 비동을 빠져나갔다.

그 신법의 표홀함이 이루 말할 수 없을 정도였다.

그가 사라지자, 무본의 음성이 다시금 공동 안을 울렸다.

"광운."

"네, 무본."

"누구인 것 같으냐?"

특별한 지칭어가 없었지만, 광운은 무본이 말하는 '누구'가 '그자'라는 것을 잘 알고 있었다.

"이신삼괴오고십대 중 한 명이라 사료됩니다."

"너무 많아. 좁혀 보라."

무본의 말에 비동이 잠시 간 침묵에 빠졌다. 하지만 그리 길지는 않았다.

"삼괴 중 하나일 것 같습니다."

광운이 말했다.

"왜 그렇게 생각하는 것이냐?"

무본이 다시 물었다.

"이신은 그 시간에 각각 천산과 숭산에 있었습니다. 그리고 십대와 오고는 그럴 만한 실력이 되지 않습니다."

"그럼 삼괴는 그럴 수 있는 실력이 있다는 말이냐?"

"그럴 수 있는지 없는지는 알 수 없으나, 그럴지도 모른다고 생각합니다."

"후후. 그럴 수 있다와, 그럴지도 모른다라……. 재미있구나."

"……."

"광운, 네 말이 일리가 있다. 그래, 아직 삼괴에 대해서만큼은 우리가 제대로 파악하지 못했지. 나 또한 그들에 대한 확신이 없으니까. 네 말이 맞다, 광운."

무본이 괴이한 음성으로 낮게 웃고는 광운을 불렀다.

"네, 무본."

"너는 지금 즉시 외운(外雲)들 중 열을 추려 안휘성으로 가서 물건을 수습하고, 그런 연후에 삼괴의 행방을 추적하라. 그들을 찾기 전까지 제이계는 보류한다."

"존명."

대단히 중요한 결정이 순식간에 내려졌지만, 광운은 아무런 토를 달지 않았다.

무본이 말했고, 그가 결정했다. 그럼 그걸로 끝이다.

대답을 마친 후, 광운이 비동을 떠났다.

그가 사라지자 비동은 다시 공동이 되었다. 있는 듯 없는 듯한 무본이 있었으니, 완전한 공동은 아니었지만…….

"누구냐, 너?"

누구한테 말하는지 알 수 없는 무본의 음성이 다시금 동굴 곳곳을 누비다가 사라졌다.


너.

암중에서 칼을 든 자에게 '너'라는 존재는 언제나 무서운 법이다.

무본은 비록 광운에게 삼괴의 뒤를 쫓으라고 했지만, '그자'가 삼괴가 아닐 수도 있다고 생각했다.

아까 자신이 말한 대로 천하는 넓디넓었다. 그 넓이만큼이나 수도 없이 많은 '너'의 후보군이 어딘가에 있을 것이다.

"누구냐, 너……?"

다시금 무본이 자신도 모르게 같은 말을 흘렸다. 그리고
한참 뒤에 재차 그 말을 반복했다.

누구냐, 너?

第十三章

이귀(耳鬼)

絶
世
狂
人

　사냥 중 최고는 인간 사냥이다. 무장한 인간을 충분히 사냥
해 본, 그리고 그 과정을 좋아하는 인간들은 다른 것에는 신
경도 쓰지 못하게 된다.

— 어니스트 헤밍웨이(Ernest Miller Hemingway),
미국 소설가

\*　　\*　　\*

　무림맹과 천마성이 각지에서 충돌하면서 강호에 피바람
이 불었다.

흑백대전(黑白大戰).

사람들은 천마성과 무림맹의 싸움을 그렇게 불렀다. 누가 명명했는지도 모른다. 그저 그렇게, 무림은 두 가지 색깔로 나뉘어 싸움을 벌였다.

전쟁 초기, 승기는 천마성의 것이었다.

천마성 안휘지부와 마찬가지로 각지의 지부들이 비밀리에 운영되고 있었기에, 각 성에 있는 백도문파들 중에는 미처 천마성 지부의 거점을 파악하지 못한 경우가 많이 있었다. 그 때문에 갑자기 발호한 천마성의 각 지부에게 속수무책으로 당하는 경우가 빈발했다. 평화시기가 너무 길어지면서 흑도문파에 대한 긴장을 늦춘 것이 화근이었다.

이후 한 달여 동안, 무림맹의 열세는 계속되었다.

초반 형세로만 본다면 이대로 천마성이 강호를 일통하지 않을까 할 정도로 그들의 기세는 무서웠다.

하지만 아무리 종이호랑이로 전락했다지만, 무림맹은 백도무림의 총화. 결코, 쉽게 마도에 굴복할 만큼 만만치 않았다.

이내 전열을 가다듬은 무림맹은 구대문파와 사대세가를 거점으로 삼아 수성전에 돌입했다.

수성전에서 수비하는 쪽이 유리한 것은 비단 국가 대 국가의 전쟁에서만 그런 것은 아니었다. 기실, 대부분의 거대문파와 세가들에 각가지 진들이 설치되어 있었기 때문에, 오히려 무림에서의 수성전이 국가전에 비해 더욱 유리하다 할 수 있었다.

천마성이 비록 단일세력으로 무림 최대의 세력이라고는 하나, 중원 전토를 감당할 수 있을 정도의 능력은 없었다.

국가 규모의 병력이 있었다면 거점을 포위만 해 놓고 나머지 지역을 초토화하는 전략을 쓸 수도 있었겠으나, 애초에 그럴 만큼 인원이 풍부하지 못했다. 천마성의 본대가 대문파 한 곳을 포위해서 공격할라 손 치면, 어김없이 무림맹의 후위대들이 뛰어나와 천마성의 뒤를 때렸다.

그럼에도 천마성은 초기의 우세함을 등에 업고 공동파, 곤륜파, 아미파, 청성파, 당문을 점령했다. 그러나 그만큼 많은 피를 흘려야 했다.

그것이 빌미가 되었을까? 천마성이 숨 고르기에 들어간 그때, 무림맹에게는 반격의 기회가 찾아왔다.

구파일방 중 넷과 오대세가 중 둘이 무너지자, 중원 각지의 방파들이 긴장하기 시작했다. 위기감을 느낀 중소문파들이 하나둘 무림맹에 가입했다. 한 번 그런 바람을 타게 되자, 전국의 문파들이 너도나도 무림맹에 가맹하기 위해 정주로 모여들었다.

그로 인해, 흑백대전이 새로운 국면에 접어들었다.

한때 중원의 심장부인 섬서까지 진출했던 천마성은 곧 감숙까지 밀려났고, 산서, 하북, 산동, 하남, 호남, 강서 등에서 일시에 일어났던 지부들도 모조리 타파되었다. 기세를 탄 무림맹은 공동산과 당가장까지 되찾는 데에 성공했다.

그 과정에서 천마성과 무림맹 양측 모두 엄청난 피해를

입었다는 건 불문가지였다.

이후 전국(戰局)은 엎치락뒤치락 치열하게 전개되었다.

감숙과 사천을 경계로 양측은 일진일퇴를 거듭했다. 피가 흘러 내를 이루고 찢긴 살점이 모여 언덕이 되고 시체가 산처럼 쌓였다.

전쟁은 갈수록 치열해졌지만, 어느 한쪽이 다른 한쪽을 완전히 압도하지는 못했다.

결국, 흑백대전은 장기화 조짐을 보이면서 소모전에 접어들었다. 양측의 대표가 만나 휴전에 대한 논의를 한 것은 아니었지만, 자연스레 전화의 불길은 많이 사그라졌다.

외견상, 이 갑작스러운 흑백대전의 승자는 집사전이었다.

그들은 무림맹과 천마성의 싸움을 틈타 중원 각지의 지하 경제를 장악하는 데에 성공했다. 더불어 흑백 양쪽 모두에게 병장기와 물자를 팔아 막대한 부를 축적했다. 무림의 혼란기를 틈타 제대로 어부지리(漁父之利)를 취한 것이었다.

병장기류는 원래 국가에서 통제하는 품목이라 함부로 팔 수 없었지만, 무림 세력은 달랐다.

관무불간의 원칙은 여기에도 적용이 되었던 것이다.

황실과 관의 입장에서는 그들이 사용하는 칼이 자신들에게 향하지만 않는다면, 뭐든 용인해 줄 용의가 있었다. 하물며, 지금과 같이 대전을 벌인다면야, 무기 판매쯤이야 아무렴 어떤가.

어차피 무림인이라는 것들은 그들에게 눈엣가시.

통제하기 어렵다면 방임을 통해서라도 그 세력을 줄일 수 있다면 충분했다. 어차피 소탕하는 건 무리였다.

무림이라는 건 유사 이래 없어진 적이 없었고, 어느 정도는 관과 유대관계를 가지고 이어져 왔다. 관과 황실에서도 무공을 배우고 익혔으니, 어쩌면 공생관계라고 볼 수도 있었다. 그들이 있음으로 해서 국방력이나 전쟁 억지력이 증가하는 면도 분명히 있었다.

그럼에도 관은 무림을 항상 주시하고 있었다.

특히, 최근과 같이 오랑캐들이 국경을 침범한 시점에서는 더욱 그랬다. 무림이 어지러운 만큼 현 국경 또한 어지러웠다.

전쟁은 무림뿐 아니라, 중원의 북방에서도 치열하게 전개되고 있었다. 그곳이야말로 시산혈해라는 말이 어울리는 곳이었다.

무림에서 하루에 열 명이 죽는다면, 그곳에서는 하루에도 몇 백 명씩, 심지어 천 명 단위로 죽어 나갈 때도 있었다.

이렇게 각지에서 죽음이 만연하면서, 오히려 기회의 장이 열리기도 했다.

낭인.

일정한 적이 없이 세상을 떠돌며 검을 팔아 연명하는 자들.

이들은 세상이 혼란해지면 그때 오히려 할 일이 많아지

는 특이한 부류의 인간들.

재미있는 사실은 그들의 수요는 무림이고 관이고 어느 쪽에서나 존재한다는 것이었다.

무림에서 그들을 고용하면 그들은 낭인 무사가 되고, 관에서 그들을 사면 그들은 용병이 된다.

하지만.

이들이 어떤 이름으로 불리건 간에, 한 가지 분명한 사실이 있다.

그건 어떤 말로 이들을 포장하든 이들이 잔인무도한 인간사냥꾼이라는 그 사실. 그것 한 가지만큼은 분명한 진실이었다.

\*　　\*　　\*

산서성 최북방에 위치한 성시, 대동(大同).

오늘도 이곳에는 낭인시장(浪人市場)이 섰다.

검이나 도, 부 등을 멘 흉악하게 생긴 사내들이 곳곳에 퍼질러 앉아서 눈을 번득이고 있었다. 몇몇은 드러누워 잠을 청하기도 했지만, 대부분은 자신들의 고용주와 연결해 줄 검보(劍褓)를 기다리고 있었다.

검보란, 의뢰의 수준에 맞는 낭인과 고용주를 연결해 주고 얼마간의 이문을 챙기는 자들을 말했다.

이곳저곳에서 가격을 흥정하는 소리와 서로 고객을 모셔 가려는 검보들 간의 다툼 소리가 시장을 술렁이게 했다.

또, 낭인시장 곳곳에는 게르라고 불리는 북방 오랑캐들의 이동식 집이 설치되어 있었는데, 그 안에서는 엽취(獵取)한 귀를 은자나 은전으로 환전하는 일이 이루어지고 있었다.

엽취란 말은 통상 잘 쓰이지는 않지만, 사냥의 다른 말이고, 이곳에서는 흔히 인간 사냥을 엽취라고 칭했다. 다른 특별한 이유는 없었다. 그저 전쟁에 나가서 오랑캐들의 귀를 취한다고 해서 그렇게 붙여진 것이었다.

그리고 그것을 게르에서 이보(耳褓)에게 팔아 용병들은 돈을 벌었다. 이보는 그것을 포대기에 담아 군관들에게 넘기고 은자로 바꾼다.

흔히 이곳에서 용병으로 일하는 자들은 하급 낭인들이었다. 실력이 그럭저럭 쓸 만한 자들은 무림맹의 낭인대나 천마성의 외마인대(外魔人隊)에 지원할 수 있었다.

거기에 지원해서 선발된 낭인들은 감숙으로 떠났다. 그곳에서 그들은 서로 칼 부리를 겨누게 된다. 서로 싸울 사이인데, 이런 식으로 한 곳에서 뽑아 가기도 하는 것이다.

하지만 웃기게도 무림맹도, 천마성도, 그 어느 쪽도 이것에 대해 개의치 않았다.

그들에게는 그저 소모전 그 자체만이 의미가 있을 뿐이었다. 어차피 전쟁을 그만둘 수 없으니, 이런 식으로 자신들의 진짜 전력을 아끼는 것이었다.

그리고 그들 이외에 아주 뛰어난 실력의 낭인들은 관의 요인들을 경호하는 일이나 표국의 운송물들을 호위하는 일을 주로 맡았다. 그쪽이 수입이 좋고, 보다 안전했다. 그런 만큼 실력 또한 크게 요구되는 일이었다.

이러한 낭인시장은 이곳 대동에서 뿐만 아니라, 변경 지대 어디에서나 쉽게 볼 수 있었다.

특히, 요즘과 같이 지독한 시기에는 낭인들이 더더욱 중요했다. 법과 질서가 혼란한 시기에는 그 밖에 있는 존재들이 더욱 의미가 있게 되는 법이니까 말이다.

이들로 인해 이 근방 성시의 치안이 엉망이 되었지만, 북방원정군이나 수비대는 모르쇠로 일관했다.

어차피 낭인들은 필요악이다.

이런 개차반 인간 말종들은 어딜 가든 똑같다. 그럴 바에야 이곳에서 돈을 주고 남 대신 피를 흘리는 일에라도 쓴다면 그걸로 족하다고 여기는 것이었다. 그리고 이런 변방에 살고 있는 백성들이 어려움을 겪건 말건 목민관들이 알 바 아니었다.

낭인들이 사냥개라면, 이곳의 백성들은 그들의 흉포함을 달래 줄 토끼나 암캐들이었다.

이곳 대동에서 가장 중요한 일은 북방 유목 부족들을 막고 사냥하는 일이었다.

낭인들은 그를 위한 도구였다. 사냥개를 잘 달래기 위해서는 가끔 고기도 던져 주고 발정이 나면 암캐도 던져 주고 하는 것이 사냥꾼의 미덕이고 바른 태도다.

그렇게 해서라도 사냥개가 주인을 물지 않게 한다면 주인은 만족했다.

"귀수(歸綏)로 엽취를 떠날 예정이다. 생각이 있는 녀석들은 망설이지 말고 지원해라! 귀 하나에 은전 두 닢이다!"

갑자기 낭인시장이 부쩍 부산해졌다.

십수 명의 군관들이 나타난 탓이었다. 그들의 시끄러운 소리가 낭인시장 구석구석을 누비면서 하급 낭인들의 시선을 사로잡았다. 은전 두 닢이 꽤 큰돈이기는 했지만, 잘 훈련된 병사 하나를 아끼는 셈 치면 싸게 먹히는 셈이었다. 그 때문에 군에서 용병을 고용하는 일은 이곳에서 매우 일상적인 일이었다.

하지만 그 규모만큼은 이례적이었다.

이곳이 낭인시장이라고는 하나, 군관 십수 명이 한꺼번에 나서서 용병을 모집하는 것은 보기 힘든 일이었다. 군관 십수 명이 나타났다는 건 용병을 수백에서 천 단위까지도 뽑는다는 뜻이었다.

대규모의 원정. 그것의 전조였다.

물론 하급 낭인들에게는 굉장히 좋은 일거리였다. 운이 좋다면 수월하게 여러 명의 귀를 취할 수도 있으리라. 더 운이 좋다면, 아이나 죽은 동료들의 귀를 손 한 번 쓰지 않고 얻을지도 모른다.

"가겠소."

"나도 가겠소."

"나도."

곧, 낭인시장 이곳저곳에서 자빠져 자던 낭인들이 일어

나 엽취에 지원했다.

"이름?"

"호구."

"이름?"

"강패."

각 군관들이, 지원한 이들의 이름을 하나씩 지원 명부에 받아 적었다. 이것을 쓰는 이유는 최소한의 인원이라도 파악해 두려는 것이었다.

낭인들이란 인간들이 아주 제멋대로인 것들이라 인원수와 이름이라도 파악해 둬야 통제하는 데에 수월했기 때문이었다.

그렇게 한 군관 당 백여 명의 이름을 적었다.

군관 수에 대비한다면 실제 모집한 용병은 천 명이 넘었다는 의미였다. 이곳에서도 유례없는 대규모의 용병 고용이었다.

"더 없나?"

군관 중 최고선임으로 보이는 자가 큰 소리로 외쳤다. 더는 지원자가 없는지 나서는 이가 없었다.

군관은 마지막으로 '더 없나' 하고 한 번 더 물어보고는 명부를 덮었다.

그런데.

그때였다. 한 사내가 어슬렁거리며 그에게 다가와 붓을 빼앗아 들고는 명부를 펼쳤다.

사내의 체형은 매우 다부졌고, 키는 보통이었다.

뒤로 길게 기른 머리는 아주 지저분했고, 앞머리는 길게 풀어헤쳐 양 눈을 가리고 있었다.

군관은 갑자기 붓을 빼앗겼음에도 사내를 탓하지 않았다. 사내가 누구인지 알기 때문이었다.

아니, 그뿐 아니라 이곳에 온 군관 모두가 사내를 알고 있었다.

미치지만 않았다면 사냥개는 턱 힘이 좋은 놈이 최고.

게다가 앞머리로 눈을 가린 이자는 이곳에서도 발군이었다. 지난 일 년간 수백 수천 명의 낭인들이 죽어 나갔지만, 그만큼은 살아남았다.

용병으로 지원하는 낭인들은 흔히 하급 낭인인데, 그는 실력이 좋음에도 불구하고 계속해서 용병 일을 했다. 군으로서는 이용하기에 딱 좋은 사냥개였다.

군관은 피식 웃으며 명부를 바라봤다.

거기에는 사내가 일필휘지로 적은 이름 세 자가 아주 멋들어지게 적혀 있었다.

사내가 무얼 하던 사람인지는 모르겠으나, 저런 명필이라면 뭔가 사연이 있으리라.

'하지만 어차피 내 알 바 아니지.'

사냥개 주인에게는 개 이빨만이 중요할 뿐, 그 녀석이 순종인지 아닌지는 전혀 고려할 만한 가치가 없었다.

사내의 이름은.

강달희였다.

"이귀도 가는가 보구먼."

이귀(耳鬼). 귀귀신.

주변의 다른 낭인들이 그를 그렇게 불렀다.

그것은 강달희, 아니, 동봉수 그가 이곳에서 새롭게 얻은 별명이었다.

다들 귀를 자르는 이유가 돈을 벌기 위해서라면, 동봉수는 마치 귀를 자르는 그 자체에 이유가 있는 것처럼 귀를 많이 자른다고 해서 붙여진 별명이었다.

"이귀도 가는 거면 일이 좀 수월히 풀리겠어."

"그러게."

"그럼 우리도 끼지."

이귀의 엽취 참여로 눈치만 보던 다른 낭인 수십 명이 용병으로 더 합류했다.

그런 그들을 보며 군관이 속으로 비웃었다.

'병신들. 이귀가 너희 대신 싸워 주길 한다더냐? 아니면 죽어 주길 한다더냐?'

합당한 조소였다.

실제로 이귀가 참여한 엽취는 용병들의 생존율이 낮았다. 비록 이귀는 살아남더라도, 다른 용병들은 수도 없이 죽어 나갔다.

지원 명부를 적는 군관들은 모두 그 사실을 잘 알고 있었다. 용병들만 그것을 모를 뿐.

하나, 군관들은 말없이 추가 인원들의 이름을 받아 적었다. 용병들이 많다는 건 대신 죽어 줄 사냥개가 그만큼 늘어난다는 뜻 아니겠는가? 그들이 나서서 개 이름표를 떼

버릴 이유는 하등 없었다.

잠시 뒤.

최종적으로 대략 일천오백 명 정도의 이름이 지원명부에 적혔다. 이귀 덕분에 예상했던 수보다 훨씬 더 많은 용병을 징집할 수 있었다. 만족한 군관들은 용병 모집을 멈췄다.

"이틀 뒤, 진시(辰時)에 귀수로 출발한다. 그때까지 대동총관부(大同摠管部) 앞에 집결하도록."

이미 그들의 목소리를 듣는 낭인들은 아무도 없었지만, 군관들은 끝까지 자기 할 일을 마쳤다.

"이상이다."

일을 마친 군관들이 하나둘 낭인시장을 떠났다.

일거리를 잡은 낭인들 또한 우르르 그곳을 빠져나갔다.

개중에는 이귀 동봉수도 있었다. 낭인들은 그럭저럭 오가다 만난 사이끼리 와자지껄 떠들며 대동의 주가(酒家)나 청루(靑樓), 홍루(紅樓)로 향했지만, 그는 혼자였다.

아무도 그에게 접근하지도, 그렇다고 인사말을 붙이는 사람도 없었다.

경원(敬遠), 아니, 공원(恐遠)이라고 해야 할까?

용병들 같은 전귀(戰鬼)들도 두려워하는 것은 있었다.

죽음. 누구나 그렇듯 죽는 것은 무서웠다.

남의 목숨을 뺏는 건 가차 없이 행하지만, 자신들이 죽는 것만큼은 너무도 끔찍해했다. 그 때문에 그들의 몸에서는 알게 모르게 죽음의 광기와 그에 대한 공포가 배어 있었다. 그래서 자연스럽게 자기들끼리 어울리면서 그런 감정들을 배출했다.

하지만 낭인들 중 몇몇은 특별했다. 그런 걸 특별하다고 해야 하는 건지는 잘 모르겠지만, 어쨌든 특이한 자들이 있었다.

죽이는 일 자체를 즐기는 부류, 업으로써 날 때부터 죽이는 걸 전문적으로 해 온 경우, 또는 무림고수였으나 한순간의 실수나 마공을 익혀 공적으로 몰려 이곳으로 숨어든 이들 등.

이들은 죽음이라는 것에 매우 친숙하고 익숙한 사람들이었다.

낭인들은 같은 낭인이라도 이들과는 가깝게 지내지 않았다. 그럴 수가 없었다. 애초에 실력이 달라서 하는 일 자체가 달랐다. 하급 낭인들은 일이 생기면 아무거나 가리지 않고 해야 하는 처지지만, 그들은 무림이나 관에 개인적으로 고용되어 좀 더 '고급'스러운 일을 했다.

하급 낭인들이 두(頭)당이나 이(耳)당으로 돈을 받았다면, 그들은 건(件)당으로 돈을 받았고, 그 액수 또한 일반 낭인들의 그것과는 하늘과 땅 차이였다.

그래서 굳이 하급 낭인들이 그들을 멀리하지 않아도 저절로 멀어지기 마련이었다.

한데 이귀는 달랐다. 그는 이미 이 낭인시장에서 특급으로 분류되었음에도 여전히 용병 일을 하며 엽취에 나서고 있었다.

다음엔, 다음번엔, 그래, 이다음엔 반드시 빠질 거야,

꼭…….

그랬는데 이번에도 이귀는 어김없이 엽취에 참가했다.

여러 가지 소문이 돌았지만, 그에 대해 정확히 아는 이는 아무도 없었다. 왜냐하면, 이곳에서 그와 친한 사람은 아무도 없었으니까.

동봉수는 터덜터덜 걸어 대동의 외곽지인 낭인촌에 있는 자신의 목옥으로 향했다.

그런 그를 보며 그때까지 가만히 있던 신참 낭인 한 명이 볼멘소리를 냈다.

"쳇. 어린 자식이 더럽게 무게 잡네. 확 쫓아가서 멱을 따 버릴까 보다."

퍽.

옆에 서 있다가 그의 혼잣말을 들은 고참 낭인 한 명이 신참의 뒤통수를 강하게 후려치며 말했다.

"이 자식이 돌았구만."

"이 새끼가 미쳤나! 네가 뭔데 날 쳐, 어?"

머리를 맞은 신참이 참지 못하고 대거리를 했다. 그러자 또 다른 고참 한 명이 검을 뽑아 들며 말했다.

"인생선배가 조언을 해 주면 알아서 잘 처새겨들을 것이지. 꼭 이렇게 엉겨 붙는 좆만이가 있단 말이야."

착.

이미 신참의 목 아래에 차가운 검날이 닿아 있었다. 신참은 그제야 입을 닫았다.

"자, 지금부터 내가 하는 말을 잘 새겨들어라. 내가 네놈의 그 더러운 모가지에서 나오는 젖비린내 나는 빨간 국물 맛을 보고 싶지는 않으니까. 알겠냐?"

"⋯⋯."

"알겠냐고, 이 좆만 한 풋내기야."

신참은 목에 생채기가 나는 걸 알면서도 고개를 끄덕일 수밖에 없었다.

그렇게 하지 않으면 정말로 목이 베일 것 같았기 때문이었다.

신참의 목에서 핏방울 한 줄기가 새어 나오기 시작하자, 고참이 입을 열어 이귀에 관해 이야기하기 시작했다.

"한 일 년쯤 전이었을 거다. 웬 깡마르고 볼품없는 거지꼴을 한 녀석이 여기 나타난 때가⋯⋯."

＊　　＊　　＊

소년. 어쩌면 갓 약관이 되었을 법한 청년.

추레하기 그지없었지만, 소년이라는 존재는 그 자체만으로도 대동에서는 희귀한 먹잇감이었다.

비록 대동에 기녀들이 많다 하나 거의 퇴기들이다. 더 이상 남자들의 욕정을 자극할 수 없을 정도로 몸이 망가졌거나 늙은 창녀들.

낭인들은 정욕 해소를 위해 어쩔 수 없이 수낭자(手娘子) 대신 이용하기는 했지만, 어떨 때는 손보다 못할 때도 있었다.

늙고 축 처진 노기의 가슴보다는 젊고 싱싱한 소년의 엉덩이가, 이곳에서는 더욱 값어치가 있었다.

동봉수가 나타난 첫날.

굶주린 낭인 대여섯이 그를 골목으로 끌고 갔다. 그리고 다른 십수 명의 낭인들이 골목 밖에서 자기 차례가 오기만을 기다리며 군침을 흘렸다.

흐흐흐…….

빗나간 음탕함이 대동의 한 귀퉁이에 자리 잡은 하급 낭인촌에 넘쳐흘렀다.

하지만.

그 분위기는 채 일각도 되지 않아 깨어졌다.

자박자박.

가벼운 발소리.

우락부락한 낭인들의 것이 아니었다. 이내 발소리의 주인이 골목 밖으로 모습을 드러냈다.

동봉수였다.

"……!"

하물에 잔뜩 힘을 주고 있던 낭인들은 놀랐다. 단순히 동봉수가 먼저 나왔기 때문이 아니었다.

뚝뚝뚝…….

동봉수의 꽉 쥔 오른손 사이로 핏물이 줄줄 새어 나오고 있었다.

그 핏물이 모여 더러운 낭인촌 바닥으로 추락하며 빗물 떨어지는 소리가 났다.

피는 그의 것이 아니었다. 그의 손에 쥐어진 고깃덩이 주인들의 것.

동봉수가 너무 세게 움켜쥔 탓인지 고깃덩이들이 한데 뭉쳐져 사정없이 찌그러져 있었지만, 낭인들은 그 고깃덩이가 뭔지 모두 알아봤다.

코(鼻). 그것은 코였다.

누구의 것인지는 굳이 묻지 않아도 누구나 짐작할 수 있었다.

쫙.

동봉수가 콧물과 핏물이 섞여 끈적이는 손을 한 차례 폈다가 다시 쥐었다. 그에 붉은 액체가 사방으로 튀었다.

그런 연후에 동봉수는 다음 차례를 기다리던 낭인에게 태연히 다가가서는 말했다.

"여기서는 이게 돈이라고 들었소. 이것들을 은전으로 바꾸려면 어디로 가야 하오?"

동봉수의 목소리는 낮고 침착했다.

아니, 그런지 안 그런지 알기 어렵다고 하는 것이 더욱 정확한 것 같았다.

낭인은 너무도 태연자약한 동봉수의 태도에 자신도 모르게 하물을 잡고 있던 손을 들어 이보들이 모여 있는 낭인시장 쪽을 가리켰다. 이미 하물은 그 이름 그대로 아래로 수그러들어 있었다.

"고맙소."

동봉수는 의미 없는 감사 인사를 건네고는 낭인시장 쪽

으로 사라졌다.

그곳에는 수십의 낭인들이 더 있었지만, 아무도 그가 코를 잘못 잘랐다고 말하는 이는 없었다.

반 시진 후에 동봉수는 다시 낭인촌에 돌아와서는 아무 일도 없었다는 듯이 골목 안에 들어가서는 코가 없는 낭인들의 귀를 자르고는 다시 낭인시장으로 갔다. 그때까지 아무도 새로 죽은 이들의 귀를 자르지 않았던 것이다.

동봉수는 그날 번 돈으로 그 낭인촌의 빈 목옥 한 채를 샀다.

그것이 동봉수가 대동에 온 첫날이었고, 이귀라는 별명의 시작이었다.

* * *

대동총관부.

지금 이곳에서도 이귀에 대한 보고가 이루어지고 있었다.

"동승(東勝) 원정에서 일흔두 개의 귀를 수집. 포두(包頭)에서 여든여덟 개의 귀를 수집. 이금⋯⋯."

"그만. 누가 지금 그런 걸 일일이 다 듣고 싶다고 했나? 간추려서 보고해."

이자송(李滋宋)이 짜증을 내며 부관의 말을 끊었다.

안 그래도 이런 험한 벽지(僻地)로 쫓기듯 밀려와서 좋은 기분이 아닌데, 별 시답지도 않은 용병 대장 후보 따위의 이력을 하나하나 차근히 들으니 기분이 좋을 턱이 없었다.

그렇다고 안 들을 수도 없었다. 이번 귀수원정이 실패한다면 뒤가 없었다.

더 실패하려 해도 더 할 수 없게 되는 것이다. 목이 잘리는 실패는 누구에게나 그렇듯 마지막 실패가 될 테니까.

그걸 막기 위해 사재를 몽땅 털어서 고용한 용병들이었다. 형식적으로 부관 중 한 명에게 용병들을 맡기겠지만, 용병이란 것들은 원래 통솔이 잘되지 않는 것들이었다. 그래서 실질적인 대장을 용병들 중에 뽑아야 했다.

이자송은 예전에 용병들을 이끌고 남방 원정을 나섰던 적이 있어서 용병들의 생리에 대해 어느 정도 알고 있었다. 물론 그때와 지금 자신의 처지는 천양지차였지만.

"넷, 알겠습니다!"

부관은 힘차게 대답한 후 원정 명부에 적힌 숫자를 더하기 시작했다.

하지만 군관이란 것들이 으레 그렇듯 그 역시 산학(算學)에는 젬병이었다.

한참을 기다리던 이자송이 결국 참지 못하고 부관의 손에서 명부를 뺏어 들고는 직접 강달희에 대한 기록을 살폈다. 원래 문관 출신인 이자송은 부관보다 훨씬 수월히 명부의 수들을 이해했다.

이자송은 명부를 살핀 지 얼마 되지 않아 눈길을 끄는 대목을 하나 볼 수 있었다.

"일 년간 서른한 번의 원정? 이거 정말인가?"

이자송의 질문에 부관이 우물쭈물하다가, 갑자기 손가락을 펴서는 오물조물거렸다.

꼭 어린아이가 손가락 발가락을 이용해 공깃돌을 세듯 어설퍼 보였다.

"지금 뭐하는 것인가? 이거 진짜냐고 묻지 않았나?"

"죄, 죄송합니닷! 저도 정확히 모르겠습니다!"

부관의 너무 우렁찬 대답에 이자송이 할 말을 잃었다.

하긴 숫자 몇 개 연달아 나왔다고 덧셈도 제대로 못하는 자가 이런 걸 보지 않고 어떻게 알겠는가? 이자송이 쯧쯧거리며 혀를 찼다.

그때 부관이 재차 큰 소리로 말했다.

"서른한 번인지는 잘 모르겠지만, 이귀가 일 년간 엽취에 한 번도 빠지지 않았다고 알고 있습니닷!"

쯧쯧쯧.

처음부터 그렇게 대답했으면 될 것을…….

그나저나 생각보다 훨씬 대단한 자인 것 같다. 이 강달희라는 자…….

이자송은 일 년간 원정에 한 번도 빠지지 않았다는 것이 얼마나 대단한 건지 잘 알고 있었다. 단순히 무공이 뛰어나다고 전쟁터에서 오래 살아남는 것이 아니었다.

용병이란 항상 전장의 최일선에서 싸운다.

오랑캐들, 특히나 북방의 오랑캐들 중에는 고수들도 종종 있었다. 그런 놈들에게 걸리면 정병 수십이 썰려 나가는 건 일도 아니었다.

용병이라고 크게 다르지는 않았다. 일 년 동안 쉬지 않고 전투를 치렀다면 그런 자들을 여럿 만났을 터.

그 위험을 모두 넘겼다는 소리 아니겠는가? 거기에다가 전쟁터에는 언제나 예측하기 어려운 위험이 도사리기 마련이었다. 그 또한 모두 피했다는 뜻.

'일 년간 북방에서 용병으로 살아남았다라……'

이자송이 허리를 뒤로 한 번 젖혔다가 고개를 들고는 입맛을 다셨다.

그가 어떤 것에 흥미가 생겼을 때마다 하는 버릇이었다.

"수집한 귀의 양은……."

"……자, 잘 모르겠습니닷!"

"쯧쯧. 당부관한테 한 말이 아니다. 내가 이걸 들고 있는데 자네가 그걸 어찌 알겠는가?"

부관이 눈치 없이 질문인지 아닌지도 분간 못 하고 대답했지만, 이자송은 가볍게 핀잔만 줬을 뿐. 눈은 잠시도 명부에서 떼지 않았다.

"으흠…… 귀로 직접 거래한 걸 제외하고, 이보에게 넘긴 귀의 총 개수가 이천팔백열여섯 개라. 놀랍군. 이자가 이곳에서 이귀라고 불린다고 그랬나?"

"네, 장군."

"과연 그렇게 불릴 만하군. 고작, 일 년 만에 이리도 많은 적을 베었다니."

이천팔백십육.

그 안에는 점령지의 여자들이나 아이, 노인들의 귀도 포함되어 있을 것이다. 또는, 전투에서 희생된 다른 용병들의 귀도 있겠지.

그렇지만, 그렇다 하더라도 이귀가 일 년 동안 수집한 귀의 양은 어마어마했다.

그것이 또한 이자송에게는 상당히 특이하다 여겨졌다.

귀 하나에 은전 두 닢이다. 그러니 귀 다섯에 은 한 냥이다.

귀 이천팔백열여섯 개면 은 오백예순석 냥 하고도 은전 한 닢이 남는다. 이는 은 열한 정(1정≒2kg)이 넘는 거금이다.

이 금액이면 보통 백성이 몇 대에 걸쳐 호의호식할 수 있을 정도다. 그런데 이미 특급으로 분류될 만큼의 이력을 쌓은 강달희가 왜 아직 용병질을 하고 있는 것인가?

돈 때문인가? 나갈 때마다 귀 백여 개 정도 베고 있으니 웬만한 상급 낭인들의 호위 임무보다 수익은 좋을 것이다. 하나, 단순히 그렇게 치부하기에는 마뜩잖았다.

이자송은 검병을 손으로 살살 쓰다듬다가 이내 고민을 멈췄다.

"데려와."

"네?"

"강달희, 이귀라는 녀석을 내 앞에 데려오라고. 용병 대장을 맡길 만한 놈인지 아닌지 직접 봐야겠네."

부관이 그제야 무슨 말인지 알아듣고는 왼쪽 가슴을 오른 주먹으로 치며 대답했다.

팡! 하는 소리가 상당한 것이 무식한 만큼 충직하게는 보이는 부관이었다.

"충!"

부관이 총관실을 빠져나갔다.

혼자 남은 이자송은 무엇을 생각하는지 허리를 뒤로 젖히고는 입맛을 계속 다셨다.

* * *

그 시각 동봉수는 목옥을 나와 대동의 번화가를 걷고 있었다.

"가가, 놀다가. 오늘 물 좋아."

"거기 눈 가린 공자~! 잠깐만 놀다 가요~ 나한테만 눈 살짝 보여 줘. 내가 눈알 이쁘게 핥아 줄게~"

"아학—!"

"잘생긴 총각. 한잔하고 가. 오늘 남경에서 최고급 술이 들어왔어—!"

과연 퇴폐성부(頹廢城府)라는 그 명성에 걸맞는다고 해야 할까?

대동 중심가의 오후는 다른 성시의 그것과는 확연히 달랐다.

아예 대놓고 대낮부터 홍루와 청루의 기녀들이 호객 행위를 하고 있었고, 주가는 벌써부터 거나하게 취한 낭인들이 그득했다.

기녀들과 주루의 호객꾼들이 앞다투어 동봉수를 유혹했다.

대부분이 그보다 나이가 훨씬 많은 퇴기라서인지 모르겠지만, 동봉수는 별 관심 없는 듯 그저 그들을 지나쳐 앞으로 갈 따름이었다. 뒤에서 고자새끼니 엄시(閹侍)니 하는 소리가 들려왔지만, 동봉수는 아랑곳하지 않고 자기 길을 갔다.

주가를 지나자 포목전(布木廛)과 병기점, 피공소(皮工所) 등이 밀집해 있는 상가가 나왔다.

역시 낭인들의 성시답게 취급하는 물품들이 거의 무기류나 방구류였다. 심지어 포목전도 이름만 포목전일 뿐, 팔고 있는 물건 대개가 갑의지(甲衣紙)나 목면갑(木棉甲), 전립(戰笠) 등 철이나 가죽으로 만들어지지 않은 보조 장구류였다.

동봉수는 다른 곳에는 눈길 한 번 주지 않고 팔방병고(八方兵庫)라고 적힌 낡은 현판을 내건 병기점에 들어섰다.

현판만큼이나 내부도 낡아 있었지만, 안에 비치된 무기만큼은 날이 바짝 선 것이 상당히 훌륭해 보였다.

벽 한쪽에는 검이나 창 등의 무기들이 걸려 있었고, 다른 쪽에는 철갑이나 동갑 등의 갑옷들이 진열대에 놓여 있었다. 그리고 방금 동봉수가 들어온 입구의 맞은편에는 입구와 똑같이 생긴 출입구가 하나 있었는데 그 안에서 망치 소리가 요란하게 들리는 것이 이곳 주인의 작업실이리라.

땅! 땅!

쇠를 두드리는 소리가 시끄럽다.

동봉수는 별 망설임 없이 야장(冶場)으로 들어섰다.

주인으로 보이는 야장(冶匠)은 손님이 온 것도 모르고 여전히 쇠를 두드리고 있었다. 동봉수는 방해하지 않고 조용히 야장의 뒤에 가서 섰다.

얼마나 열심히, 오랫동안 두드렸는지, 야장의 온몸이 새빨갛게 달아올라 있었고 땀은 비 오듯이 흐르고 있었다.

도대체 언제 잘랐는지 모를 정도로 그의 머리칼은 길고 덥수룩했고, 턱수염도 지저분하게 자라 있었다. 단순히 더러울 뿐 아니라, 다듬지 않아 꼴사납기까지 했다.

게다가 새빨갛게 달아오른 피부 탓에 잘 표가 나지는 않았지만, 그의 몸도 얼룩덜룩한 것이 안 씻은 지 매우 오래된 것 같았다. 당연히 몸에서 풍겨 나오는 악취도 심각한 수준이었다.

하나 동봉수는 아랑곳하지 않고 여전히 그의 망치질을 가만히 지켜봤다.

땅! 땅!

도대체 무엇을 만들기에 저렇게 될 정도로 열성적으로 망치질을 하고 있는 것일까?

사실 얼핏 보기에는 이미 그의 작업이 끝난 것처럼 보였다.

야장의 앞에는 동봉수의 키와 거의 비슷한 아니, 똑같은 철상(鐵像)이 하나 서 있었다. 얼마나 정교하게 만들어졌는지, 만약 밤에 길에서 저것과 마주하고 선다면 누구라도 저것을 사람이라고 생각할 정도였다.

그런데 야장은 왜 완성된 철상에 정을 대고 계속해서 망치를 내려치고 있는 것인가?

땅! 땅!

철상의 내부가 비어 있는지 금속의 속 빈 울림소리가 쉴 새 없이 작업장 안에 울려 퍼졌다.

야장의 붉은 팔에 힘줄이 툭툭 불거진다. 그 힘이 실린 망치가 정을 통해 철상에 전달되었다.

하지만 철상에는 아무런 흠집도 생기지 않았다.

동봉수가 이곳에 나타난 지 한 시진이 지났다.

그동안 수천 번의 망치질이 있었지만, 철상은 그대로였다.

두 시진 후.

그동안 정이 두 개나 망가졌지만, 철상은 여전했다.

동봉수가 이곳에 도착한 지 세 시진이 흘렀다.

땅땅거리는 야장의 망치질 소리는 아직 규칙적이었지만, 철상은 오후의 그 모습을 유지하고 있었고, 날만 저물었다.

그리고 동봉수 또한 오후에 이곳에 도착한 그 모습 그대로 변함이 없었다. 다만, 해가 져 그의 그림자가 옅어졌을 따름이었다.

"다음에 다시 오겠소."

달이 살포시 떠올라 점점 그 세력을 넓혀 갈 때 즈음, 동봉수가 이곳에 와 처음으로 입술을 뗐다.

땅! 땅!

야장의 대답은 여전히 망치 소리뿐.

동봉수가 몸을 돌려 팔방병고를 나섰다.

자박이는 그의 규칙적인 발소리가, 그의 발걸음만큼이나 일정한 망치질 소리에 섞여 들었다.

야장의 손은 여전히 멈추지 않았다.

아마 다음에 오면 저 수염과 머리카락이 훨씬 더 길고 지저분해져 있겠지. 어쩌면……

저 철상의 키 또한 더 작아져 있을지도…….

동봉수는 천천히 왔던 길을 다시 되짚어 갔다.

그리고 그제야 그의 머릿속을 시끄럽게 하던 영안의 경고음이 그쳤다. 그때 그와 팔방병고의 거리는 정확히 20미터였다. 아니, 보다 정확히는 야장과 그의 거리가 딱 그만큼이었다.

21, 22, 23…….

동봉수와 팔방병고의 거리는 점점 멀어졌고, 영안이 그친 것처럼 동봉수도 이 거리에서 그 모습을 감췄다.


여느 상가가 그렇듯, 이곳도 밤이 찾아오면서 각 점포들이 하나둘 문을 닫았다. 하지만 그럼에도 팔방병고의 불은 꺼질 줄 몰랐다.

사방이 조용해지고 주위가 어두워져서 그런 것일까? 오히려 팔방병고에 켜져 있는 촛불이 더욱 밝아지고 망치 소리도 아까보다 훨씬 커진 것 같았다.

땅! 땅! 땅!

야장의 손은 여전히 힘차게 움직이고 있었다.

아마도 정이나 망치가 부러지거나 초의 불이 꺼지지 않는 다음에야 그의 팔은 절대 멈추지 않을 것처럼 보였다. 그것도 아니면 완전히 탈진하여 쓰러지거나 팔이 부러진다면 그때에나 멈출까.

그렇게 얼마나 시간이 더 흘렀다.

한밤의 삭풍 한 줄기가 팔방병고에 스며들며 촛불을 뒤흔들었다. 차가운 바람은 홀로 다니는 것이 외로웠는지, 냉막한 인상의 중년객 한 명과 같이 찾아들었다.

"오랜만입니다, 어르신."

회포로 온몸을 꽁꽁 싸맨 중년인의 음성은 그의 얼굴만큼이나 삭막했다.

땅! 땅!

회포중년인의 음성이 비록 낮았다 하나 아주 못 들을 정도는 아니었으나, 그럼에도 야장의 팔은 이전과 다름없이 멈출 줄 몰랐다.

"맹주께서 찾으십니다."

야장에게서는 아무런 반응이 없었지만, 회포중년인은 아랑곳하지 않고 자신이 이곳에 나타난 이유를 말했다. 하지만 그가 야장에게서 얻을 수 있는 반응은 여전히 시끄러운 망치 소리뿐이었다.

"맹주께서 찾으십니다, 어르신."

야장이 대구를 하건 말건 회포중년인은 재차 야장의 등에다 대고 같은 말을 뱉었다.

중년인의 말을 이제야 들은 것일까? 아니면 귀찮았던 걸까? 그제야 야장은 붉게 달아오른 팔을 멈췄다. 그렇지만 여전히 회포인을 등진 상태였다.

"아, 그래서 뭐 어쩌라고?"

야장의 음성은 거친 그의 살갗만큼이나 듣기 껄끄럽게 상해 있었지만, 전혀 놀라지 않는 걸로 미루어 봤을 때 이미 회포중년인의 등장을 알고 있었음이 확실했다.

"맹주께서 어르신을 정주까지 모셔 오라고 하셨습니다."

"누가 간대? 눈이 있으면 좀 봐라. 나 지금 더럽게 바빠, 인마."

야장의 걸진 대꾸에 회포중년인이 그제야 철상을 바라봤다.

그의 눈에 순간 이채가 번뜩였다. 한눈에 보기에도 철상의 재질이 무척이나 특이했기 때문이었다.

"……만년한철이로군요."

"크크큭. 만년한철? 맹 같은 꽉 막힌 곳에 오래 있다 보니 파천패도, 네놈 눈깔도 썩은 동태 눈탱이가 다 되었구나."

"……."

"하긴 이게 뭔지 나도 모르는 마당에 네놈이라고 별수 있을까?"

야장은 분명히 회포중년인을 파천패도라 불렀다.

파천패도(破天覇刀) 을지태(乙支泰).

절대 가벼운 이름이 아니었다. 우내이십대 고수 중 하나이며, 무림맹주의 오른팔을 천하의 어느 누가 허투루 볼 수 있겠는가?

하지만 팔방병고의 야장은 그런 을지태에게 아무런 거리낌 없이 이놈 저놈이라 칭하고 있었다. 또, 그런 말을 듣는 을지태 또한 그 말을 아무렇지도 않게 받아넘기며 야장에게 어르신이라는 호칭을 하니……

야장의 정체가 필시 범상치 않음이리라.

"어르신, 천살성이 나타났습니다."

대꾸 없는 을지태를 놔두고는 다시 망치를 들던 야장의 손이, 천살성이라는 말에 일순 멈칫했다. 하나 그건 찰나에 불과했고, 야장의 작업은 이내 다시 시작되었다.

"천살성이 대수냐? 대장장이 평생에 다시 못 볼 희귀한 쇠붙이가 지금 내 손안에 있는데?"

땅!

야장의 망치가 다시 한 번 정을 내리칠 그때, 을지태가 다시 한 번 입을 열었다.

"극음천살성(極陰天煞星)입니다. 그것도 완전한 만성(滿星)입니다."

띵—

맑지 않다. 망치가 정에 빗맞았기에 이런 소리가 났다.

빗나간다는 것. 야장에게는 몇 년 혹은 몇 십 년에 한 번 일어날까 할 정도로 드문 일이었다.

그만큼 을지태의 말이 충격적이었다는 방증이었다.

그가 처음으로 몸을 돌려 을지태를 마주 바라봤다.

붉게 충혈 돼 있지만, 벼락같은 광채가 번뜩이는 눈, 만년거석처럼 앙다문 입술, 마른 논밭처럼 줄줄이 금이 가 있는 얼굴 주름. 이 모든 것이 그가 겪은 세월만큼이나 고집스럽게 보였다.

"지금 뭐라고 지껄였냐? 뭐, 극음천살성? 게다가 만성? 네놈이 지금 제정신으로 하는 소리더냐?"

조금 전 야장의 음성이 걸진 장터 구석 대장장이의 목소리였다면, 이제는 거기에 기이한 위엄이 덧씌워져 있었다.

을지태는 그런 야장의 눈을 피하지 않으며 낮지만 정확한 목소리로 말했다.

"네, 어르신. 모두 사실입니다. 기신성(奇新星)에 가려져 있어 이제야 발견할 수 있었다고 합니다."

흥분한 탓일까? 야장의 홍안이 더욱 붉어졌다.

"천마성이냐?"

"아직 잘 모르겠습니다."

"미쳤구먼. 극음천살성이 만성이 되었는데, 아직 잘 모르겠다?"

"그래서 맹주께서 어르신을 찾고 계십니다."

야장은 고개를 도리도리 가로저었다.

가지 않겠다는 뜻이 아니라, 무조건 가야 한다는 의미였다. 더는 을지태의 말을 거부할 수가 없었다.

"이걸 어쩐다……."

야장이 낮게 말하며 이제야 조금 흠집이 잡힌 철상을 가볍게 어루만졌다. 매끄러운 표면의 감촉이 거칠게 갈라진 자신의 손끝을 타고 느껴졌다.

신의 금속[神鐵].

야장은 이것을 처음 봤을 때 그런 생각을 했다.

대장장이로 산 지 수십 년이었지만 이런 쇠는 듣지도 보지도 못했었다. 게다가 그 쇠로 만들어져 있던 것은 더욱 놀라웠다.

이 금속이 신철이라면, 그걸로 만들어져 있던 검은 귀신의 검이었다. 스스로 천하제일의 명장이라고 자부했었는데…… 그것을 본 직후 그 생각이 깨어졌다.

머리끝부터 발끝까지 찌르르한 것이 타고 흐르는 전율. 야장은 태어나서 그런 느낌을 처음 받아봤다.

신의 금속과 귀신같은 솜씨로 만들어진 검.

야장의 자존심은 여지없이 깨어졌다.

그는 그걸 들고 온 자에게 물었다. 어디서 났느냐고. 그러자 그자가 대답했다. 이걸 다룰 수 있느냐고…….

…….

…….

….

…

.


"다룰 수 있겠소?"

"……미친 쇠붙이에 미친 솜씨로군. 어디서 났나?"

"다룰 수 있겠소?"

"다룰 수 있겠느냐니? 설마 이걸 녹이라는 말인가? 이걸?! 이걸 말인가? 이렇게 완벽한 걸?"

"물론이오. 가능하다면 이걸 좀 만들어 주시오."

"이건? 자네가 아닌가?!"

"그렇소. 그게 완성된다면…… 완성할 수 있다면 옆에 그려진 대로 조각조각 내 주시오."

"미쳤구먼. 이걸 녹여서 만들고 싶은 게 고작 전신 갑옷 쪼가리란 말이냐?"

"그럼 한 달 뒤에 다시 오겠소."

"자네 미친 건가? 이런 걸 덜컥 나한테 맡겼다가, 내가 가지고 토끼기라도 하면 어쩔 텐가 말이야."

"찾을 것이오."

"크크큭, 못 찾을 걸세. 자네가 나에 대해 알고 찾아온 것인지는 모르겠지만, 내가 숨고자 마음먹으면 천하의 누구도 나를 찾을 수가 없어."

"찾아서……."

"그래, 찾을 수 있다 치고. 찾아서 어쩔 건데?"

"죽일 것이오."

"……."

"그리고 되찾아갈 것이오."

"흐, 흐하하하하하! 정말 재미난 놈일세그려. 그래그래. 혹시라도 내가 그런 짓을 하면 꼭 그렇게 해 줘. 하하하!"

그날부터 그 정체불명의 검을 야장은 녹이기 시작했다.

.

...

....

.......

.......

"흐하하하하! 그래, 그랬었지. 그랬던 것 같아. 하하하!"

그때를 회상하니, 야장은 호탕하게 올라오는 웃음을 참을 길이 없었다.

그런 그를 을지태는 가만히 서서 지켜봤다.

을지태는 야장을 정말 오랫동안 알고 지냈다. 한데, 저렇게 크게 웃는 모습은 처음이었다.

아니, 야장이 웃을 수 있다는 것도 지금 처음 알았다. 그가 아는 야장은 그저 천하 최고 아니, 천하 최악의 괴짜였다.

그런 그가 저렇게 유쾌하게 웃고 있다니? 바로 앞에서 보고 있었지만, 믿기 어려웠다.

'누군가? 도대체 누가 저 노괴물을 웃게 했는가?'

을지태가 속으로 그런 질문을 던질 그때, 야장이 웃음을 거두었다.

"맹주 영감탱이가 똥줄 빠지게 찾는다니까 일단 가긴 가겠다만, 그 대가로 네놈이 나 대신 해 줄 일이 있어."

"그것이 무엇입니까?"

탕탕!

을지태의 질문에 야장이 망치가 아닌 손으로 철상을 치며 말했다.

"맹으로 이놈 좀 데리고 와."

철상이 아닌, 철상의 주인을 찾아서 데려오라는 말임을 을지태는 금방 알 수 있었다.

"……알겠습니다."

"너 말이야. 그렇게 건성으로 대답하지 말라고. 저놈 꼭 데리고 와야 돼. 안 그럼 나 뒈진다. 나 뒈지면 다 네 책임이야."

"……알겠습니다. 그래서 그의 이름은 무엇입니까?"

을지태의 질문에 야장이 아차 하는 얼굴로 입을 벌리며 말했다.

"아! 그걸 몰랐네, 내가. 생각해 보니 미처 그놈 이름을 안 물어봤구먼."

을지태는 농담 같은 야장의 말에 기분이 상하지 않았다.

야장은 원래 그런 사람이었으니까. 그것보다, 이름도 모르는 자에게 야장이 저렇게까지 관심을 둔다는 사실이 놀라울 따름이었다.

"어차피 네놈이 나서서 찾을 필요 없어. 여기서 기다리고 있으면 그놈이 아마 한 달쯤 뒤에 다시 여기로 올 테니까."

"알겠습니다, 어르신."

"자, 그럼 나는 이제 슬슬 맹주 영감탱이나 만나러 가 보실까?"

을지태의 대답을 기다리고 있었던 것일까? 야장은 을지태의 말이 끝나자마자 철상을 품에 안고는 그대로 팔방병고를 나섰다.

그의 걸음이 어찌나 빠른지 이내 점이 되어 사라졌다.

을지태는 야장이 사라진 곳을 오래도록 바라보다가 어느 순간 한마디 툭 던졌다.

"도대체 누군가······?"

그가 나타날 때처럼 삭풍이 다시 팔방병고 안으로 불어와서는 을지태의 음성을 싣고 대동 구석구석으로 날아갔다.


*    *    *


"이귀?"

불청객의 음성이다.

팔방병고에서 자신의 목옥으로 돌아온 동봉수는 집에서 흘러나오는 누군가의 목소리에 그 자리에서 멈춰 섰다.

이곳의 누구도 함부로 자신의 목옥에 들어오지 않는다는 걸 감안한다면, 청하지 않은 손님의 정체는 낭인이 아니리라.

동봉수의 생각대로, 허락도 없이 목옥에 침입해서 그를 기다리고 있던 자들은 이자송의 명령으로 동봉수를 데리러 온 대동총관부 소속 군관과 병사들이었다.

"같이 총관부로 좀 가 줘야겠다. 이귀."

남의 집을 무단으로 점거하고 있다가 튀어나와서는 집주

인에게 하는 말치고는 무척이나 무례했으나, 동봉수는 별로 개의치 않았다.

대동에서 군관 등의 관원들은 고용주였고, 자신과 같은 낭인들은 하잘 것 없는 피고용자였으니까. 물론 어디까지나, 동봉수를 향해 칼을 휘두르지 않을 때의 얘기지만 말이다.

어차피 목숨과 직결된 문제가 생기는 건 아니니, 그들의 자그마한 무례함 정도는 따지고들 생각은 없었다.

동봉수는 별 말 없이 군관의 뒤를 따라 대동총관부로 향했다.


잠시 뒤.

동봉수는 대동총관부에 도착했다. 잠시간의 몸수색을 거친 후, 그는 총관부 안으로 들어설 수 있었다. 수십 번이나 엽취를 다녀왔지만, 총관부 안으로 들어온 것은 이번이 처음이었다.

총관부 내부는 그 높다란 담장만큼이나 웅장했다.

10여 미터에 달하는 대문을 통과해 들어서니, 바위를 깎아 만든 듯한 정방형의 판석(板石)이 다닥다닥 붙여진 길이 길게 놓여 있었다. 그 길 양옆으로는 커다란 전각들이 일렬로 죽 늘어서 있고, 그 끝에는 고대 중국풍의 삼층 궁이 한 채 서 있었다.

군관은 동봉수를 그 삼층궁으로 이끌었다.

궁의 입구 앞에 도착해 보니, 들보에 큰 현판이 걸려 있었다.

'북동전(北同殿). 총관실이 있는 건물인가?'

동봉수의 생각대로 북동전은 대동총관부의 핵심적인 건물이었다. 북방대총관(北方大總管)이 이곳에 기거하며 북쪽 변경의 행사를 모두 관장했다.

곧 병사들은 모두 물러가고 이자송의 부관 혼자만이 남아 동봉수를 북동전 안으로 데리고 들어섰다.

'총관이 왜 나를 보자고 하는 것인가?'

누가 자신을 불렀는지는 자명했다. 문제는 그 이유.

몇 가지가 한꺼번에 떠올랐지만, 명확히 어느 것이라 단정 짓기는 어려웠다. 일단은 총관을 만나 봐야 알 것 같았다.

입구를 지나 긴 복도를 따라가니, 그 끝에 층계가 나왔다.

동봉수는 부관을 따라 3층까지 올라갔다. 그러자 큰 하나의 방이 나왔다. 사실, 방이라기보다는 그냥 3층 전체가 하나의 총관 집무실이었다.

집무실 한가운데에 대략 길이 15미터, 폭 5미터쯤 될 법한, 크고 각진 탁자가 하나 놓여있었는데, 아마 회의용인 듯했다.

층계 바로 앞에는 총관의 호위무사로 보이는 두 명의 경장무관들이 칼을 찬 채 서 있었다. 그리고 층계 기준 왼쪽 벽을 따라 검, 창, 극 등의 각종 무기가 일정한 간격마다 걸려 있었고, 그 맞은편 벽에는 투구와 갑옷들이 짝을 맞춘 듯 각을 잡고 있었다.

계단과 마주 보는 방향의 끝에는 비단을 꼬아 만든 발이 처진 화려한 호피침상이 놓여 있었고, 그 옆 벽면에는 남은 공간 전체를 아우를 만큼 큰 지도가 걸려 있었다.

마지막으로 동봉수의 눈에 보인 것은, 지도 앞에 서 있는 준수한 장년인이었다. 그는 습관인 듯 입맛을 다시며 이쪽을 바라보고 있었다.

동봉수는 그가 총관임을 어렵지 않게 알 수 있었다.

'총관이 새로 왔었군.'

처음 보는 얼굴이었다.

동봉수는 이전 총관을 엽취 때 몇 번, 멀리서나마 본 적이 있었다. 저렇게 젊지도 않았을뿐더러 자신을 좋아하지도 않았다.

그래서 자신에게 귀찮은 일을 시킨 적이 없었다. 그 덕분에 오히려 편했었는데…….

동봉수는 총관이 새로 온 사람이라는 걸 아는 순간, 왜 자신을 불렀는지 알 것 같았다.

그는 부관을 따라, 새 총독에게로 다가갔다. 계단을 지키던 두 명의 호위무관들은 만일의 사태를 대비해서인지 동봉수의 뒤를 잡은 채 바짝 붙어 왔다. 아마 동봉수가 수상한 짓을 하려는 낌새가 보이면 곧바로 발검 할 것이다.

하지만 그들이 걱정하는 만일의 사태는 벌어지지 않을 것이다. 동봉수가 그럴 마음이 있었다면, 이미 이곳에 있는 모두가 그 사태의 희생양이 되었을 테니까.

"그대가 이귀 강달희인가?"

동봉수가 가운데 위치한 탁자의 끝 쪽까지 와서 서자, 새로 온 총독, 이자송이 말했다.

"그렇소."

동봉수가 짧게 대답했다. 짧아도 너무 짧았다.

그에 그를 데리고 온 부관이 얼굴을 찌푸렸지만 나서지는 않았다. 이자송이 손을 들어 막았기 때문이었다.

"꽤나 뻣뻣한 인간이로군."

"……."

이자송은 의외로 동봉수가 어리고 평범해 보이자, 더욱 흥미가 돋았다.

그는 자리에서 일어나 탁자를 지나 동봉수의 바로 앞까지 다가왔다. 둘의 키가 엇비슷했기에 눈의 위치가 거의 똑같았다.

그렇지만 이자송은 동봉수의 눈을 볼 수 없었다. 이마 밑으로 길게 내려온 머리카락에 가려져 있었기 때문이었다.

이자송이 손을 들어 동봉수의 이마와 눈을 가리는 앞머리를 옆으로 젖혔다. 그러자 무감정한 동봉수의 눈이 드러났다.

어찌 보면 지극히 권태로워 보이기도 하고, 또 어떻게 보면 극도로 깊고 허망하게 느껴지기도 했다. 하지만 그건 순전히 해석하기 나름이지, 보다 엄밀히 말하면…… 그냥 평범한, 아무것도 아닌 그저 그런 눈빛이었다.

이자송은 무려 일다경이나 더 가만히 동봉수의 눈을 살

폈다. 그런데도 아무깃도 읽을 수 없었다.

'뭐지? 이런 인간도 있나?'

갑자기 몸에 오한이 찾아왔다.

아무 이유도 없었다. 그냥 갑자기 전율이 온몸을 감쌌다. 이자송은 천천히 손을 내리고 동봉수의 눈을 피했다. 그러고는 몸을 돌려 탁자 끝에 있는 의자로 가서 앉았다.

그는 크게 심호흡을 한 번 하고는 말했다. 원래 물어보고 싶은 말들이 많았는데, 이제는 더 물을 필요가 없어졌다.

"단도직입적으로 말하지. 내가 그대한테 천오백의 병사를 주면 잘 통솔할 수 있겠느냐?"

동봉수는 바로 대답하지 않고 가만히 이자송을 바라봤다.

이자송의 몸에 다시금 전율이 흘렀다. 분명 머리에 가려진 동봉수의 눈은 보이지도 않건만, 몸이 반응하고 있었다.

동봉수는 잠시 이자송의 눈을 빤히 바라보다가 입을 열었다.

"알겠소."

그렇다 혹은 아니다. 둘 중 하나가 대답이어야 맞다. 알겠다라는 건 시킨다는 결정이 있어야지만 할 수 있는 대답.

"나는 아직 그대에게 뭘 시킨다고 말하지 않았다. 그런데 왜 그런 대답을 하는 것인가?"

"나는 그저 당신이 원하는 대답을 한 것뿐이오."

동봉수의 대답에 이자송이 허리를 뒤로 젖히고는 입을 한 번 벌렸다가 닫았다. 그러다가 잠시 뒤 다시 입을 열었다.

"……무서운 자로군."

이자송의 동봉수에 대한 평가가 잠시 사이에 뻣뻣한 인간에서 무서운 자로 바뀌었다. 하나, 그의 말은 너무 얕아서 아무도 듣지 못했다.

동봉수도 물론 그의 말을 들을 수 없었다.

하지만 무슨 말을 했는지는 알았다. 그는 듣지 않아도 읽을 수 있었으니까.

"……"

동봉수와 이자송의 눈이 다시금 허공을 격하고 마주쳤다. 하지만 동봉수의 눈은 다시 내려온 머리카락에 가려져 있었다. 이번에도 먼저 피한 쪽은 이자송이었다.

"이번 엽취의 용병 대장은 그대다. 그럼 모레 보도록 하지. 가 봐."

이자송의 말이 떨어지자, 동봉수는 일언반구도 없이 바로 북동전을 떠났다.

"역시 건방진 자입니다. 저런 자에게 용병 대장을 시켜도 될는지 모르겠습니다."

부관이 말했다. 그러자 이자송이 젖혔던 허리를 원래 위치로 돌려놓으며 말했다.

"당부관이 느낀 건 그게 다인가?"

"네? 그게 무슨 말씀이신지……?"

"아닐세. 그럼 이만 나가 보게."

"네, 그럼. 소관이 필요하시면 언제든 다시 불러 주십

시오. 충!"

부관은 경례를 하고는 바로 계단을 따라 내려갔다.

이자송은 부관이 나가자 다시금 허리를 뒤로 젖히고 고개를 들고는 쩝쩝 소리가 날 정도로 입을 열었다 닫기를 반복했다.

"조금 전에 봤는데도…… 기억이 나질 않아……."

이자송은 무슨 뜻인지 모를 말을 주절거리며 그 자세 그대로 한참을 앉아 있었다.

* * *

끼이익.

꽤 늦은 시간임에도 목옥의 낡은 문소리는 언제나처럼 동봉수의 귀가를 반겨 준다.

그는 평소처럼 가볍게 상을 차리고는 늦은 저녁을 들었다.

먹는다.

밥을 먹는다.

인간은 밥을 먹는다.

인간은 밥을 먹어야 산다. 동봉수에게 여전히 인간임을 자각하게 해 주는 유일한 행위, 먹는다는 것이었다.

동봉수는 밥을 먹으며 오늘 하루의 정리를 시작했다.

용병 대장으로 새로운 엽취에 참가.

팔방병고 야장이 드디어 철상을 만드는 데 성공.


동봉수는 마치 그 모든 일들을 퀘스트의 일종으로 여기며 머릿속에다가 그려 나갔다.

우선, 엽취 참가로 얻을 수 있는 보상은 경험치와 숙련도다. 용병 대장이든 그냥 용병이든 상관은 없었다.

달칵—

상태창을 열었다. 지난 일 년간의 성과가 고스란히 스탯의 변화로 반영되어 있었다.

힘, 민첩, 지능 등의 기본 능력치, 그리고 그에 따라 변하는 체력, 명중, 회피, 공격력, 방어력, 무공 공격력, 무공 방어력, 원소 방어력, 진기/내공 등의 종속 능력치를 나타내는 노란색 게이지 바들이 비약적으로 길어져 있었다.

특히, 레벨이 29에 달해 있었다.

만렙이 있는지 없는지, 있다면 몇인지는 동봉수가 알 수 없었으나, 처음 이 세계에 왔을 때—레벨이 1이었을 때와는 비교도 할 수 없을 만큼 강해졌다. 신분도 고공보다는 훨씬 나은, 자유로운 낭인이었다.

외모도 급격히 변했다.

처음 엽취에 나서서 레벨 업을 했을 때에는, 원래의 마른 몸으로 돌아갈지도 모른다 생각했었는데…….

아니었다.

레벨 업은 상처나 기타 등등의 상태 이상만 치료할 뿐, 운동과 영양섭취, 자연적인 성장으로 말미암아 변한 몸은 그대로 됐다.

꽤 큰 키, 눈을 가린 덥수룩한 머리, 적당히 살이 오른 몸에 잔 근육이 가득 잡힌 몸, 그리고 소삼이 가지고 있던 여러 가지 상처나 점 등이 사라진 매끈한 피부.

이제 청년이 된 그를 누구도 예전의 마고공이었던 소삼 이라고 생각하지는 못하리라.

동봉수는 여러 스탯들을 훑어본 후, 마지막으로 레벨 게이지 바를 확인했다.

다음 레벨 업까지 채워야 할 부분이 맨눈으로는 잘 식별 이 되지 않을 정도로 적었다.

하지만 이는 지난번 엽취를 떠나기 전 확인했을 때와 거의 차이가 나지 않는 정도였다. 즉, 이제 엽취로 얻을 수 있는 경험치에 한계가 온 것이다.

'떠날 때가 되었나?'

동봉수는 그렇게 생각했다.

더 강해졌으니, 더 강한 야수들을 찾으러 간다.

더 강해질 수 없으니, 더 강한 포식자들을 사냥하러 떠난다. 그에게는 당연한 명제였고, 당연한 본능이었다.

아마도 이번 엽취로 레벨업을 할 수 있겠지.

확신할 수는 없었지만, 어쨌건 이번이 마지막 엽취가 될 것이다.

삑.

달칵—

상태창을 닫고 이번에는 스킬창을 열었다.

역시나 동봉수의 지난 일 년이 얼마나 치열했는지를 알
수 있는 결과물들이 주루룩 홀로그램으로 허공에 떠올랐다.

우선 전직 전에 있던 액티브 스킬들의 레벨이 크게 올라
있었다.

[경공 Lv.8, 삼재검법 제1초식 횡소천군 Lv.9, 제2초식 직도황룡
Lv.9, 제3초식 태산압정 Lv.7, 운기행공 Lv.3]

헌데, 패시브 스킬의 변화는 더욱 놀라웠다.

[베기 Lv.Max, 찌르기 Lv.Max, 던지기 Lv.Max, 막기 Lv.Max]

패시브 스킬의 숙련도 레벨이 전부 최대치(Max)에 이
르러 있었다. 이제 기본 동작만으로도 웬만한 적은 가뿐하
게 처치할 수 있을 만큼 강해진 것이다.

하지만 동봉수에게 이는 이제 새로울 것도 없는 사실이
었고, 당연히 더 살펴볼 필요도 없었다.

그는 젓가락으로 밥을 한 움큼 집어 입에 넣으며, 전직
후 생긴 새로운 스킬들의 변화를 살펴봤다.

새로운 스킬은 액티브 둘, 패시브 넷이었다.

액티브 둘은.

[검기(劍氣) Lv.3 숙련도 : 1.68%]
검에 기를 덧씌워 파괴력을 증가시키는 기술. 공격력을 비약적으

로 증가시키지만, 검기를 유지하는 데에는 많은 공력이 필요하다.

검기의 발출 효과로 사정거리가 소폭 상승한다.

공격력 보너스 : 150%

사정거리 보너스 : 3%

초당 진기 소모 : 50 JP


[보법(步法) Lv.4 숙련도 : 15.77%]

상대의 공격을 효율적으로 피하기 위해 고안된 기묘한 걸음걸이.

시전 시, 전후좌우 중 한 방향으로 1회 순간이동 한다.

쿨타임 : 5분

현재 적용 레벨 : Lv.4 (플레이어는 이 스킬의 레벨 수위를 조절할 수 있습니다.)

이동거리 : 4m

회당 진기 소모 : 1000 JP


이 두 가지였고, 패시브는.


[연참(連斬) (조건부 패시브) Lv.2 숙련도 : 60.05%]

인간은 피를 보면 볼수록 광분하는 성향이 있다. 특히, 낭인은 생존에 대한 강한 갈망으로 이 경향이 좀 더 두드러진다.

지속시간 : 5분

5연참에 성공했을 시, 모든 능력치가 5% 상승한다. (Lv.1 활성화)

10연참에 성공했을 시, 모든 능력치가 10% 상승한다. (Lv.2 활성화)

※연참의 효과가 끝나기 전에 다음 적을 베어야지만 Kill 수가 유지된다.

[연격(連擊) (패시브) Lv.1 숙련도 : 17.74%]
초식(招式)이 없이, 오직 실전으로만 검을 익힌 낭인의 검격은 투박하지만, 예측불허하기에 무섭다. 무엇보다도 낭인은 적이 비록 자신의 검에 격중 되지 않았다 하더라도 절대로 포기하지 않고 끈질기게 물고 늘어진다. 한 번에 베지 못한다면, 두 번, 세 번, 심지어 백 번도 넘게 휘둘러 반드시 적을 격살한다.
연이어 플레이어의 공격을 받은 적에게 특수한 상태 이상을 일으킨다.
2연격 성공 시, 적에게 '출혈(出血)' 을 일으킨다. 2연격 실패 시, 적을 뒤로 밀어낸다. (Lv.1 활성화)
※잇따른 공격이 연격으로 인정되기 위해서는 공격과 다음 공격이 1초 안에 이루어져야 한다. 발생하는 상태이상의 효과는 레벨에 따라 차이가 난다.

[철포삼(鐵布衫) (패시브) Lv.1 숙련도 : 91.45%]
몸의 피부를 극도로 단단하게 하는 외기공.
영구적으로 체력과 방어력이 상승한다.
체력/방어력 보너스 : 5%

[생존본능 (패시브) Lv.2 숙련도 : 0.00%]
비정한 강호에서 살아남기 위해, 낭인은 어려움에 처할수록 이를

악물고 더욱 악착같이 싸운다.

체력이 일정치 이하로 떨어지는 경우, 체력을 제외한 나머지 능력치가 생존에 대한 강한 열망으로 인해 상승한다.

현재 체력 : 100/100 (%)

체력이 50% 이하로 떨어질 시, 모든 능력치가 5% 상승한다. (Lv.1 활성화)

체력이 20% 이하로 떨어질 시, 모든 능력치가 10% 상승한다. (Lv.2 활성화)

※체력이 떨어졌다가 다시 일정치를 초과해서 회복되는 경우에도 1분간은 생존본능의 효과가 지속된다.


이렇게 네 가지였다.

말할 것도 없이 동봉수는 이 스킬들이 생김으로써 엄청나게 강해졌다.

검기 같은 경우에는 경공처럼 On/Off 형태의 액티브 스킬이었는데, 차이라면 레벨의 높낮이를 조절할 수 없다는 점과 진기 소모량이 엄청나다는 점이었다.

검기가 생김으로 해서 비로소 JP가 모자라는 일이 발생할 정도.

이전까지는 마음껏 스킬을 써도 JP는 남아돌았었다.

그러나 상당한 JP의 소모만큼 검기의 효과는 탁월했다. 운기행공과 중첩이 되기 때문에 운기행공을 쓴 채, 검기를 씌우면 그 공격력 상승이 막대했다.

여기에다가 다른 패시브와 또 다른 액티브 스킬의 중첩

이 더해지면, 동봉수 자신도 쉽게 어느 정도의 위력인지 가늠하지 못할 정도로 그 상승치가 대단했다.

보법 스킬은 이곳에서 말하는 일반적인 보법과 전혀 다른 개념이다.

'1회 순간이동' 이라는 설명대로 아주 위험한 순간, 적의 공격을 단숨에 피하는 일종의 회피기였다. 판타지 소설에서 흔히 나오는 블링크(Blink)라는 마법과 비슷하다고 할까? 쿨타임이 5분이기에 5분마다 한 번씩은 이걸로 절체절명의 위기를 넘길 수 있었다. 단, 이것 또한 전직 스킬인 만큼 JP 소모가 엄청났다.

패시브 스킬인 연참이나 연격과 같은 기술은 검기나 보법보다 훨씬 낭인적인 기술이었다.

적을 많이 사냥할수록, 혹은 많이 공격할수록 효과를 볼 수 있는, 일종의 연계기였다. 그 능력이 얼핏 보기에는 별것 아닌 것처럼 보일 테지만, 이것들이 검기 등의 다른 스킬이 적용된 상태에서 발동된다면 그 증가분은 절대 무시못할 정도였다.

철포삼은 일반적인 무협소설 속의 그것과 비슷해서, 체력과 방어력을 상승시켜 주는 생존기였다.

반면 생존본능은 철포삼과 비슷한 생존기였지만, 방어적인 철포삼과는 달리 공격형의 생존기였다.

일정치 이하로 체력이 떨어질 경우 체력을 제외한 모든 능력치가 증가한다. 어쩌면, 전직 스킬 중 가장 동봉수에게 어울리는 스킬이라 할 수 있었다.

전직 스킬들을 얻은 시점이나 숙련도를 올리는 방법이 제각각인지라, 1~4까지 그 레벨의 분포 또한 다양했다.

동봉수는 밥을 씹으며 그동안 전직 스킬들이 얼마나 성장했는지 살펴 갔다.

하지만 최근 얼마간은 거의 변하지 않았다는 걸 어렵지 않게 알 수 있었다.

'떠난다.'

레벨과 마찬가지로 숙련도 측면에서 따져 봤을 때에도 이곳은 이제 사냥터로서의 매력을 잃은 것이 확실했다.

특히, 연참과 연격의 숙련도가 하나도 오르지 않았다. 이 일은 이미 예견된 일이었다.

지난번 엽취에서 연참과 연격이 한 번도 발동하지 않았었기 때문이다. 아마도 플레이어와 NPC 간 일정 레벨 이상 차이가 나면 발동하지 않는 것이 분명했다.

제자리걸음.

레벨업의 정체와 마찬가지로 스킬의 성장이 둔화되었다는 건 결정적이었다.

삑—

동봉수는 스킬창을 닫고 식사를 마무리했다.

간단히 뒷정리를 한 그는 언제나처럼 한밤중의 산책을 나섰다. 어쩌면 이번이 이곳에서의 마지막 산책이 될지도 모르지만, 마지막이 되기 전까지는 해야 할 일과 중 하나였다.

대동의 외곽지에는 이곳 유일의 명물인 묵죽림(墨竹林)이 있다.

야풍에 죽엽끼리 비벼지는 소리가 마치 귀신 호곡성을 닮았다 하여 귀곡림(鬼哭林)이라고도 불렸다.

동봉수는 묵죽림이 있다는 걸 안 이후, 엽취가 없을 때에는 매일 이곳으로 밤 나들이를 나섰다. 깊은 밤이 되면 육식을 하는 야생동물이 자주 출몰하고, 댓잎이 쏠리는 소리 탓에 인적이 드물었다.

사람이 잘 다니지 않는다는 것은 수련을 하기에 최고의 입지 조건을 가졌다는 말과 일맥상통했다.

동봉수는 귀곡림 깊숙한 곳에 자리 잡고 있는 그만의 수련지로 향하면서도 생각은 멈추지 않았다. 한층 빨라진 경공에 얼굴을 스치는 바람이 제법 날카로웠지만, 그의 뇌 회전을 방해하기에는 역부족이었다.

지금 그는 팔방병고 야장이 만든 철상에 대해 생각하고 있었다.

'병괴가 결국 초보자의 검을 녹여 철상을 만드는 데까지 성공했다.'

병괴(兵怪). 동봉수는 야장을 분명 병괴라 칭했다.

병괴는 삼괴의 한 명으로, 정확한 별호는 팔기병광(八技兵狂)이었다.

이름을 아는 사람은 아무도 없다고 알려져 있었고, 여덟 가지 기예에 통달했다고 한다. 특히 병기를 만드는 데에는 신의 경지에 이르렀다 하여 그렇게 불렸다.

괴(怪)나 광(狂)이란 호칭이 따라다니는 만큼 기괴하다고 전해지는 인물이었지만, 명색이 삼괴의 일인으로 천하를 제집 앞마당 누비듯이 다닐 정도의 무공을 가진, 괴짜 고수.

하지만 그런 만큼 신출귀몰해서 누구도 만나기 쉽지 않았고, 그에 대해 알려진 것도 적었다.

그런데 동봉수는 그런 그를 어떻게 알아보고 병괴라고 부르는 것일까?

그 이유는 단 한 가지였다.

강함. 팔방병고의 야장은 영안에 걸릴 만큼 고수였다.

동봉수가 그렇게 확신하는 이유는 다른 이유가 없었고, 필요치도 않았다.

이런 야만적인 시대의 어디서나 그렇겠지만, 무기를 만드는 사람은 무기를 사용하는 사람보다 약자이다.

또, 무기를 허리에 차고 입만 놀리는 자들이 무기를 직접 사용하는 이들보다는 보통 강하기 마련이다.

그러므로 무기를 만드는 대장장이들은 대개 약자일 수밖에 없다. 무공을 배우기도 어렵고, 글을 배워 무공을 익힌 자들을 부릴 처지도 되지 못하기에 무기를 만들고 있을 테니까 말이다.

하지만 어디에나 예외적인 존재는 있었다. 그리고 통상 예외들은 정상들보다 훨씬 강하다.

동봉수가 처음 대동에 왔을 때만 해도 그보다 레벨 10이상 높은 자들이 여럿 있었다.

하지만 일 년 사이, 죽거나 혹은 떠나거나, 그것도 아니면 동봉수가 강해지면서 그런 자들이 줄어들었다. 급기야 이제 와서는 영안의 경고음이 그에게 피하라는 경고를 보낼 정도의 고수는 단 한 명으로 추려졌다.

그가 바로 팔방병고의 야장.

대장장이로서 그 정도로 강한 자는 천하에 거의 없을 터.

어쩌면 한 명뿐일지도 모른다. 동봉수는 그렇게 가정했다.

그렇게 가정하면, 팔방병고의 야장은 이신삼괴오고십대의 한 명인, 병괴였다.

아닐 가능성도 충분히 있었지만, 동봉수는 그러리라 짐작했다.

그리고 어차피 아니어도 큰 상관은 없었다. 어쨌든 동봉수는 이미 그를 이용해 신무림 온라인의 시스템에 대한 의문 가운데 두 가지를 풀었고, 곧 유용한 물건 한 가지까지 건네받게 될 테니까.

초보자의 검 등 시스템이 그에게 선물한 아이템들은 정말로 부서지거나 녹지 않는 것일까?

이 의문은 병괴가 초보자의 검을 녹임으로써 해결되었다. 그리고 그 과정에서 부가적인 다른 의문 한 가지도 풀렸다.

동봉수는 병괴에게 초보자의 검을 맡기기 전, 여러 사람에게 초보자의 검을 들어 보게 했었다.

초보자의 검에는 여러 가지 스탯 상승 옵션이 붙어 있었기에, 만일 그게 이곳의 사람들인 NPC들에게도 적용이 된다면, 함부로 그걸 내돌릴 수는 없었다.

비록 초보자의 검으로 인한 상승치가 대단치 않았으나, 그 정도만 해도 무림에 나간다면 신검이나 귀물로 불리기에 충분했다. 다른 이들에게 초보자의 검을 들어 보게 하는 일은, 혹시나 벌어질 그런 사태를 미연에 방지하기 위한 일종의 실험이었다.

실험의 결과는, '아니다' 였다.

플레이어가 아닌, NPC에게는 아이템이 무용지물이었다. NPC들에게 아이템이란 그저 좀 더 단단하거나 질긴 평범한 물건이었던 것이다. 아마도 장비창이라는 것이 없기에 그런 것이리라, 동봉수는 추정했다.

그래서 실험에 이용된 사람들은 운 좋게도 살아남았다.

그들은 누구도 초보자의 검이 얼마나 대단한 물건인지에 대해 전혀 눈치채지 못했다. 만약, 눈치챘다면 모두 그 자리에서 죽은 목숨이었으리라.

동봉수는 실험 후, 안심하고 병괴에게 초보자의 검을 맡길 수 있었다.

병괴를 이길 수 있다는 확신은 없었지만, 최소한 죽지 않을 자신은 있었고, 무엇보다도 병괴가 초보자의 검 때문에 자신을 공격하지 않으리란 믿음이 있었다.

병괴는 미친놈이다. 무기에 미친 인간.

동봉수는 병괴의 눈에서 순수한 광기를 봤다. 단지, 초보자의 검을 녹여 그것보다 더 뛰어난 것을 만들어 보고 싶은 욕망. 그것만큼 안전하게 믿음을 주는 것은 없었다.

여하간 동봉수는 병괴와의 우연한 만남으로 두 가지 의문을 해결했고, 예전부터 필요했던 물건까지 곧 손에 넣을 수 있게 되었다. 아직 완성된 것은 아니었지만, 병괴가 작업하는 속도로 봤을 때, 이번 엽취에서 돌아오면 완성품을 받을 수 있으리라.

동봉수가 여기까지 생각했을 때, 그의 앞에 커다란 공터가 나타났다.

수련지에 도착한 것이었다. 그곳은 직경이 무려 50미터에 달할 정도로 커다란 원형 트랙 형태의 공지였다.

동봉수는 그곳에 도착하자마자, 검을 뽑아 들었다. 피가 덕지덕지 눌어붙어 시꺼멓게 변색된 검이었다.

[낭인의 검]
낭인과 함께 무수한 전투를 같이 누빈 장검. 피에 절은 만큼 강해지는 낭인처럼 이 장검 또한 피를 먹고 자랐다.

속성 : 무
필요직업 : 낭인 계열
요구레벨 : 10
최소 공격력 : 25
최대 공격력 : 66
타격치 상승 효과 : ?
최소 무공 공격력 : 41

최대 무공 공격력 : 97

무공 타격치 상승 효과 : ?

부가능력 : 공격 성공 시, 피해치의 1%를 플레이어의 체력으로 흡수한다.


그 검은 낭인으로 전직하면서 시스템이 동봉수에게 선물로 준 아이템 중 하나였다. 애초에 이것이 없었다면, 동봉수가 초보자의 검을 그리도 쉽게 실험용으로 사용하지도 않았을 것이다.

[낭인의 검]뿐 아니라, 그의 장비 창에는 이미 초보자의 세트가 하나도 없었다. [낭인의 견갑(堅甲)], [낭인의 피혁혜(皮革鞋)], [낭인의 죽립(竹笠)] 등 낭인 세트가 각각 [초보자의 옷], [초보자의 신], [초보자의 두건] 등 일 년 전 초보자 세트가 차지하고 있던 자리를 대신하고 있었다.

낭인 세트는 초보자 세트에 비해 그 능력 상승치가 월등할 뿐 아니라, 모두 특별한 부가옵션을 가지고 있었다. 게다가 이미 장비의 중첩이 효과가 없다는 걸 알고 있었기에, 동봉수에게 더는 초보자 세트가 필요치 않았다.


[낭인의 검]

부가능력 : 공격 성공 시, 피해치의 1%를 플레이어의 체력으로 흡수한다.

[낭인의 견갑]

부가능력 : 적에게 입은 피해의 1%를 같은 적에게 되돌려 준다.

[낭인의 피혁혜]
부가능력 : 착용 시 이동력이 1% 증가한다.
[낭인의 죽립]
부가능력 : 적에게 입은 피해의 1%를 JP로 환원한다.


흡혈, 보복, 이속 증가, 흡정.

비록 이들 부가 옵션들의 효과가 미미했지만, 있는 것과 없는 것은 천지차이였다.

이것들은 이 무림에는 없는 예외적인 능력이었다. 그리고 그 능력들을 고스란히 사용할 수 있는 동봉수는 자연스레 예외적이고 특별한 존재였다.

스킬, 아이템과 그에 딸린 부가적인 능력, 거기에 더해 그가 익히고 있는 무공들.

동봉수, 그는 이미 레벨 10 혹은 그 이상의 차이를 극복할 수 있을 정도로 강해져 있었다.

'사기 캐릭이라고 하던가?'

그런 용어를 저 세계에 있을 때 어딘가에서 들었던 것도 같다. 그래, 그것만큼 딱 알맞은 표현이 어디 있겠는가.

동봉수, 그는 이미 이 신무림 온라인에서 사기 캐릭에 반칙적인 인간이었다.

하지만.

아직 부족했다.

동봉수는 아직 배가 더 고팠다.

스악, 삭.

낭인의 검이 움직이기 시작했다.

바람과 검이 스치면서 나는 낮은 마찰음이 없었다면 아마 아무 소리도 나지 않았을 정도로 그의 검은 정적(靜的)이었다.

그러나 빨랐다. 빠른데 소리가 나지 않는다는 것은 그 자체만으로도 엄청난 강점이었다. 동봉수의 무풍검술이 일 년 사이 크게 발전한 것이 분명했다.

지금 그의 검은 삼재검법과 천풍검법만이 아닌 여러 가지 검법의 검로를 따라 움직이고 있었다.

그것은 모두 선중산에서 얻었던 검법과 도법 등을 동봉수 식으로 추린 움직임이었다.

그 모든 움직임이 자연스럽게 무풍검술에 녹아들어 소리 없이 귀곡림 사이의 허공을 갈랐다.

이제는 그의 검을 더 이상 술(術)이라고 부를 수 없을 것 같았다.

자유스러우면서도 은밀하며, 또 체계적이고 절도가 있었다. 얼핏 이해가 가지 않은 조합이었지만, 분명히 동봉수의 움직임, 그리고 그의 몸놀림이 그러했다.

술을 넘어 자신만의 법을 만들어 냈다. 그렇게밖에 볼 수 없었다. 스탯과 스킬에서 뿐 아니라, 동봉수의 검도 일 년 전에 비해 엄청나게 진보했다.

무풍검술에서 무풍검법으로.

스악, 삭, 스스스…….

동봉수는 오늘도 더욱 강해지고 있었다. 지난 일 년간

쉬지 않고 강해졌고, 지금 이 순간에도 진화하고 있었다.

그리고 내일은 오늘보다 좀 더 완전해질 것이다.

스악, 삭, 스스스……

\* \* \*

신무림 온라인 제 9법칙 : 시스템이 선물로 준 아이템은 불괴(不壞)가 아니다. 녹거나 부서지거나 혹은 닳는다.

추가1 : 플레이어인 동봉수 이외에는 아이템의 효과를 느끼거나 혜택을 볼 수 없다.

추가2 : 아이템은 중복 착용이 되지 않는다.

ex) 초보자의 신을 신은 상태에서 낭인의 피혁혜를 덧신더라도, 장비창에 착용으로 표시되는 것은 초보자의 신뿐이다.

※여전히 이 모든 법칙은 정해진 것이나 확실한 것이 아닐 수 있다.

第十四章

원정(遠征)

絶世狂人

나는 생각한다(의심한다). 고로 나는 존재한다.

— 데카르트(Rene Descartes), 프랑스 철학자

사람은 누구나 남을 흉내 내는 자며, 인생은 연극이고 문학
은 인용이다.

— 에머슨(Ralph Waldo Emerson), 미국 철학자

\*    \*    \*

귀수.

천혜의 요새이자 초원의 숨구멍. 북으로는 음산산맥(陰山山脈)과 대청산(大靑山)이 동서로 일천 리나 뻗어 있고, 서쪽으로는 대과벽(大戈壁, 고비사막)이 가로막고 있다.

이 성시는 대청산과 음산산맥이 만들어 내는 좁은 협곡 사이에 자리 잡고 있는데, 그 협곡을 통하면 과벽이나 산맥을 우회해서 북쪽의 대평원으로 가는 것에 비해 수천 리를 절약할 수 있다.

고로 이곳만 차지하면 북로들은 아주 수월하게 남쪽의 비옥한 하투평원(河套平原)을 영유할 수 있게 된다.

반면, 중원의 왕조가 이곳을 차지한다면 북쪽 오랑캐들의 숨통을 한 손에 틀어쥘 수 있게 될 뿐만 아니라, 덤으로 하투평원까지 얻을 수 있다.

한마디로 귀수를 차지하면 북방의 패자가 될 수 있는 기틀을 마련할 수 있게 되는 것이다.

이 때문에 유사 이래로부터 북로들과 중원의 왕조들은 이 귀수 지역을 차지하기 위해 끊임없이 다퉈 왔다.

중원의 왕조들이 귀수를 차지했을 때에는 중원에 태평성대가 왔고, 북로들이 귀수를 점령한 시기에는 그들이 귀수를 거점으로 북방 전체, 때로는 천하를 호령하기도 했다.

불과 사십여 년 전에 있었던 병인지변(丙寅之變), 그 치욕적인 사건의 시작도 그 단초는 귀수 함락이었다.

한겨울에 음산산맥의 협곡을 타고 내려온 북로들이 기습 공격으로 귀수를 점거하고 그 주변의 초원지대를 평정한 후, 대동을 넘어 황궁이 있는 북평(北平)을 포위했다.

그 후 그들은 외성 밖을 무차별적으로 약탈했다. 몇 달이 지난 뒤, 결국 북로들은 물러갔지만, 그때 중원이 입은 물질적, 정신적 손상은 이루 말로 표현할 수 없을 정도였다.

결국, 설욕에 나선 황제가 네 번의 원정 끝에 귀수를 탈환했지만, 그가 죽자 북로들이 다시 쳐들어와 귀수는 또 오랑캐들의 소굴이 되었다.

그 후 십 년.

장성 부근 성시들은 매우 피폐해졌고 인구는 급감했으며 민심은 흉흉해졌다. 이른 시일 안에 귀수를 재탈환하지 못한다면 병인지변과 같은 일이 다시 벌어지지 말라는 법이 없었다.

지난 몇 년간의 승전으로 북원(北原) 지역 일부를 회복했지만, 여전히 귀수가 있는 하투방면은 북로들의 세상이었다. 이번에 이자송이 북방대총관으로 대동에 온 이유도 귀수를 되찾기 위함이었다. 하나 자력으로 온 것은 아니었다.

어느 쥐가 고양이 목에 방울을 달 것인가.

몇 해를 끌던 이 안건으로 마침내 정쟁이 벌어져, 그 실행자로 이자송이 지목되었다. 반대파뿐 아니라, 이자송의 후원자 또한 그에게서 등을 돌렸다.

고금을 통틀어, 살기 위해 다른 사람의 등을 떠미는 것은 조정의 미덕이자 정치의 기본이었다. 그럴 리는 없겠지만, 혹시라도 이자송이 성공한다면 좋고 아니더라도 실각하는 것은 이자송이지 자신들이 아니었다.

황궁에서의 권력 다툼에서 완전히 밀린 이자송에게 기어코 귀수성 재탈환의 임무가 부여되었다. 사실상 불가능한 일이었고, 이자송 또한 그 사실을 잘 알고 있었다.

하지만 사람이라면 누구나 그렇듯이, 그도 죽고 싶지 않았기에 무슨 수를 써서든지 귀수 원정을 성공시켜야 했다. 그렇지만 귀수 탈환이라는 난문(難問)을 던져 주면서 조정이 그에게 베푼 지원은, 급하게 징집된 농병(農兵) 이만 명이 고작이었다.

그나마 몇 가지의 위안거리라도 없었다면 이자송은 벌써 도망을 쳐도 수백 번은 도망쳤으리라.

대동에 주둔하고 있는 군사들이 수많은 전투를 치른 정예 중의 정예라는 것. 그의 사재를 털어 고용한 용병들은 통제하기는 어렵지만, 어떤 면에서는 정예병들을 능가할 정도로 그 무력이 상당하다는 사실.

그리고.

무엇보다도 용병 대장으로 앉힌 이귀라는 자.

이귀는 상당히 특이한 자였다. 아니, 특이하다는 말로는 설명하기 어려울 정도로 뛰어난, 그리고…… 무서운 자였다.

귀수 원정 개시 후, 이자송은 그에게 길을 트는, 선봉 역할을 맡겼다.

풍전(豊錢), 신안장(新安莊), 천성촌(天城村)…… 등의 마을이나 성들을 고작 천오백의 용병만으로 모두 무너뜨렸다.

그 덕분에 오만에 달하는 정예병이 전혀 손실을 입지 않았다.

이는 이자송이 던진 최후의 승부수, 그 첫 단추가 제대로 끼워졌다는 방증이었다.


"총관 각하. 용병들이 천지(天池)를 점령했다고 합니다."

당부관이 지휘막사로 들어와, 이제는 놀랍지도 않은 이귀의 승전보를 전해 왔다.

"그냥 장군이라고 불러. 각하는 무슨. 근데 이귀가 천지를 점령했다고 했나?"

"네, 장군."

천지는 대동에서 귀수로 향하는 도중에 있는 호수로써, 어로자원이 풍부한 곳이었다.

흔한 말로 표현하면 물 반, 고기 반.

위치상 귀수와 대동의 중간 지점에 위치하고 있기도 하지만, 혹시나 적들의 후방 교란으로 보급이 끊길 시, 천지에서 식량을 직접 조달할 수도 있기에 귀수 공략에 앞서서 반드시 점령해야 할 곳 중 하나였다. 하지만 그런 만큼 이곳은 북로들의 주요 거점 중 한 곳이었다.

이자송은 그런 중요한 곳에 대한 공격을 본대가 아닌,

이귀와 용병들에게 맡겼다. 성공하리라고는 생각했지만, 이번만큼은 조금 어려움을 겪으리라고 봤는데…….

솔직히 말하면 천오백의 병력 정도로는 적들의 시선을 분산시키는 역할만 해내도 훌륭하다고 할 만한데…… 공격을 시작한 지 단 이틀 만에 천지를 점령했단다.

그 명령을 내릴 때 이자송과 본대는 천지를 우회해서 양성(凉城)을 공략하고 있었다.

오만에 달하는 원정 본대보다 천오백의 용병대가 더 빨리 적진을 격파했다는 것은 시사하는 바가 컸다. 양성이 성벽으로 둘러싸인 곳인데 반해, 천지는 여러 개의 마을이 뭉쳐 있는 개활지라는 것을 감안하더라도, 실로 대단한 성과였다.

천지는 대해(伐海)라고 불릴 정도로 넓은 곳이다. 말을 전속력으로 달려도 한 바퀴 도는 데에 반나절은 걸릴 정도인데, 점령전을 이틀 만에 해냈다?

이귀는 진짜배기다. 더는 의심의 여지가 없었다.

이자송의 입가가 저도 모르게 가볍게 찢어졌다.

어쩌면, 어쩌면…….

이자송은 낮은 소리로 입을 오물거리는 일을 반복하다가, 당부관을 쳐다보며 말했다.

"목책을 설치할 오천의 병력을 천지로 지원 보내고, 이귀에게는 지금 즉시 만한산(蠻漢山)으로 향하라 일러라."

만한산. 북로 마적단들의 본거지.

북로 마적단을 단어 그대로 풀면 북쪽 오랑캐들로 이루

어진 마적단이란 뜻이었다.

북로 마적단은 중원인들이 그들을 칭하는 이름이었고, 그들이 실제로 마적단인 것은 아니었다.

실상 그들은 북귀단(北鬼團)이라는 그럴듯한 이름까지 가지고 있는 새외의 무림문파였다. 하지만 중원의 원정대나 상인단에게 그들은 마적떼들과 다를 바가 없었다.

과거 몇 번의 원정 때 저들은 북원의 무리들에게 돈을 받고 원정대의 뒤를 여러 번 공격했었다. 그 때문에 원정대가 변변히 공격 한번 못해 보고 귀환한 적도 있었다.

수는 적었지만, 무림인인 만큼 호락호락하지가 않았다. 특히, 원정이 길어지면 길어질수록 원정단의 행로에는 구멍이 생길 수밖에 없었다. 그 구멍을 치고 빠지는 그들을 막기는 여간 어려운 일이 아니었다.

그들을 막으려면 무력으로 완전히 그들을 압도해 버리거나, 돈으로 무마해야 했다.

하지만 후자는 불가능했다. 왜냐하면, 이자송에게는 그럴 만한 돈이 없었다.

전쟁이 끝난 뒤 용병들에게 귀값으로 지급해야 할 돈도 귀수를 점령해야지만 충당할 수 있을지도 몰랐다. 그런 마당에 마적들 따위에게 선 지급해 줄 돈이 어디 있겠는가?

그에게는 본인이 직접 나서느냐, 이귀를 보내느냐 두 가지의 갈림길밖에 없었고, 이미 선택은 끝났다.

"네, 장군. 한데, 그들은 동창(東廠)도 어려워하던 자들이옵니다. 용병들만으로 과연 그들을 상대할 수 있을지……."

어울리지 않게 말을 얼버무리는 부관에게, 이자송이 한 번 피식 웃으며 말했다.

"당부관이 방금 그러지 않았는가?"

"네?"

"용병들이 천지를 점령했다고."

"……."

"본대가 갔었어도 과연 이틀 만에 천지를 점령할 수 있었을 것이라고 보는가?"

"아……."

"가게. 가서, 이귀에게 삼 일 안에 만한산의 마적들을 싹 쓸어버리라고 전하라."

"충!"

당부관은 경례를 하고는 천막을 나섰다.

그로서도 더는 토를 달 수가 없었다. 믿기 어려웠지만, 이자송의 말이 모두 사실이었기 때문이었다.

"이귀 대 북귀라……. 과연 어느 귀신이 이길지…… 궁금하군."

이자송은 나직하게 중얼거리면서도 중간중간에 입을 쩝 쩝거리는 것을 잊지는 않았다.

＊　　＊　　＊

"하하하! 대장! 이것 좀 봐. 귀가, 돈이 무더기로 널려 있어!"

"으, 으악!"

"사, 살려 줘!"

"누가 너네들 죽인 댔느냐? 오른쪽 귀만 내놔. 어차피 귀때기는 두 개잖아. 앙?"

이긴 자들이 진 자들을 약탈한다.

잔인하지만 동물의 세계 속에서 엄연히 적용되는 약육강식의 법칙이다.

후우—

하얀 입김이 혈향에 섞여 본래의 맛을 잃는다.

동봉수는 마을 초입에 가만히 서 있었다.

용병들은 다들 마을 사람들의 귀를 자르는 데에 정신이 팔려 있었고, 마을의 주민들은 그들을 피해 이리저리 도망 다니느라 정신이 없었다.

동봉수 혼자 어귀에서 한가로웠다.

그럴 수밖에 없는 것이, 저들을 죽여 봐야 경험치를 얻는 것도 아니었고, 숙련도가 오르는 것도 아니었으니까. 그에게 이런 '저렙 사냥터'에서의 약탈이란 아무런 의미가 없었다.

그는 그저 가만히 생각에 잠겨 있었다.

과연 스킬은 캔슬이 되는가? 레벨 업 직전에 나를 죽이면 어떻게 될 것인가? 나의 죽음도 경험치로 환원이 될까? 생물체를 완전히 밀봉한 채라면 인벤토리에 넣을 수 있을까? 내 몸보다 큰 상자를 인벤토리에서 꺼내 내 몸을 감쌀

수 있을 것인가? 시스템이 인정하는 살아 있는 생물체의 기준은 과연 정확히 어디까지인 건가(세균이나 박테리아는 제외가 되는 것 같다)? 그렇다면 곤충은 어디까지가 살아 있는 생물체인 건가? 인벤토리 밖으로 물건을 꺼낼 때, 부분 발현이 가능하도록 할 수 있을까? 또, 어느 정도 힘으로 묶여 있어야 한 물체로 볼 것인가? 밥풀 같은 걸로 약하게 연결된 두 개의 물건도 하나의 물건으로 간주될까? 정말로 움직이고 있는 물체는 몸에 닿는 순간에 인벤토리에 넣을 수 없는가? 설정창이나 시스템창은 정말로 열 수 없는 것인가? 등등…….

셀 수도 없이 많은 의문점들이 그의 머릿속을 어지럽히고 있었다.

그동안 많은 의문들을 해소했지만, 여전히 수많은 의혹들이 남아 동봉수의 뇌리 속을 돌아다니고 있었다. 또, 종종 새롭게 떠오르는 의문들이 저 레퍼토리 속에 합류할 때도 있었다.

과연 언제쯤 이 모든 의문들을 해결할 수 있을까?

동봉수도 잘 몰랐다.

다만 확실한 건, 시스템에 대한 이해도가 높아질수록 강해졌었고, 앞으로도 물론 그럴 것이다.

바꿀 수 없다면, 최대한 활용하라.

이 또한 동봉수의 본능이다.

사람이 되었든, 시스템이 되었든, 그것이 무엇이 되었건 마찬가지였다. 고쳐 쓸 수 없는 것이라면, 완전히 이해해서 이용할 수 있을 만큼 이용해야 한다.

그는 지금도 시스템의 이해에서 나온 기술을 연마 중이
었다.

오물입퇴(五物入退).

예전에는 동시에 두 개까지만 가능했었던 것이, 이제는
한 번에 다섯 가지의 물건을 자유자재로 넣었다 뺐다 할 수
있었다.

그는 옷 속의 주름이 만든 공간을 이용해 작은 물건들을
뺐다가 넣었다가 하는 일을 반복한다. 이렇게 오랜 기간 수
련을 거치면 결국에는 육물입퇴, 칠물입퇴…… 도 가능하
게 되겠지.

그렇게 얼마나 오랜 시간이 흘렀을까?

파그작파그작!

말발굽이 모래를 밟을 때 나는, 조금은 어그러진 듯한
소리가 뒤에서 들려왔다.

그에 동봉수는 생각을 멈추고 몸을 돌렸다. 저 멀리 노
란 기를 꽂은 말 한 필이 이쪽으로 다가오고 있었다.

'전령인가.'

아마도 이자송이 다음 임무를 하달하기 위해 보낸 자이
리라. 동봉수는 가만히 선 채 전령이 다가오길 기다렸다.

히히힝.

전령은 동봉수 바로 앞까지 달려와서는 말을 세웠다.

그의 눈에 아까부터 대해촌(岱海村) 안에서 벌어지는 참
경(慘景)이 자연스레 보였지만 애써 모른 체했다. 이자송

이 용병들에게 이곳을 치라고 명령을 내린 순간부터 저들의 운명은 저렇게 되리라고 정해져 있었다.

그는 고개를 아래로 내린 채 동봉수를 바라보며 말했다.

"그대가 용병 대장 강달희요?"

"그렇소."

동봉수가 대답했다.

무심한 그 모습에서 전령은 섬뜩함을 느꼈다.

참상을 일으키고 있는 용병들보다 이렇게 마을 어귀를 지키며 구경하고 있는 그런 모습이 더욱 비인간적으로 느껴졌달까.

전령은 고개를 한 번 흔들고는, 품에서 둘둘 말린 전서 하나를 꺼내 동봉수에게 내밀었다.

"글을 모르면 내가 대신……."

애써 태연한 모습으로 한 마디 더 덧붙이는 전령이었다.

촤악.

동봉수는 행동으로 대답을 대신했다.

그는 움찔하는 전령에 아랑곳하지 않고 이자송의 명령서를 읽었다. 내용은 지극히 짧았다.


[三天之內 殲蠻漢山]

삼 일 안에 만한산을 없애라.


짧은 만큼 그 뜻 또한 명쾌했다. 동봉수는 전서를 다시 말아 전령에게 넘겨주며 말했다.

"알았다고 전해 주시오."

그 말을 끝으로 동봉수는 전령에게서 몸을 돌렸다. 다음 할 일이 생겼으니 최대한 빨리 이곳을 떠나야 했다.

"꺄, 꺄약!"

"어, 엄마!"

"아아악! 그, 그만해!"

약탈은 이제 거의 끝났다. 하지만 아직 마을 주민들의 악몽이 끝난 것은 아니었다.

유희지간(遊戲之間).

용병들은 이때를 이렇게 불렀고, 몇몇은 약탈을 할 때보다 이 시간을 더욱 좋아했다.

"흐흐흐. 가만히 있어 봐. 너희들이 언제 남방의 어르신네들 물건 맛을 볼 수 있겠어? 이런 기회 흔치 않아."

너무도 당연하게, 유희거리는 어린애들과 여자들이었다.

어떤 여자들은 귀가 잘린 채 능욕을 당하고 있었고, 또 어떤 여자는 혀를 물어 자진하기도 했다.

누구에게는 유희, 또 누구에게는 악몽. 어쨌든 난장판이었다.

동봉수는 천천히 걸어 마을 중앙부로 향했다.

"자, 짖어! 짖어 봐 이년아! 왜 주둥아리를 닫고 있어? 어? 헉헉."

"……."

털보 하나가 추위에 시뻘겋게 부르트는 줄도 모른 채, 엉덩이를 내놓고는 열심히 허리를 움직이고 있었다.

그에게 뒷 머리채를 잡힌 채 부평초처럼 흔들리고 있는
건 서른 살쯤 되어 보이는 동네 아낙이었다.

그들이 동봉수가 가는 길을 방해했다. 그에 동봉수가 발
을 멈추고는 말했다.

"만한산으로 떠난다. 지금 즉시 다른 녀석들을 모조리
마을 앞으로 집합시켜라."

동봉수의 음성은 밋밋했지만 그렇다고 작지는 않았다.

하지만 이미 절정에 거의 이른 시점이었기에 털보는 들
은 체 만 체 허리만 거칠게 밀어붙일 따름이었다.

"허헉! 싸, 싼……!"

절정에 이른 털보의 지저분한 엉덩이가 부르르 떨렸다.

퍽.

그리고 동시에 그의 머리도 또르르 굴러떨어졌다.

"흑! 아악!"

겁간을 당하는 상황에서도 조용하던 아낙이 비명을 지르
며 바닥에 엎어졌다.

자신의 몸 안에 쏘아진 액체보다 훨씬 더 기분 나쁜 액체
가 등에 뿌려졌기 때문이었다. 그리고 뒤이어 떨어진 둥근
물체. 그것이 뭔지 아낙은 보지 않아도 잘 알고 있었다.

타박타박.

동봉수는 엎드린 그녀의 등을 넘어 계속 앞으로 나아갔
다.

이미 장내에는 정적이 감돌고 있었고, 이목은 모두 동봉
수에게 집중되었다. 마치 시간이 멈춘 듯…….

잠시 뒤, 마을의 중앙부에 도착한 동봉수가 걸음을 멈췄다.

"반 시진 준다. 그 안에 마을 앞에 모두 도열하라."

여전히 밋밋한 음성. 그렇지만 작지는 않은 목소리.

그리고 다시 시간이 흘러갔다.

동봉수는 말을 마치고는 다시 느릿느릿 마을 어귀로 돌아갔다.

전령은 아직까지 돌아가지 않고 그때까지 멍하니 동봉수를 바라보고 있었다. 그런 그를 보며 동봉수가 말했다.

"총관이 기다리고 있을 것이오."

"아, 네, 넷! 추……."

전령은 하마터면 동봉수에게 경례할 뻔했다.

그만큼 잠깐 동안 동봉수가 보여 준 모습은 뭔지 모르게 전령을 압도하고 있었다.


반 시진 뒤.

전령은 이자성이 있는 양성으로 돌아갔고, 일천여 명의 용병들이 대해촌 앞에 모였다. 풍전, 신안장, 천성촌, 그리고 이곳을 점령하는 과정에서 오백 명 정도가 죽고, 반 시진 전에 한 명이 더 죽었다.

그래서 이제 남은 용병의 총원은 겨우 일천에 불과했다. 하지만 그들이 뿜어내는 흉악한 기운은 결코 가볍지 않았다.

용병들의 대오는 얼핏 무질서한 듯 보였지만, 사실은 아니었다. 그들은 철저히 서열대로 줄을 맞춘 상태였고, 그 맨앞에는 동봉수가 서 있었다.

용병 대장이 된 동봉수는 그들이 익히 알던 이귀가 아니었다.

원래 이귀는 무서운 자였지만, 용병 대장이 된 이귀는 완벽한 통솔자였고, 장군이었다. 절대 뒤로 물러서지도 않았고, 가장 앞에서 광호(狂虎)처럼 싸우며 승리를 이끌었다.

그것이 지극히 투박해 보였지만, 또한 가장 용병스러웠고 낭인다웠다. 그 모습에 지난 며칠 간 용병들은 동봉수에게 압도되거나 완전히 매료되었다.

"지금부터 만한산으로 간다."

"……."

"만한산에서 죽기 싫은 놈은 지금 나와라."

당연히 아무도 없었다.

그들은 이미 알고 있었다. 지금 앞으로 나서면 죽을 것이라는 걸 말이다. 동봉수의 저 말은 죽기 싫으면 빠지라는 말이 아니었다.

만한산에서 죽기 싫은 놈은 지금 바로! 여기서! 죽여 주겠다는 뜻이었다.

"내가 마음에 안 들거나 지금 당장 집에 돌아가고 싶은 놈이 있다면 나를 죽여라. 그러면 용병 대장이 되거나 집에 무사히 돌아갈 수 있을 것이다."

"……."

"망설이지 마라. 자비심을 버려라. 나에게도, 적에게도, 그리고 너희들 자신에게도."

거기까지 말한 동봉수는 서북 방면으로 몸을 돌렸다. 평원 위에 꽤 높은 산이 올라와 떨어지는 해를 가리고 있었다.

만한산이었다.

동봉수는 그쪽으로 향하면서 말했다.

"자신 있는 새끼는 언제든지 내 등에 검을 꽂아라. 단, 정말 자신이 있을 때만 검을 들어라. 안 그러면 후회하게 될 테니까 말이다."

마고공일 때의 동봉수는 훌륭한 마고공이었다.

지난 일 년간 동봉수는 무결점의 용병이었다.

그리고 지금의 동봉수는 용병 대장이었다.


동봉수가 만한산으로 출발했고, 천여 명의 용병들이 그의 뒤를 따랐다.


\* \* \*


둥둥둥─

동봉수가 만한산으로 향할 그때 귀수에서는 병사들의 출정을 알리는 북소리가 울려 퍼지고 있었다.

무려 이만 명에 달하는 대병력이 귀수성 외성 앞에 만 명 단위로 정렬해 있었다. 하나, 그렇게 많은 인원이 말을 탄

채 줄지어 있음에도 가끔 들리는 말의 투레질 소리를 제외하고는 아무 소리도 나지 않았다.

무거운 철갑 대신 경장과 활, 검이나 도 등을 중심으로 무장한 전통적인 유목기병이었다. 주로 너른 초원지역에서 치고 빠지기 전술을 펼치기 좋은 병과였지만, 북로의 유목기병들은 경장만 입고도 백병전에 능했다. 그들이 달리 초원의 재앙으로 불리는 것은 아니었다.

성의 외성벽 위에는 귀수의 핵심인사들이 모두 나와 있었다.

성주와 수비대장, 그리고 여러 장수들. 하지만 그중에서도 가장 앞, 정 중앙부에 백발이 성성한 노인.

모두의 눈이 그의 입만을 주시하고 있는 것이 그가 이 중 가장 높은 위치에 있는 사람임을 쉽게 알 수 있었다.

하얗게 센 머리와는 정반대로 그의 체격은 세월의 흐름이 빗겨 갔는지, 기골이 팔 척에 이를 정도로 장대했고, 허리도 꼿꼿하기 이를 데 없었다. 그뿐이 아니다. 그에게서 풍겨 나오는 패도적인 기세는 성 앞에 도열해 있는 이만의 병력이 뿜어내는 그것을 쉬이 능가하고도 남음이 있었다.

노인, 그를 지칭하는 말은 많이 존재한다.

북방의 패자, 초원의 신, 북원달초(北元獺貂).

그리고.

티무르 칸.

먼 과거, 북방을 일통하고 중원을 넘어 저 서방의 하늘, 그 끝까지 넘봤었던 대칸(大汗)이 있었고, 그 대칸의 마지막 후예가 바로 티무르 칸이었다.

그러나 그가 단지 대칸의 후예라는 사실 하나만으로 북원의 지배자가 된 것은 아니었다. 북로들의 사회는 단순히 혈통만으로 그 일생이 결정될 정도로 그리 녹록지가 않다.

티무르 칸은 그 자신의 압도적인 무력과 정치력, 그리고 비상한 판단력으로 경쟁자들을 모두 제압하고 이 자리까지 오른 사람이었다.

원래 그가 칸의 위(位)에 오르기 전까지 대칸의 후예는 그 말고도 여럿 있었다. 그리고 그들 모두 티무르보다 서열이 높았다.

하지만.

결국, 피 튀기는 정쟁과 전쟁의 끝에 살아남은 자는 티무르였고, 그 혼자 살아남아 대칸의 마지막 후계자가 되었다.

티무르 칸의 눈은 너무나도 얇게 갈라져 있어 그 눈동자가 거의 보이지 않을 정도였다. 하나, 보일 듯 말 듯한 그 눈으로도 티무르 칸은 기병들의 모습을 하나도 놓치지 않고 모두 지켜보고 있었다.

기병들은 모두 그가 얼마나 무서운 인물인지 잘 알고 있었다. 누구도 숨 한 번, 기침 한 번 크게 할 수 없었다. 심지어 말들까지 그랬다.

마치 세상이 정지한 것 같달까?

그렇게 시간이 얼마나 지났을까.

"출진하라!"

어느 순간, 티무르 칸이 우렁차게 소리쳤다.

내력이 가득 실린 그의 사자후는 기병 하나하나의 귀에 똑똑히 박혀 들었다. 티무르 칸의 출정식은 언제나 이랬다. 출정에 무슨 긴말이 필요한가.

나가라, 그리고 싸워라. 필요한 건 단 이 두 단어.

그리고…….

우아아아!

병사들의 함성이면 족하다.

기병들이 있는 힘껏 고성을 내지르며 하나씩 차례로 말머리를 돌렸다.

그러고는 저기 드넓게 펼쳐진 하투평원을 향해 내달리기 시작했다.

두두두두!

이만의 말발굽이 만들어 내는 아우성이 지축을 뒤흔들었고, 말과 병사들이 뿜어내는 입김과 콧김이 마치 안개처럼 피어올랐다.

웃는 것일까? 출진하는 광경을 지켜보는 티무르 칸의 초안(鷦眼)이 잘게 떨리고 있었다.

그런 그를 바로 옆에서 지켜보고 있는 거한이 있었다. 거한의 키는 티무르 칸보다도 머리 한 개 이상 더 커서, 작게 잡아도 구 척은 될 듯했다.

잠시 후, 기병들이 평원을 지나 지평선 너머로 완전히 사라지자 거한이 티무르 칸을 바라보며 입을 열었다.

"형님. 저들만으로 양성과 만한산을 구원할 수 있겠수?"

거한은 티무르 칸을 형님이라고 불렀다.

대초원과 대막이 비록 그 끝을 알 수 없을 정도로 드넓다 하나, 이 땅에서 티무르 칸을 그리 부를 수 있는 이는 오직 한 명뿐이다.

전거(戰巨) 마모로타.

그는 티무르 칸의 호아(虎牙)로써 지난 수십 년간 북방을 누비며 수천수만 명의 목을 벤 장수였다. 실제로 그는 얼마 전까지도 서북방에서 침투해 온 위구르 족과 격렬히 싸우고 있었다. 그 전투 직후 티무르 칸의 급전을 받고 이쪽으로 달려온 것이었다.

티무르 칸은 마모로타의 질문에 일체의 미동도 없다가 어느 순간 조용히 말했다.

"저들은 양성이나 만한산으로 간 것이 아니다."

"……지금 뭐라고 하셨수?"

사실 티무르 칸은 지금 일생일대의 위기에 빠져 있었다.

여러 세력이 동시에 동서남북 사방에서 그를 압박해 들어오고 있었다. 서방과 중원의 중계무역으로 막대한 부를 축적한 위구르가 서쪽에서 끊임없이 침입해 오고 있었고, 북방에서는 타타르 족의 대족장 자야르카가 반란을 일으켰다. 무엇보다도 가장 큰 문제는 중원의 무리들이 지금과 같이 야금야금 북방으로 발을 넓혀 오고 있다는 사실이었다.

지금 이 시점에서 한순간의 오판은 모든 것을 잃을 빌미가 될 수도 있었다. 자칫 잘못해 한 발만 잘못 디디면 천 길 낭떠러지 아래로 떨어질 상황과 크게 다를 바가 없다고 나 할까.

그런 상황에서 마모로타의 활약으로 간신히 위구르 족이 대대적으로 쳐들어온 것을 물리쳤다.

하지만 여전히 반란 세력이 북방의 대초원 일대에서 지금도 활개치고 있고, 이쪽 하투평원 지역이 중원 세력의 침범으로 대위기에 봉착해 있었다. 또, 위구르 족도 언제 다시 병사들을 정비해, 국경을 넘어올지 모를 일이었다.

그래서 마모로타는 티무르 칸이 이쪽의 불길을 먼저 진화한 후 북쪽으로 가서 자야르카를 처단하리라 여겼다.

그것이 순리이자 최선책이라 생각한 것이다. 그러려면 우선 양성과 만한산부터 구원해야 했다.

그 두 곳은 귀수의 바로 코앞.

자연히, 그 두 요충지를 빼앗기게 되면 적들에게 앞마당을 허용하는 꼴이 된다. 자칫 잘못해서 이 귀수가 포위라도 당하는 날에는 이곳이 완전히 고립되게 되고, 최악의 경우 타타르 족이 북방을 석권할 동안 손 한번 못 쓰게 될 수도 있었다. 타타르 족의 대족장 자야르카가 북원을 장악하면 더 이상의 구원병은 기대할 수 없게 될 테고, 너무도 당연히 티무르 칸은 모든 기반을 상실하게 될 것이다.

그래서 마모로타로서는 방금 티무르 칸이 한 대답을 이해하기 어려웠다.

만일 양성과 만한산을 포기하고 귀수에서 상대와 사생결단을 낼 생각이었다면 이만의 정예기병을 출진시키면 안 되는 것이었다. 죽이 되든 밥이 되든 이 하투평원에서 결판을 내야 하는 것이라고, 마모로타는 생각했다.

티무르 칸은 그런 마모로타의 생각을 이미 다 알고 있는 듯, 무표정하게 그를 바라보다가 천천히 다시 입을 열었다.

"살라카트는 양성과 만한산으로 가는 척하다가 우회해서 장성을 넘을 것이다. 그러고는 대동을 친다."

살라카트.

조금 전 출병한 기병대 중 하나의 만인장이자 총대장이었다.

그런 그가 기병을 이끌고 장성을 넘는다? 그것도 지금 이 시점에서? 마모로타로서는 도대체 이해할 수 없는 군사 운용이었고 명령이었다. 지금 장성이남(以南)을 쳐서 얻을 것이라곤 귀수의 고립뿐이었다.

"……나도 이제 나이가 들다 보니 귀가 어두워지나 보우. 다시 한 번 말씀해 주시겠수?"

"잘못 들은 게 아니다. 따라와 보거라."

티무르 칸은 어리벙벙해하는 마모로타를 놔두고 그대로 성벽 아래로 뛰어내렸다.

하지만 주변에 있는 누구도 놀라지 않았다. 북원의 칸이 이 정도 무공 실력도 없다면 이미 칸이라 불릴 자격이 없기 때문이었다.

마모로타의 얼굴에는 여전히 의문이 남아 있었지만, 티무르 칸의 판단을 믿었다.

그럴 수밖에 없었다. 그동안 수도 없이 많은 위기를 겪었지만, 결국 승자는 티무르 칸이었고, 마모로타는 그 뒤를 충실히 따라 지금에 이르렀다.

단 한 번의 예외도 없었다. 티무르 칸은 위기 속에서 살길을 모색하는 타고난 승부사였다. 그것은 이번에도 다르지 않으리라.

마모로타는 조금의 망설임도 없이 성벽 아래로 뛰어내려 티무르 칸의 뒤를 따랐다.

티무르 칸은 마모로타를 데리고 귀수성을 벗어나 외곽지로 나갔다.

그런 둘의 뒤를 호위병들이 계속해서 수행하려 했지만, 티무르 칸은 그들을 모두 물리고는 마모로타와 단둘이 하투평원으로 나섰다.

티무르 칸과 마모로타는 경공을 발휘해 달렸다. 둘의 큰 덩치에는 어울리지 않게도 그들의 발에 밟히는 풀에는 조금의 이지러짐도 생기지 않았다.

초상비(草上飛)가 자연스럽게 펼쳐질 정도로 그들의 경공이 고절함이리라.

얼마를 달려갔을까. 티무르가 평원의 어느 한곳에 도착하자 발을 멈추었다.

휘이잉—

찬바람만이 풀과 모래를 스치는 삭막한 대지.

그저 황량한 초원이고, 사방 어디를 둘러봐도 특별한 어떠한 것도 찾아볼 수 없는, 그저 허허벌판이었다.

단, 한 가지.

누군가가 파 놓은 듯한 커다란 구덩이 하나가 들판에 덩

그러니 패여 있다는 점. 그것만이 특이했다.

마모로타는 별 말 없이 티무르 칸을 스쳐 지나, 그리로 걸어갔다.

아무래도 그가 자신을 이곳으로 데리고 온 이유가 그곳에 있을 것 같아서였다.

탁.

마모로타는 구덩이의 바로 앞까지 다가가서는 쪼그리고 앉아 구멍 속을 들여다보았다.

구덩이의 깊이는 생각보다 무척 깊어서 족히 오륙 장은 되어 보였다. 그리고 그 아래쪽에는……

"……!"

아무렇게나 쌓여 있는 것들이 있었는데, 그것들이 부패하면서 심한 악취가 구덩이 밖으로 나오고 있었다.

아주 낯익은 것들과 익숙한 냄새였다. 마모로타가 지금껏 살아오면서 수도 없이 만들어 왔고, 앞으로도 만들어 낼 것들이었다.

그는 살짝 코를 킁킁거리고는 얼굴을 찡그리며 말했다.

"저것들은 시체이지 않수? 저것들이 뭐 어쨌다고 그러슈? 뭐, 다른 것들보다 냄새가 좀 더 심한 것 같기는 하지만 말이우."

슥.

언제 옆으로 다가온 것인지 티무르 칸이 마모로타의 어깨에 손을 올리며 구덩이 안을 내려다봤다.

그의 가느다란 눈꼬리가 시체들을 보고는 가늘게 떨렸다.

입꼬리 역시 살짝 올라간 것이 희미하게나마 웃고 있는 것이 분명했다.

"네 눈에는 저게 그냥 시체로 보이느냐?"

"그럼 저게 그냥 시체지, 무슨 괴물이라도 된단 말이우?"

마모로타의 괴물이라는 말에 티무르 칸의 가늘게 떨리던 눈이 크게 떠졌다.

그러자 눈꺼풀에 가려져 있던 그의 눈이 백일하에 드러났다.

기안(奇眼).

그의 눈은 짝눈이었다.

한쪽은 파란색, 다른 한쪽은 검은색.

중원에서는 이를 일컬어 저주받은 눈이라고들 하지만, 이곳 북방에서는 달랐다. 기안을 타고난 자는 천하를 아우를 운명을 타고난다고 했다. 전해지는 바에 의하면 대칸 또한 기안을 가진 채 태어났다고 한다.

"괴물? 괴물이라······."

마모로타는 고개를 돌려 중얼거리는 티무르 칸의 얼굴을 올려다봤다.

실로 오래간만이었다. 티무르 칸의 청안(靑眼)을 본 것은.

"그래, 네 말이 맞다. 저것들은 괴물이다. 그것도 웬만해선 죽지도, 그렇다고 없어지지도 않는, 검은 괴물."

"뭔 소리요? 대체 나는 형님이 무슨 소릴 하는지 도통 모르겠수다. 좀 알아듣게 말씀해 보시구려."

"두브 투아그."

낮은 목소리로 두 단어를 내뱉는 티무르 칸의 청안이 시퍼렇게 번들거리고 있었다.

"두브 투아그……?"

마모로타가 되묻는다. 그에 티무르 칸이 약간의 설명을 덧붙였다.

"대칸의 수십만 기병도 해내지 못한 일을 저 괴물이 해냈었다."

"대칸의 수십만 기병도 해내지 못한 일을 해낸 괴물이라고 하셨……? 설마? 설마, 그거? 진짜 지금 그거 말씀하시는 거유?"

티무르 칸은 대답 대신 고개를 끄덕였다.

드디어 티무르 칸이 뭘 말하는 것인지 눈치를 챈 마모로타가 구덩이에서 뒤로 급히 물러섰다.

그런 그에 아랑곳하지 않고 티무르 칸은 여전히 그 자리에 선 채 구덩이를 내려다보며 말했다.

"저들 중 하나가 양성에서 왔다. 그리고 그놈과 조금이라도 접촉한 모두를 내가 죽였다."

"……."

"저들 중 또 다른 하나는 만한산에서 왔지. 그래서 또! 그놈과 조금이라도 맞닿은 모두를 내가 죽였다."

"……."

"그리고 마지막으로 이 구덩이를 팠던 녀석들도 모두 여기에서 썩어 가고 있다."

태연하게 말하는 티무르의 청안이 여전히 시퍼런 광기로 번쩍이고 있었다.

마모로타가 그런 티무르의 눈을 옆에서 바라보며 말했다.

"……그럼 살라카트는 진짜로……."

"지금 대동에는 훈련을 받지 않은 조무래기들 이만 명이 지키고 있다. 비록 살라카트의 병사들이 기병들이라고는 하나, 대동에서 직접 투석포(投石砲)를 조립해 공격한다면 어렵지 않게 대동을 도모할 수 있을 것이다."

"형님. 하지만 양성과 만한산을 점령한 적들이 대동으로 회군이라도 하면……."

"너는 저들이 회군하는 동안 멀쩡할 수 있으리라고 보느냐? 적들은 대부분 도졸(徒卒)들이다. 적들이 대동에 도착할 때쯤이면 그들은 이미 괴물에게 온몸이 물어뜯긴 상태일 터."

"한데 그렇게 되면 대동에 남은 살라카트와 형제들도 잘못될 수도 있수."

"그래. 잘못하면 우리 형제들도 적들과 함께 괴물에 휩쓸릴 수도 있다. 하지만 그들의 희생으로 우리는 다시 한번 이 북방을 석권할 수 있는 기회를 얻게 될 것이다. 그리고 이 북원을 재평정할 동안 저 풍요로운 중원은 검은 괴물의 먹잇감으로 전락하게 될 것이다."

"……."

바람이 세게 불어와 구덩이에서 풍겨 나오는 악취를 건

어 갔지만, 곧 더한 악취가 올라와 티무르 칸과 마모로타의 코를 자극했다.

"마모로타."

"말씀하시우."

"이제 이 초원에서 저 괴물을 피할 수 있는 곳은 그 어디에도 없다. 그럴 바에는 철저히 이용이라도 해야 한다. 괴물에게 눈이 없듯, 우리도 때로는 눈을 감고 검을 휘둘러야 할 때도 있는 게지."

"……."

"그리고 이미 괴물은 양성과 만한산을 삼켰다. 지금 우리가 할 일은 그 두 곳을 버리는 일. 그것뿐이다. 그게 우리를 승리로 이끌 것이다."

구덩이를 내려다보는 티무르 칸의 눈은 여전히 크게 뜨여진 채였고, 그의 청안은 여전히 기괴한 광채를 뿜어내고 있었다.

마모로타는 그저 말없이 그 모습을 지켜볼 뿐…….

* * *

풀이 듬성듬성 난 만한산 앞.

메마른 들판이 끝도 없이 펼쳐져 있다. 귀수를 포함한 초원 어디에서나 그렇듯 이곳에도 강풍이 불고 있었다.

그 바람을 맞으며 천여 명의 용병이 산의 맞은편에 줄지어 서 있었다.

"한 오백쯤 돼 보이네."

동봉수 옆에 서 있던 용병 하나가 말했다.

강한 바람 탓에 용병의 음성이 쉬이 흩어졌지만, 동봉수가 듣지 못할 정도는 아니었다.

"사백일흔일곱."

동봉수가 용병의 말을 바로 정정했다.

500 혹은 477.

바로 저 앞에, 그들을 맞이하러 나온 북귀들의 수였다. 동봉수는 용병이 말하기 전 이미 북귀들의 수를 눈으로 모두 확인하고 있었다.

동봉수는 용병들을 이끌고 하루 동안의 행군 만에 이곳에 도착했다.

탁 트인 평원을 가로질러 왔기에 북귀들이 그들의 접근을 모를 리가 없었다.

결국, 북귀들이 저렇게 떼를 지어 마중까지 나왔다. 더 이상 용병들의 접근을 허용하지 않으려는 것이겠지.

실제로 조금 전 북귀 측에서 사자가 왔었다.

사자 왈, 가진 걸 모두 내려놓고 지나가거나 아니면 조용히 왔던 길을 되돌아가라.

동봉수의 대답은 사자의 목을 영원히 내려놓는 것이었다.

그의 목표는 만한산을 섬멸하는 것이다.

어차피 협상 따위는 의미가 없었다. 돈을 줄 생각도 없었고, 되돌아간다는 생각은 더더군다나 해 본 적이 없었다. 지금은 그저 이자송이 명한 대로 용병들을 이끌 뿐.

후우—

스텝 지역이라 해가 뉘엿뉘엿 저무는 상황이 되자, 숨을
쉴 때마다 입김이 뿜어져 나올 만큼 기온이 많이 떨어졌다.

아마, 아니 확실히 영하까지 내려갔으리라. 동봉수는 다
시 한 번 깊게 들이마신 숨을 내뱉으며 눈으로 적들의 수를
재차 헤아려 본다.

……475, 476, 477.

역시 477명이다.

애초에 예상했던 것보다 훨씬 적은 숫자였다. 그가 알기
로 북귀단의 인원은 최소 600명, 최대 800명 정도였다.
그런데 여기 나타난 인원은 고작 477명.

적다고 좋아해야 하는 건가? 아니었다.

예상과 다르다는 건 언제나 위험성을 내포하고 있다. 대
략 220개 또는 520여 개 정도의 계산에서 벗어난 칼이
어딘가에 숨어 있다는 뜻. 위험 신호다.

어디에?

동봉수는 이곳으로 오면서도 용병들을 사방 멀리까지 정
찰을 보내 지형지물을 꾸준히 살폈었다.

일단 이곳 지형상 매복은 불가능했다. 이 메마른 초원
어디에도 매복할 만한 곳이 없었을 뿐만 아니라, 인위적으
로 판 매복지도 발견하지 못했다.

그렇다면 나머지 북귀들이 있는 곳은…….

동봉수가 고개를 살짝 들었다. 그에 따라 자연스레 그의
시선이 북귀들의 뒤에 우뚝 솟아 있는 황톳빛 산으로 옮겨

졌다.

바로 만한산이었다.

'나머지 인원이 저기에 남았다는 말인가? 왜? 도대체 왜 같이 움직이질 않은 것인가?'

동봉수는 이해할 수가 없었다.

초원에서 정공법으로 상대를 맞이하러 나왔는데 전력의 절반 정도가 본진에 남아 있다? 산채를 지키기 위한 병력이라고 여기기에는 조금 과도했다.

아닌 말로 산채를 지키지 않고 전 인원이 모두 출격해서 용병들을 싹 처치할 수만 있다면 굳이 자신들의 산채를 지킬 필요가 없었다.

이 싸움은 공성전이나 수성전이 아니었다. 비록 국경 지대 분쟁의 일부분이었지만, 엄밀히 따지면 무림인 대 무림인의 싸움이었다.

산채 따위를 지키는 일에 무리하게 병력을 소모하는 건 바보나 하는 짓이다.

동봉수는 북귀들이 바보가 아니라는 걸 잘 알고 있었다. 이 척박한 땅에서 저렇게 오랫동안 살아남았다는 건 단순히 무력이 뛰어난 것만으로는 불가능했다.

'그런데 왜?'

동봉수는 잠시 동안 더 적들을 바라보며 동태를 살폈다.

하지만 적들의 움직임은 전혀 없었다. 결국, 그는 용병 몇을 추가로 후위 쪽으로 정찰 보냈다. 혹시나 있을 후방 습격에 대비하는 것이었다. 현재 십 리 정도를 커버하고 있던 정찰지역을 더욱 넓혀 삼십 리까지 확장시킨 것이었다.

그리고는 용병들을 이 열 횡대로 동봉수 자신을 중심으로 정렬시켰다.

용병들의 수가 북귀들에 비해 거의 두 배인지라, 마치 일대일로 마주 보며 대치하는 형국이 만들어졌다. 단, 이쪽의 일은 정확히는 앞뒤로 겹쳐진 두 명이었다.

상당히 찝찝한 점이 많은 대치 형국이었지만, 이왕 이렇게 적과 마주했다면 싸워야 한다. 피할 이유도 없고, 이 초원 위에는 피할 곳도 없었다. 애초에 기동력부터 용병들이 북귀들을 따라가는 건 불가능했다.

도주가 원천적으로 불가능하다는 의미였다.

어느 모로 보나, 이쪽의 전력이 저쪽보다 확연히 아래였다.

이쪽이 앞서는 건 고작해야 머릿수밖에 없다. 저쪽은 전체 병력의 절반 가까이 빠졌지만, 여전히 용병들보다는 월등한 전력이었다.

동봉수는 이전의 엽취에서 북귀들을 몇 번 상대해 본 경험이 있었다. 그들은 빠르고 강했었다.

하급 낭인인 용병들에 비할 바가 아니었다. 한 명당 셋, 어쩌면 네다섯이 달려들어도 북귀 하나를 겨우 이길까? 그 사실을 용병들도 잘 알고 있었다.

아무리 돈이 좋다 하나 제 목숨보다는 못했다. 아마 용병 대장이 동봉수가 아니었다면 벌써 여럿 도망쳤을지도 모른다.

동봉수가 그런 용병들을 무심한 눈길로 죽 둘러본다. 그러다가 가만히 입을 열었다.

[겁내지 마라.]

동봉수의 음성이 이상했다. 아니, 엄밀히 따져 봤을 때 그건 음성이 아니었다.

그냥 이상스레 모든 용병들의 머릿속에 그의 목소리가 박혀 들고 있었다.

그랬다. 그걸 달리 어떻게 설명하겠는가. 목소리가 뇌에 직접 아로새겨진다. 그러나 그 음성의 패턴은 분명히 이귀, 동봉수의 것이었다.

천리전음(千里傳音)? 육합전성(六合傳聲)? 아니면 혜광심어(慧光心語)인가?

용병들이 잠시 술렁거렸다.

하지만 시끄러운 상황은 오래가지 않았다. 동봉수가 홀로 앞으로 차근차근 걸어 나가고 있는 것이 그들 모두의 눈에 보였기 때문이었다.

[모두 눈을 감으라.]

이상한 행동에 이은 이상한 명령. 하지만 용병들은 모두 그의 말을 따랐다. 동봉수가 그동안 보여준 모습이 그들을 그렇게 하게 만들었다.

도대체 왜 저런 고수가 이런 용병질을 하고 있는가 하는 것은 차후의 문제였다.

그들에게 중요한 건 이귀라는 절정 혹은 초절정의 고수가 그들의 대장이라는 사실이었다.

이제 그들은 동봉수가 뭘 하든 크게 놀라지 않을 것이고, 기꺼이 그 명령을 따르리라.

[적들이 돌격하더라도 절대 눈을 뜨지 마라. 너희들이 눈을 뜨는 신호는 불빛이다. 너희들의 감은 눈을 뚫고 밝은 빛이 쏘아져 들어오면 그때 눈을 뜨라. 그리고…….]

동봉수는 계속해서 홀로 적을 향해 걸어갔다.

그리고 그의 기이한 언어 '범위 채팅'도 계속 활성화되어 있었다.

동봉수는 지난 일 년간 단순히 육체적으로 강해진 것만이 아니었다.

그는 끊임없이 시스템에 관해 연구했고, 많은 것을 알아내어 사용할 수 있게 되었다. 이 범위 채팅 또한 그중의 하나였다.

동봉수는 지금 용병들이 이를 어떻게 받아들이는지도 잘 알고 있었다.

그만큼 대단한 기술이었고, 함부로 내보여서는 안 되는 것이기도 했다. 하지만 동봉수는 이미 결단을 내려 실행에 옮겼다.

그리고…….

그 결단에는 비단 범위 채팅 기능만 들어 있는 것은 아니었다.

[학살을 시작하라.]

동봉수가 여기까지 말했을 때, 드디어 적들이 움직이기 시작했다.

애초에 북귀들과 용병들 간의 거리는 대략 백 장 정도 되었었다. 동봉수가 십 장 정도 홀로 앞으로 걸어 나오자, 적진에서도 한 명이 앞으로 천천히 나섰다.

북로들 특유의 변발(辮髮)에 코, 귀, 혀 등에 각종 고리를 건 흉악하게 생긴 자였다.

그자의 몸과 얼굴에는 고리들만큼이나 다양한 상처가 나 있었는데, 얼마나 많은 전장을 누비고 다녔는지를 증명하고 있었다.

동봉수와 변발 북귀가 결국 양 진영의 한가운데에서 마주 섰다.

"죽여라!"

"죽여라!"

꽤 먼 거리였지만, 북귀들의 죽이라는 소리가 들려왔다.

그에 변발 북귀가 양손에 너클처럼 낀 반월도(半月刀)를 부딪쳐 시끄러운 소리를 낸다. 반면, 동봉수는 양손을 축 늘어뜨린 채 가만히 서 있었다.

그 때문에 그의 오른손에 쥐어진 낭인의 검이 마치 땅 위에 꽂혀 있는 듯 보일 정도였다.

"크크크."

변발 북귀가 동봉수의 그런 모습을 보며 낮게 그렁였다. 얕보는 것은 아니었다. 그저 호랑이나 사자 같은 육식동물들이 사냥감의 기선을 제압할 때 보내는 낮은 포효랄까.

하지만 동봉수에게 그런 것이 통할 리가 없었다. 동봉수는 사자나 호랑이 같은 고양이과 동물들과는 그 궤를 달리하는 포식자였으니까.

팟!

자신의 살기를 무심하게 받아넘기는 동봉수가 마음에 들지 않았는지, 북귀가 이른 시기에 선제공격을 개시했다.

빨랐다.

선봉답게 그 몸놀림이 예사롭지 않았다. 동봉수와 변발 북귀가 마주 보고 선 거리는 약 십 보 정도였는데, 변발 북귀가 한 번 발을 굴러 도약하자 한순간에 동봉수의 머리 위로 떨어져 내리고 있었다.

그에 비해 동봉수는 느릿느릿했다.

반 보. 변발 북귀가 점프한 순간, 옆으로 반 보만 움직였을 뿐이었다.

하지만 그것만으로도 충분했다. 동봉수에게 더 큰 움직임은 의미가 없었다.

필요할 때 필요한 만큼만 움직인다.

만약 꿈틀거리는 동작만으로 공격을 피할 수 있었다면, 동봉수의 움직임은 단지 꿈틀거림에 그쳤을 것이다. 그에게 그 이상의 군더더기는 필요치 않았다.

반 보의 움직임으로 변발 북귀의 반월도를 피한 동봉수가 어깨를 위로 들썩였다.

반월도는 주먹에 반달 모양으로 생긴 칼틀을 쥐고 사용하는 무기였다.

그렇기에 공격이 빗나간 순간, 변발 북귀의 주먹과 손목 부위가 동봉수의 어깨 위를 스치고 있었다.

동봉수의 어깨가 변발 북귀의 손목을 쳤다. 가볍디가벼운 동작. 하나, 그 결과는 전혀 가볍지 않았다.

빠득.

"큭!"

동봉수의 어깨가 손목 부위의 요혈인 대릉혈(大陵穴)에 순간적인 충격을 가한 것이다.

그러자 북귀의 전신에 일순간 마비 증상이 찾아왔다. 동봉수가 피하는 순간 반대쪽 주먹에 낀 반월도를 휘두르려 생각하고 있었으나, 그 계획은 이미 소용없게 되었다.

그 잠깐. 그 짧은 시간은 승부를 가르기에 충분했다.

슥.

아래로 내려져 있던 동봉수의 다른 쪽 팔이 위로 쳐들렸다. 그에 낭인검을 쥔 손이 따라 들렸다.

팍!

변발 북귀의 한쪽 팔이 어깻죽지에서부터 깨끗이 잘려나갔다.

후두둑.

근섬유와 실핏줄이 잘리는 소리가 경쾌하다. 뒤이어 동맥을 따라 핏물이 쏟아져 나와 낭인검 위에 흩뿌려졌다. 검붉은 낭인검이 더욱 검어지고 더욱 붉어졌다.

"끄아아악!"

변발 북귀가 비명을 질렀다. 아까의 자신만만한 모습은

이미 찾아볼 수 없었다.

슥.

동봉수의 오른팔이 다시 움직였다. 이번에는 변발 북귀의 남은 한 팔이 땅에 떨어졌다. 변발 북귀는 다시 비명을 질렀다.

이제 목만 치면 끝이다.

그런데 동봉수는 변발 북귀를 죽이지 않았다. 그저 바닥을 뒹굴며 울고 있는 북귀의 변발을 잡고는 질질 끌며 상대 진영을 향해 빠른 속도로 나아갔다.

그 모습에 조금 전까지 시끌벅적하던 북귀들의 웅성거림이 멎었다.

대신 그들에게서 풍겨 나오는 살기가 더욱 짙어졌다.

여느 무인이라면 견디기 어려울 정도로 강렬한 476명의 악기(惡氣).

동봉수는 그것을 대수롭지 않게 견디며 계속해서 앞으로 달려갔다. 그는 그렇게 적들과 이십 장 정도 떨어진 거리까지 다가갔다.

그러고는 변발 북귀의 귀를 잘랐다. 명백한 도발 행위였다.

동봉수는 한 손으로는 변발 북귀의 머리채를 여전히 쥔 채, 다른 손에 쥔 변발 북귀의 귀를 머리 위로 높이 쳐들었다.

"저 새끼가!"

"저 호로 자식을 죽여라!"

그에 북귀들이 발광하며 너나 할 것 없이 앞으로 달려들었다. 그들 가운데 서 있는 그들의 우두머리가 말릴 새도 없었다.

아니, 그도 말릴 생각이 아예 없었는지 가장 앞장서서 동봉수를 향해 날아왔다.

하지만 동봉수는 혼자서 그들 모두를 상대할 생각이 애당초 없었다.

팟!

그는 변발 북귀를 질질 끌며 뒤로 도망치기 시작했다.

스킬 [경공]을 최대치로 발휘하며 달리는 그의 속도는 엄청났다. 북귀들의 경신술, 특히 우두머리의 그것은 굉장한 경지에 이르렀음에도 동봉수를 제대로 따라가기 어려웠다.

그럼에도 북귀들은 멈추지 않고 계속해서 동봉수를 뒤쫓았다. 땅거미가 내려, 상당히 어두워진 초원 위에서의 1 대 476의 추격전.

으아아아아!

"저 개새끼를 죽여라!"

"돌격하라!"

"모조리 찢어 죽여라!"

적들의 분노에 찬 함성이 전 초원을 뒤집어엎을 듯이 쏟아져 나왔다. 더불어 그들이 쏟아 내는 살기가 점점 범위를 넓혀 오며 어느새 용병들에게까지 미칠 정도가 되었다.

그에 몇몇 용병들은 동봉수의 명령을 잊고 눈을 떴다.

그들의 눈에 시뻘건 고깃덩이 하나를 질질 끌며 이쪽으

로 달려오고 있는 동봉수가 보였다. 그리고 그 뒤를 따라오는 광폭한 북귀들 또한 자연스레 눈에 띄었다.

"저…… 저……!"

"제, 젠장……!"

눈을 뜬 용병들 중 몇몇은 욕을 하며 뒤로 주춤 물러섰고, 또 몇몇은 오줌을 지리며 바닥에 주저앉았다.

그 정도로 북귀들의 살기와 기세가 무서웠다. 하지만 다수는 여전히 동봉수를 믿고 눈을 감고 있었고, 눈을 뜬 용병들도 대부분은 칼을 그러쥔 채 달려 나갈 채비를 할 뿐, 뒤로 물러서거나 주저앉지는 않았다.

동봉수의 눈을 봤기 때문이었다.

무슨 생각을 하는지 도무지 알 수 없는 '무' 한 눈빛. 이 상황에서 그것만큼 신뢰가 가는 것은 없었다.

백 보…… 오십 보…… 삼십 보…….

동봉수와 용병들 사이의 거리가 빠르게 줄어들었다. 그런 만큼 북귀들과 용병들 간의 거리도 급속도로 가까워지고 있었다.

그러던 어느 순간.

다시 한 번 이귀의 '육합전성'인지 '혜광심어'인지 모를 음성이 용병들의 머릿속을 파고들었다.

[눈을 감으라.]

그리고 그 음성이 그들의 뇌리에 박혀 드는 그 순간!

동봉수가 손에 들고 있던 고깃덩이의 머리라고 추정되는 부위를 향해 검을 내리꽂았다.

화아악!

동봉수의 몸 주변으로 말로 형용할 수 없을 정도의 빛살이 사방으로 뿜어져 나왔다.

Lv.30을 알리는 섬광이었다.

이미 해가 완전히 진 저녁이 되었기에 그 위력은 웬만한 섬광탄의 수십 수백 배에 달했다. 레벨 업 섬광은 이내 빛의 속도로 메마른 황야 곳곳으로 뻗어 나갔다.

"윽! 뭐, 뭐야?!"

"아아악!"

섬광은 눈을 뜨고 있는 모든 이, 특히 전쟁의 광기에 번뜩이던 북귀들에게 순간적인 실명을 선사했고…….

[학살을 시작하라.]

"죽여라!"

"저 지저분한 북귀 새끼들을 갈아 마시자!"

"공격하라!"

눈을 감고 있는 용병들에게는 공격의 신호가 되었다.

으아아아아!

이제는 용병들이 거대한 함성을 지르며 앞으로 달려들었다.

퍽! 퍼버벅!

"끄아아악!"

"다 뒤져라! 이 개자식들아!"

"으, 으악!"

동봉수가 레벨 업을 한 장소가 거의 정확히 북귀들과 용병들 한가운데 위치여서 북귀들의 피해가 더욱 컸다.

부챗살처럼 퍼져 나간 빛살을 북귀 대부분이 피하지 못한 것이다. 오히려 동봉수의 도발로 인해 모든 북귀들이 그를 주목하고 있었기에 북귀들은 지금 대다수가 손으로 눈을 가리며 무기를 아무렇게나 휘두르고 있었다.

계획은 완전히 성공했다.

동봉수는 아까 이미 북귀 한 명만 더 죽이면 레벨업을 하리라 예상하고 있었다.

그의 레벨 게이지는 벌써부터 거의 포화 상태였다.

이번 엽취에서 일반병 수백을 더 죽였음에도 레벨업은 되지 않았다.

하지만 북귀들은 달랐다.

그들은 무림인. 여러 명도 필요 없었다. 오직 한 명이면 충분하리라는 건 이미 예상 범위 내였다. 혹시라도 한 명에 레벨업이 되지 않아도 괜찮다. 안 되면 두셋, 그래도 안 되면 더 많이 죽이면 그뿐.

슥. 툭. 삭. 툭.

동봉수가 다시 움직이기 시작했다.

이제는 도망치는 것이 아닌, 북귀들의 속으로 뛰어들었다. 흑적색의 낭인검이 소리 없이 움직일 때마다 목 없는 시체가 하나씩 늘어갔다.

[……7, 8, 9, 10…….]


[플레이어가 10연참에 성공해 모든 능력치가 10% 상승했습니다.

스킬 [연참 Lv.2]가 활성화되는 데에는 그리 긴 시간이 필요치 않았다.

300, 299…… 300, 299…… 300…….

5분에 달하는 연참의 지속시간 또한 적들의 죽음과 함께 갱신을 거듭했다.

이 추세라면 아마 전투가 끝나기 전까지 연참의 효과는 결코 없어지지 않으리라.

얼마 뒤, 적들이 다시 눈을 떠 정신을 차렸지만, 이미 북 귀의 숫자는 반으로 줄어 있었다. 그나마 북귀였기에 이 정 도라도 생존할 수 있었다.

보통의 병사들이었다면 이 단 몇 초 사이에 모조리 살육당했을 것이다. 하지만 결국에는 그들의 운명도 이전의 전투에서 희생된 유목병들과 마찬가지가 될 것이다.

동봉수의 연참 시계는 여전히 300초를 가리키고 있었으니까 말이다.

스스슥.

투툭.

피보라가 일고 육편이 휘날린다.

그리고 동봉수는 그 안에서 살아 있음을 깨닫는다.

그는 다시 한 번 자신의 정체성을 눈치챈다. 즐거운 것인가? 그의 입꼬리가 기이하게 말려 올라가 있었다.

그의 검이 끊임없이 적들 사이를 누비고 다녔다. 그러던 어느 순간.

캉!

누군가 그의 검을 가로막았다.

이번 엽취에서 처음 있는 일이었다. 동봉수의 입술이 일자로 찢어지며 새하얀 이가 어둠 속에서 빛났다.

드디어 제대로 된 육식동물이다!

"으아악!"

"뒈져! 뒈져! 이 새끼들아!"

"으랴랴랴!"

챙! 삭! 푹!

각종 고함과 음향이 뒤섞인 전쟁터의 소리들과 영상들이 동봉수의 귀와 시야에서 사라져 갔다.

밤이 되며 동공이 커졌음에도 그의 눈은 오직 한 가지만을 바라보고 있었다.

자신의 [태산압정]을 막은 사내.

그도 다른 북귀들과 똑같이 앞머리와 윗머리가 없이 뒷머리만 길게 땋은 변발이었다.

다만, 다른 북귀들의 살기를 모두 합친 것만큼이나 거센 살기를 뿜어내고 있다는 점이 다른 이들과의 차별점이었다.

동봉수의 낭인검과 사내의 도는 허공에서 서로 맞부딪힌 채 멈춰 있었다.

동봉수의 검이 아래로 내려쳐지는 모양새, 사내의 도가 그에 수직으로 올려진 형세. 한마디로 말하면, 십자(十字)모양으로 교차돼 있었다.

동봉수의 감정 없는 눈과 사내의 살기로 인해 시뻘겋게

충혈 된 눈이, 엇갈린 검과 도 사이로 거칠게 마주쳤다.

"네가 이귀냐?"

사내, 북귀단주 파이탄이 말했다.

그에 동봉수가 손에 탄력을 실어 파이탄을 뒤쪽으로 밀어내며 말했다.

"그렇게들 부르더군."

동봉수는 파이탄을 밀어낸 탄력을 이용해 뒤쪽으로 날아가며 검을 휘둘러 자신에게 달려들던 북귀 하나의 목을 그대로 동강 냈다.

쫘.

그는 검에 묻은 피를 강하게 털어 내고는 파이탄 쪽으로 다시 걸음을 옮겼다. 파이탄이 그런 그를 응시하며 말했다.

"아까 네놈이 쓴 무공이 대체 무엇이냐?"

"중요한가?"

"크크크⋯⋯. 하긴 다 죽을 마당에 그딴 게 뭐가 그리 중요할까."

팟.

파이탄이 걸어오는 동봉수를 향해 마주 몸을 날렸다.

그 기세가 자못 대단해서 주변에 강력한 풍압을 일으킬 정도였다. 바로 앞에서 그 기세를 다 받는 동봉수는 마치 사방에서 태풍이 자신을 압살할 듯이 밀려드는 듯한 느낌을 받았다.

'신도합일(身刀合一)?!'

처음 마주한 경지였지만, 알 수 있었다.

동봉수가 아닌, 누구라도 쉽게 눈치챌 수 있을 정도로 파이탄의 기세는 대단하면서도 도와 혼연일체가 되어 있었다.

동봉수는 즉시 스킬 [운기행공]을 시전 했다.

순간 동봉수의 몸에서 강렬한 기운이 뿜어져 나오며 공격력과 방어력이 각각 90%씩 상승했다. 그 상태에서 그는 파이탄을 향해 마주 짓쳐 들었다.

카캉!

둘의 검이 허공에서 부딪히며 상당한 파열음이 장내에 울려 퍼졌다.

동봉수의 힘이 조금 부족했는지 뒤로 무려 일 장이나 튕겨져 나갔다.

"큭, 크큭."

괴로워하는 건가? 아니면 웃는 것인가?

동봉수의 입에서 괴상한 소리가 새어 나왔다.

조금 전의 충돌로 검을 쥔 손아귀가 일 푼(약 0.3㎝) 정도 찢어져 있었고, 가벼운 내상까지 입었는지 입가를 타고 얇게 핏물이 배어 나오고 있었다.

그에 가슴과 손에서 화끈한 고통이 느껴졌다.

그래서.

동봉수는 웃었다.

왜? 싸울 맛이 나니까. 아니, 죽일 맛이 나니까!

"크크크."

파이탄이 마주 웃으며 다시 동봉수를 향해 날아들었다.

펑!

하지만 이번의 충돌에서 튕겨져 나간 이는 동봉수가 아닌, 파이탄이었다. 그것도 동봉수가 밀려난 것보다 훨씬 멀리 튕겨져 나갔다.

"읍! 쿠악!"

파이탄은 공중에서 몇 바퀴 구른 뒤 바닥에 착지했다.

하나 충격이 여전히 남았는지 똑바로 서지는 못했다. 그의 입을 뚫고 시꺼먼 피가 덩어리째 꾸역꾸역 쏟아져 나왔다. 가볍지 않은 내상을 입은 것이다.

"검기……?"

그는 도를 지팡이 삼아 자세를 다잡으며 중얼거렸다.

하지만 그는 곧 고개를 저었다. 동봉수의 검날에 뭔지 모를 아지랑이 같은 것이 날카롭게 올라와 있었기 때문이었다.

파이탄이 아는 검기는 저렇게 유형화되는 것이 아니었다.

검기가 저런 식으로 육안으로 보일 정도로 실체화되려면 최소한 검환(劍環)의 경지에 이르러야 한다.

하지만…….

저건 검환이 아니었다.

검환이라면 그 특유의 검기 다발이 뭉쳐진 고리가 있어야 하는데 보이지 않았다.

"대체 뭐냐……?"

찌이익.

동봉수는 대답 대신 자신의 소매를 잡아 뜯어 조금 전 충격으로 더욱 길게 찢어진 손아귀를 천으로 둘둘 감았다.

그 일이 끝나자, 동봉수는 다시 파이탄에게 다가가며 말했다.

"검기."

"⋯⋯?!"

파이탄은 믿을 수가 없었다. 그가 아는 보통의 검기는 저럴 수가 없었으니까.

하나, 그건 분명 검기가 맞았다.

다만, 그가 아는 그런 '보통'의 검기가 아닌, 다른 [검기]일 뿐.

[검기(劍氣) Lv.3 숙련도 : 1.68%]
검에 기를 덧씌워 파괴력을 증가시키는 기술. 공격력을 비약적으로 증가시키지만, 검기를 유지하는 데에는 많은 공력이 필요하다.
검기의 발출 효과로 사정거리가 소폭 상승한다.
공격력 보너스 : 150%
사정거리 보너스 : 3%
초당 진기 소모 : 50 JP

사실 동봉수는 스킬 [검기]를 익혔지만, 이 기술이 필요할 때는 거의 없었다. 이 스킬을 제대로 받아넘기는 상대를 지금까지는 만나 본 적이 없었으니까 말이다.

이번이, 파이탄이 최초로 검기의 위력을 마음껏 실험할 수 있는, 그런 장이 되리라.

팟.

동봉수가 재차 파이탄을 향해 달려들었다.

그에 파이탄이 다급히 검을 들어 동봉수의 검기를 막았다. 그의 도에는 어느새 도기가 덧씌워져 있었다. 다만, 그의 도기는 동봉수의 검기와는 달리 조금도 겉으로 표가 나지 않았다.

스킬 [검기]와 무공 도기의 충돌.

펑!

동봉수와 파이탄이 일으킨 경기(勁氣)가 상호 부딪치며 폭발이 일었다.

두 번, 세 번, 네 번……

검기가 난무하며 폭발이 계속되었다.

그사이 이미 북귀들은 모조리 도륙되었고, 용병들은 멀리서 둘을 둘러싼 채 그들의 대결을 지켜보고 있었다. 용병 생활에서 겪어 보기 어려운 고수들 간의 결투였다. 그들은 북귀들과 싸울 때보다도 더욱 집중해서 둘의 싸움을 바라봤다.

펑! 창! 카강!

동봉수는 파이탄이 막거나 말거나 미친 듯이 낭인검을 휘두르고 있었다.

그는 일부러 인벤토리를 이용한 변칙술을 사용하지 않았다.

용병들이 구경하고 있기 때문이 아니었다. 그냥 온전한 자신만의 힘이 어느 정도 되는지 알고 싶었다.

그리고 이내 확신할 수 있었다.

이제는 무림으로 나가도 괜찮을 것 같다고.

파파팡!

파이탄은 동봉수의 공격에 연신 뒤로 물러나고 있었다.

동봉수의 검기가 강한 이유도 있었지만, 보다 근본적인 문제는 동봉수의 검에서 가끔 이상한 힘이 뿜어져 나와 자신을 뒤로 밀어 버렸기 때문이었다.

"뭐냐? 대체 이건 또 뭐냔 말이다!"

"연격."

동봉수는 친절하게 말해 주며 다시금 낭인검을 휘둘렀다.

[연격(連擊) (패시브) Lv.1 숙련도 : 17.74%]

초식(招式)이 없이, 오직 실전으로만 검을 익힌 낭인의 검격은 투박하지만 예측불허하기에 무섭다. 무엇보다도 낭인은 적이 비록 자신의 검에 격중 되지 않았다 하더라도 절대로 포기하지 않고 끈질기게 물고 늘어진다. 한 번에 베지 못한다면, 두 번, 세 번, 심지어 백 번도 넘게 휘둘러 반드시 적을 격살한다.

연이어 플레이어의 공격을 받은 적에게 특수한 상태 이상을 일으킨다.

2연격 성공 시, 적에게 '출혈(出血)'을 일으킨다. 2연격 실패 시, 적을 뒤로 밀어낸다. (Lv.1 활성화)

※ 잇따른 공격이 연격으로 인정되기 위해서는 공격과 다음 공격이 1초 안에 이루어져야 한다. 발생하는 상태 이상의 효과는 레벨에 따라 차이가 난다.

"큭!"

파이탄은 다시금 연격의 두 번째 효과로 인해 넉백(Knock Back)되어 뒤로 밀려났다. 그나마 그에게 다행이라면 저 특이한 기술이 그저 뒤로 밀어낼 뿐 특별한 타격을 입히지 않는다는 점이었다.

하지만 동봉수는 이미 이 기술의 이점과 특징을 모두 파악하고 있었고, 이와 아주 궁합이 잘 맞는 기술 하나를 익히고 있었다. 그동안은 연격의 효과를 보기도 전에 적들이 모두 죽어 버렸기에 실험해 보지 못한 연계기, 그걸 동봉수가 지금 펼치려 했다.

탕! 캉!

다시 낭인검과 파이탄의 도가 두 번 맞부딪쳤고, 그에 따라 [2연격 실패]가 작동했다.

[2연격 실패. 플레이어가 적을 뒤로 강하게 밀쳐냅니다.]

친숙한 기계음이 동봉수의 머릿속에 울리는 그때, 파이탄이 뒤로 주르륵 밀려났고.

동시에 동봉수가 파이탄의 시야에서 사라졌다.

"뭐, 뭐……!"

푹.

'야'라는 말은 미처 뱉을 수가 없었다.

목젖과 혀가 뿌리에서부터 세로로 잘린 상태에서 말할

수 있는 이는 이 세상에 누구도 없었으니까.

언제 뒤로 돌아갔는지 동봉수는 그의 등 뒤에 서 있었다.

쑥.

동봉수가 낭인검을 파이탄의 뒷목에서 뽑았다. 그러자 파이탄의 입과 목에서 피가 분수처럼 쏟아지며 뒤로 넘어갔다. 그의 눈은 그 상황에서도 마지막 질문을 던지고 있었다.

'뭐지…… 이건……?'

그리고 동봉수는 이번에도 친절히 답변을 해 준다.

"보법."

[보법(步法) Lv.4 숙련도 : 15.77%]
상대의 공격을 효율적으로 피하기 위해 고안된 기묘한 걸음걸이.
시전 시, 전후좌우 중 한 방향으로 1회 순간이동 한다.
쿨타임 : 5분
현재 적용 레벨 : Lv.4 (플레이어는 이 스킬의 레벨 수위를 조절할 수 있습니다.)
이동거리 : 4m
회당 진기 소모 : 1000 JP

동봉수는 연격의 넉백 효과로 파이탄을 뒤로 밀어 버린 상태에서 그의 뒤로 순간이동 한 것이다. 절체절명의 회피기가 연격과 합쳐져 훌륭한 콤비네이션으로 진화한 것이었다.

*　　*　　*

삭.

동봉수가 죽은 파이탄의 귀를 잘랐다. 전투의 끝을 알리는 신호였다.

우와아아!

용병들이 환호성을 지른다. 그리고 너무도 익숙한 축제가 시작되었다.

용병이라 불리는 무법자들이 너나 할 것 없이 북귀들의 귀를 자르기 시작했다.

그들은 온몸에 피 칠갑을 하면서도 기뻐서 웃는다. 피가 튀어 입에 들어와도 좋고, 너저분한 혈육이 눈이나 귀에 튀어도 그만이다. 그까짓 게 대수인가. 세상에서 가장 귀한 것들이 손만 뻗으면 닿을 곳에 지천으로 널려 있는데.

"크하하하!"

"귀다, 귀! 돈이다, 돈이야! 돈이 널려 있어!"

누가 현대사회를 황금만능주의 사회라고 했던가? 아니다. 세상 어디, 우주 어느 곳을 가더라도 황금은 최고의 가치를 가진다.

과거에도, 현재에도, 그리고 미래. 그 어느 시대를 가더라도 인간이란 동물은 돈에 웃고 우는 동물이다.

동봉수는 그걸 잘 알고 있었다. 자신으로서는 이해하기 어려웠지만, 인간은 그런 동물이었다.

가끔 아닌 인간들이 있었지만, 어차피 그가 알 바는 아니었다. 그런 초식동물들은 동봉수의 관심거리가 아니었으니까.

욕망에 물들고, 광기에 휩싸인 인간일수록 사악하고 정열적이며, 무엇보다도…… 강한 법이다. 그리고 동봉수는, 그런 자들을 사냥하는 사냥꾼이다.

후우—

그는 미친 듯이 광기에 휩싸여 있는 용병들을 지켜보다가 가만히 고개를 들었다. 어느새 떠오른 달이 초원의 이곳저곳을 어슴푸레 밝히고 있었다.

달이라…….

고대 그리스어로 루나.

그것에서 파생되어 영어에 루나틱(Lunatic)이라는 단어가 생겨났다. 하나, 지금에 와서 그 뜻은 '달 같은'이라거나 '달처럼'이 아니었다.

그 원형은 모두 사라지고 미치광이나 싸이코와 동의어가 되었다.

달과 미치광이.

그래. 이 얼마나 어울리는 조합인가.

동봉수가 희미하게 볼을 꿈틀거렸다.

후우—

이 미친 밤에, 꿈틀거리는 달을 향해, 그가 조용히 입김을 내뱉는다.

한식경쯤 지나자, 모든 축제가 끝이 났다.

동봉수는 우선, 용병들을 시켜 군막을 설치하게 했다. 초원의 밤은 사막의 밤 못지않게 차갑다. 완전히 어두워지기 전에 군막을 설치하고 바람을 피해야 한다. 그렇게 하지 않으면 기껏 번 돈을 제대로 써 보지도 못하고 죽는 자들이 속출하리라.

그다음으로 그가 한 일은 오십 명의 척후대를 편성해 만한산으로 올려 보내는 것이었다. 비록 북귀단의 우두머리를 포함한 주력을 섬멸했지만, 여전히 수백 명의 북귀들이 남아 있었다.

왜 그들이 만한산에 남아 있는지 확인해 볼 필요가 있었다. 혹, 없다면 왜 없는지에 대해서 조사해야 한다. 반드시.

동봉수는 마지막으로 이자송에게 승전 전령을 보냈다.

이곳에서 이자송이 공략하고 있는 양성은 서남 방면으로 반나절 거리. 아마 내일 아침쯤 되면 그가 보낸 전령이 양성에 있을 이자송의 진지에 도착할 터였다.

그럼 이 소식을 접한 이자송이 새로 전령을 이곳으로 보내 올 것이다. 동봉수는 그때 가서 그 명령서의 내용에 따라 다음 행동을 취하면 된다.

이제 만한산에서의 일은 일단락되었다. 좀 더 정확히는 남은 북귀들을 척살해야 끝이 나는 것이었지만, 그것도 그리 오래지 않아 해결되리라.

하나…….

뭔가 못내 찝찝했다. 얼굴과 몸 전체에 찐득하게 말라붙은 끈적끈적한, 이 핏자국들처럼 말이다.

"대장, 군막이 완성되었습니다."

용병 한 명이 다가와 군막의 설치가 완료되었음을 알려왔다. 그의 온몸에도 동봉수와 마찬가지로 시뻘건 피가 묻어 있었다. 그리고 지금 이 순간에도 더 붉어지고 있었다.

왜냐하면, 그가 둘러멘 이낭(耳囊)에서 피가 계속 흘러내려 그의 어깨와 등을 적시고 있었기 때문이었다.

아마 다른 용병들도 모두 저런 꼴일 테지. 보지 않아도 알 수 있는 일이었다.

"전 용병에게 몸에 묻은 피를 잘 닦고 취침에 들어가라 일러라."

"네, 대장."

피를 좋아하는 건 비단 인간뿐이 아니다.

벌레들, 특히 눈에 보이지 않는 박테리아나 바이러스 중에 피를 아주 많이 좋아하는 것들이 있다.

그런 것들은 인간들만큼이나 독종이다. 잘못 걸리면, 누구라도 살아남을 수 없다. 이곳의 인간들은 전혀 알지 못하겠지만.

동봉수는 용병을 지나쳐 자신의 천막으로 향했다.

그가 머물 지휘 천막은 늘 그렇듯 용병들의 천막들 가운데에 세워져 있었다. 주변을 멀찍이서 둘러싼 다른 것들보다는 조금 크고 깨끗했지만, 그리 특별하지는 않았다.

달칵─

동봉수가 천막에 들어가 가장 먼저 한 일은 자리에 눕는 것도, 그렇다고 씻거나 요기를 하는 일도 아니었다.

스탯창과 스킬창. 그것들을 열어 보는 일이었다.

아까 전투에서 Lv.30이 되었기 때문이었다. 확인 결과, 레벨 1이 상승한 만큼의 스탯의 증가가 있었지만, 새로이 스킬이 생기거나 특이한 이벤트 또는 색다른 퀘스트가 발생하지는 않았다.

'2차 전직은 아직인가 보군.'

혹, 레벨 20단위로 전직이 될까 했었는데, 그런 것은 아니었나 보다.

이제 전직을 기대할 수 있는 레벨은 다음 40이다. 그전까지는 굳이 전직에 대해 크게 관심을 둘 필요는 없으리라. 혹시 레벨 35에 갑자기 2차 전직 퀘스트가 뜰 수도 있겠지만, 그것 역시 지금 신경 쓸 일은 전혀 아니었다.

삑—

동봉수는 잠시 더 창들을 살펴보다가 닫았다.

역시 보통 때의 레벨업과 크게 다른 변화는 없는 듯했다. 그는 몸에 묻은 피를 간단히 씻어 내고는 호피로 덮인 침상에 몸을 뉘었다.

그런데 침상에 깔린 호피를 오랫동안 씻지 않은 탓일까? 벼룩이 들끓고 있었다.

먹잇감이 알아서 찾아온 걸 눈치챈 벼룩들이 동봉수의 몸에 하나둘 올라타 자신들의 피에 대한 탐욕을 자랑한다.

그럼에도 동봉수는 아랑곳하지 않고 눈을 감고 잠을 청

했다.

잠을 잔다는 것은, 회복 아이템이 없는 그에게 적을 베어 [흡혈]을 하는 것을 제외하고 유일한 회복 기술이었다.

고작 벼룩 몇 마리에 그런 일을 포기할 동봉수가 아니었다.

어차피 전쟁터에서 이보다 더 깨끗한 잠자리를 바랄 수는 없었다.

침상에 누운 채 잠시 하루를 되짚어 본 동봉수는 서서히 잠에 빠져들었다.

찍찍거리는 쥐소리가 잠깐 수면을 방해했으나, 곧 그는 무아지경에 빠져 들어갔다.

점점 밤이 깊어 갔고, 그렇게 다시 하루가 갔다.

\*　　\*　　\*

아침이 밝았다.

어젯밤에 보낸 척후병들을 기다리는 중인가? 동봉수가 삭풍을 맞으며 만한산 초입부에 서 있었다.

야음을 틈타 잠입을 했기에 조금 시간이 걸리기는 했겠지만, 이미 어느 정도 정찰은 마쳤을 것이다. 이르다면 지금쯤 귀환하고 있겠지.

그 생각이 맞았는지 얼마 지나지 않아 척후병들이 하나둘 모습을 드러내기 시작했다.

밤새 추위에 시달린 탓일까? 그들의 얼굴이 하나같이 시퍼렇게 변색되어 있었다. 그들은 그 상태에서도 날래게 동봉수 앞으로 달려와 고개를 숙였다.

"대장. 큰일 났습니다! 어서 이곳을 떠나야 할 듯합니다."

척후병 중 낭인 생활을 가장 오래 한 용병이 다급한 목소리로 동봉수에게 보고했다.

그에 동봉수가 머리를 옆으로 삐딱하게 기울였다. 이번 엽취 기간 동안 더욱 길게 자란 앞 머리칼이 머리와 함께 눕혀지면서, 동봉수의 무색투명한 눈이 드러났다.

그의 눈에는 알 듯 말 듯한 회색 광채가 돌고 있었다.

"차근차근 말해라."

동봉수의 나직하지만 힘 있는 음성에 고참 용병이 허리를 꼿꼿이 세우며 다시 말했다.

"정찰 결과, 만한산 전체가 벌써 죽어 있었습니다."

"만한산이 죽어 있다? 그게 무슨 말인가?"

"역병, 역병이 퍼져 있었습니다. 북귀단의 산채뿐만 아니라, 산 중턱에 있는 북방 오랑캐들의 마을에도 역병이 퍼져 있어 마을 전체에 신음이 끊이지 않고 있었습니다."

역병. 돌림병 혹은 전염병을 뜻하는 짧은 단어다.

하지만 그만큼 간명하게 지금 상황을 결정짓는 말이다.

"……!"

동봉수는 드디어 어제의 그 찝찝함의 정체가 무엇인지 깨달았다.

왜 북귀들의 수가 그렇게 적었는지. 왜 그들이 지형의

이점을 버리고 산 아래에서 용병들을 맞았는지에 대한 이유도 함께 말이다.

적들은 어제 동원할 수 있는 모든 병력을 가용했었던 것이다! 그리고 적들은 전혀 뭔가를 꾸미고 있지 않았다. 아니, 좀 더 정확히 말하면, 북귀들은 애초에 그럴 수가 없었을 것이다.

'전염병이 만한산 전체에 퍼져 있었던 것인가?'

무림인들이라고 인간이 아닌 건 아니었다.

무림인들은 그저 남들보다 조금 빠르고, 조금 더 힘이 세지만, 역시나 사람에 불과했다. 그들이라고 세균이라는 눈에 보이지 않는 적을 막을 도리는 없다.

'그렇다 하더라도…….'

무림인이라면 기본적인 면역 체계가 일반인들보다는 강할 텐데, 그런 이들을 사망으로까지 몰고 갈 정도의 전염병이라…….

동봉수의 머릿속에서 몇 가지 전염병의 이름들이 떠올랐다.

'설마……!'

그중 최악의 전염병에 대한 기억이 뇌리 깊숙이 숨어 있다가 툭 튀어나왔다.

동시에 그 증상에 대해서도 또렷이 생각났다.

그 증상은…….

"시체들의 몸에 검은색의 반점이 많이 있었습니다. 특히, 손발톱, 코끝이 새까맣게 변색하여 있었고, 그 썩는 냄새가 아주 지독했습니다. 또, 병이 진행 중인 자들 중에는 온몸에 종기가 난 이들도 있었습니다."

정확하다. 동봉수가 아는, 저쪽 세상의 역사상 최악의 전염병과 그 증상이 하나도 다르지 않았다.

딸각—

동봉수는 용병들이 보고 있음에도 가벼운 손동작으로 상태창을 열었다.

어차피 저들에게는 이 홀로그램이 보이지도, 그 효과음이 들리지도 않는다. 다만, 그 손동작이 특이하게 보일 뿐이었다.

"……!"

어젯밤에 보았던 상태창과 조금 달랐다.

상태창을 여는 순간 그동안 그가 한 번도 보지 못했던 특이한 메시지 창이 하나 떠올랐던 것이다.

[플레이어가 독에 중독되었습니다. 독의 이름은 ???이고 효과는 ???입니다.]

혹시나 하는 마음에 열어 본 것인데, 시스템이 동봉수에게 [중독]을 알려 왔다.

동봉수는 만독고의 숙주이기에 독에 중독되지 않는다. 그럼에도 시스템은 동봉수에게 독에 걸렸다고 얘기했다.

그렇다는 것은 만독고가 해독할 수 없는 독에 그가 중독되었거나, 시스템이 다른 '어떤 것'을 독이라고 '착각'하고 있는 것일 테지.

"살아 있는 자들 중에도 고열에 시달리며 구토하는 자들이 많았는데, 얼마 지나지 않아 깡그리 죽을 것 같아 보였습니다. 그리고……."

척후병이 말을 잠시 끊고는 품에서 둘둘 말린 기름종이 하나를 꺼냈다.

그는 바로 기름종이를 펼쳐 그 안에 든 물건을 바닥에 떨어트렸는데, 그것은 손톱 끝이 새카맣게 변한 누군가의 손이었다.

"혹시나 해서 사망한 자 중 한 명의 손을 이렇게 잘라 가지고 왔습니다."

"……."

동봉수는 고개를 숙여 그 손을 자세히 살폈다. 언젠가 과학 잡지에서 봤던 어떤 질환자의 손과 한 치의 다름도 없어 보였다.

보고는 더 들어 볼 필요가 없었다.

후자다. 신무림 온라인의 시스템은 역병에 걸린 것을 중독된 것으로 판단한 것이리라.

거기까지 알아낸 동봉수의 머릿속에, 어젯밤 그가 잠들기 전까지 귓전을 맴돌던 쥐소리가 반복 재생되었다. 그와 함께 지금도 그의 전신을 누비고 다니는 벼룩의 존재가 세세하게 느껴졌다.

'숙주는 쥐벼룩이었다. 분명히.'

그리고.

어제 파이탄이 전투 중에 했던 말이, 찍찍거리는 쥐소리 위에 덧씌워진다.


"크크크……. 하긴 다 죽을 마당에 그딴 게 뭐가 그리 중요할까."


그게 이런 의미였던가? 다 죽는다는 것이?

파이탄은 분명 거동할 수 있는 모든 전투 인원을 데리고 나온 것일 터였다. 그중에는 보균자도 다수 포함되어 있었을 것이고…….

'다만, 아직 잠복기였을 뿐이겠지.'

동봉수는 미처 예상하지 못했다.

설마 이 단어를 전혀 예상치 못한 장소와 시점에서 입 밖으로 내뱉게 될 줄은.

"내가 페스트에 걸릴 거라고는 전혀 생각하지 못했군."

"……네?"

무슨 소리냐고 되묻는 용병에게 동봉수는 대답하지 않았다.

굳이 그럴 이유는 없었으니까. 그리고 동봉수는 이미 생각 속에 깊이 빠져 있어 그럴 수도 없었다.


흑사병(黑死病).

페스트의 다른 이름. 어쩌면 이곳에도 이와 관련된 다른 이름이 있을지도 모르지만, 역사적으로 중화권에서는 역병에 특별히 다른 이름을 붙이지는 않았다.

역병은 그저 역병이었다. 어차피 고칠 수 없었다.

그냥 전염성이 강한 역병, 약한 역병. 그것만이 존재할 뿐.

박테리아나 바이러스의 존재에 대해서 모른다면, 치료하기 어려우니 굳이 이름 따위가 필요치 않았던 것이다.

단, 동봉수는 달랐다.

그는 이 모든 것에 대해 개략적인 것을 알고 있었고, 이곳에서 고칠 방법이 없다는 것도 잘 알고 있었다.

그가 살던 지구에서도, 어느 정도 의학이 발달한 19세기에 중국에서 이 병이 돌아 수백만 명이 죽었다.

페니실린? 항생제? 백신? 그런 것들이 지금 이 세상에 있을 리 만무했다. 애초에 저런 단어가 벌써 생겼을 턱이 없었다.

페스트에 걸렸다고 무조건 죽는 것은 아니었다.

가래톳 페스트, 패혈증 페스트, 폐렴 페스트 등등.

페스트는 종류도 여러 가지고 그 치사율도 제각각이었다.

동봉수는 의학도가 아니었기에 그런 것들에 대해 세세하게 알지는 못했다. 개략적인 것만 조금 알 뿐이었다.

어쩌면.

'살지도 모르지.'

하지만 또 다르게 생각하면 어쩌면 죽을 수도 있었다.

굶주리고 건강하지 못한, 면역 체계가 떨어진 사람이 먼저 죽어 나갔다는 기록이 있지만, 그건 단순히 기록일 뿐.

실제 어땠는지는 그 시대를 살지 않은 사람이 모두 다 알수는 없는 법이었다. 지금은 실제 상황이었고 이미 자신은 페스트균에 오염된 상태였다.

즉, 조금이라도 죽을 확률이 생겼다는 뜻. 아니, 과연 그 확률이 조금일까? 누구도 모른다. 동봉수도 인간이었다. 인간은 누구든 언제 어느 순간 갑자기 죽을 수 있다.

어쩌면 페스트 중 가장 심각한 페스트에 걸린 것이라, 이미 생존할 가능성이 희박할지도 몰랐다.

하나, 그 가능성은 일단 배제했다.

그런 경우, 그저 자신의 생명을 운에 맡기는 수밖에 없었기에 지금은 고려할 가치가 없었다.

그 경우를 제외한 후 최선을 다해 생존한다. 역시나 그의 지상 과제였다.

그렇다면 무조건 생존하려면 어떻게 해야 하는가?

'간단하다. 병을 고쳐야 한다. 그럼 어떻게?'

동봉수, 그의 머릿속에 확실한 방법 한 가지가 스쳐 지나갔다. 불확실한 이 세상에서 그것만큼 확실한 치료법은 없었다.

그것은…….

'레벨 업!'

시스템이 박테리아의 존재를 알아내지는 못했지만, 독으로는 인식했다.

그렇다면 제거할 수도 있다는 뜻.

31 레벨 업을 달성한다면 그와 동시에 상태 이상을 회복

하게 될 것이다.

[중독]의 원인이 페스트인지 또 다른 박테리아인지, 혹은 정말 미지의 독인지는 시스템에게 중요치 않으리라. 레벨 업을 하는 순간, 시스템은 그냥 동봉수의 몸에서 상태 이상의 근원이 되는 것을 없애거나, 그것이 불가능하다면 몸 전체를 새롭게 재구성해서라도 페스트균을 없앨 것이다.

해결책은 나왔다.

좀 더 정확히는, 해결책만 나왔고, 여전히 여러 가지 문제가 남아 있었다.

동봉수는 다시 저 기억 건너편에 쌓아 두었던 지식들을 되짚어 가며 생각을 이어 갔다.

페스트의 잠복기는 짧게는 며칠, 길게는 보름에서 한 달 정도. 이 사이에 무조건 레벨 업을 해야 한다.

그렇다면 레벨 업을 할 수 있는 방법은?

동봉수가 고개를 들어 용병들을 바라봤다.

길게 내려온 앞머리에 그의 눈이 더욱 깊게 가려져 용병들은 그의 표정을 전혀 읽을 수가 없었다. 그 눈을 볼 수 있었다면 용병들은 감히 그의 눈을 똑바로 쳐다보지 못했으리라.

그건 바로 포식자가, 과연 내가 이것들을 먹었을 때 배가 부를 것인가 아닌가를 판별하는 그런 눈이었으니까.

동봉수는 주변의 용병들을 하나하나 훑어갔다.

'이런 용병들이 약 일천 명 그렇다면…….'

"무리겠군."

"……?"

용병들은 그가 무슨 말을 하는지 알 수 없었다.

그 말 한마디에 자신들의 목숨이 구원받았다는 것은 더 더군다나 말이다.

동봉수는 이제 이런 용병들을 죽인다고 해도 거의 레벨 업을 하기 어렵다고 판단했다.

이곳에 있는 모두를 죽인다고 해도 그다지 경험치가 되지 않을 것이라는 걸 직감적으로 알았다.

더 세고, 더 많은 경험치를 주는 적들을 찾아가야 한다. 그것도 가까운 곳에 있는 그런 적들.

이미 초원의 매우 깊숙이까지 들어왔다.

이제 와서 대동으로 돌아간다면 그사이에 페스트가 발병해서 죽을 수도 있었다. 게다가 대동에는 동봉수의 레벨 업에 도움이 될 만한 강자가 거의 없었다.

있다고 해 봐야, 팔방병고의 야장뿐.

동봉수는 그를 죽일 수 있을지 없을지 장담할 수 없었다. 최악의 경우, 야장이 그보다 훨씬 셀 수도 있었다. 그렇다면 대동으로 돌아가는 건 썩 좋은 선택지가 아니었다.

대동으로 돌아갈 수 없다면…….

'이른 시일 안에 큰 경험치를 가진 적이 밀집해 있는 다른 곳을 찾아야 한다.'

동봉수는 오래지 않아 한 곳을 떠올릴 수 있었다.

그곳은…….

파그작파그작.

그때 그의 귀에 말발굽이 모래를 밟을 때 나는, 조금은 어그러진 듯한 소리가 들렸다. 용병들은 누구도 말을 타고 움직이지 않는다.

그리고 그 소리는 이미 일전에 한 번 들은 적이 있던 소리였다.

그것도 그때 들었던 소리의 패턴과 크게 다르지 않다는 점을 감안한다면 같은 말에 같은 사람일 가능성이 높았다.

'이자송의 전령이군.'

확실히 동봉수의 생각대로 그때 등장한 이는 천지촌에서 봤던 그 전령이었다. 그는 이번에는 저번과 달리 동봉수에게서 조금 떨어진 곳에 와서 말에서 내렸다. 그러고는 걸어서 그에게 다가왔다. 그 후 살짝 고개를 숙이고는 품에서 서찰 하나를 꺼내 동봉수에게 내밀었다.

"총독 각하로부터의 전언입니다."

동봉수는 바로 서찰을 받아 펼쳤다. 서찰에는 이곳을 칠 때 내린 명령만큼이나 짧고 간결한 글이 적혀 있었다.


[來歸綏]
귀수로 오라.


동봉수는 서찰을 다시 말아 전령에게 전하며 말했다.

"양성은 어찌 되었소?"

"어제 함락되었습니다."

전령의 말투는 마치 상급자에게 하듯 깍듯했다.

단지 자신의 앞에 있는 이귀라는 용병 대장이 세운 공이 웬만한 장군들 그 이상이라는 것 때문이 아니었다. 알게 모르게 사람을 위축시키는, 동봉수만의 무감정한 분위기 때문이었다.

전령의 대답을 들은 동봉수는 군막들이 있는 방향으로 몸을 틀며 말했다.

"가서 전하시오. 만한산을 없앴으니[殲 蠻漢山], 지금 즉시 귀수로 가겠다고."

엄밀히 말하면 아직 만한산에 소수의 북귀들이 남아 있었지만, 그들을 처리할 필요는 없었다. 어차피 그들은 이미 페스트의 먹잇감으로 전락한 상태였기에.

"알겠습니다. 총독 각하께 그리 전하도록 하겠습니다."

전령은 전서를 다시 품에 넣고는 말에 올랐다. 그때 그에게 다시 동봉수의 고저 없는 음성이 들려왔다.

"병사들이 양성 내로 진주했소?"

동봉수의 질문에 전령이 멈칫하며 대답했다.

"……그렇습니다. 왜 그러십니까?"

"아니오."

그 말을 끝으로 동봉수는 용병들이 모여 있는 군막으로 향했다. 그는 걸으면서 다시 생각했다.

아마도 진작부터 페스트가 만연해 있었을 양성으로 이자송의 대병력이 들어섰단다. 그렇다는 건, 이미 이자송의 군대는 끝이 났다는 뜻이었다.

이 시점에서 이자송이 선택할 수 있는 건 퇴각하느냐,

아니면 역병의 창궐 속에서도 귀수를 공략하느냐 둘 중 하나였다.

그리고 이자송은 이미 후자를 선택한 듯 보인다. 이 경우도 여러 가지로 나뉠 수 있겠지만, 동봉수에게는 의미 없었다.

그에게 지금 중요한 건 귀수로 향하는 것이었다. 만약 이자송이 전자를 선택했다면…….

동봉수는 이곳의 용병들을 모두 죽이고 혼자서라도 귀수로 향했을 것이다. 그것이 그나마 생존 가능성이 실낱만큼이라도 높은 쪽이었으니까.

이미 이 초원 그 어디에도 흑사병의 그림자를 피할 곳은 없다. 그렇다면 어떻게 해야 하는가?

빤하지 않은가.

동봉수는 직접 그 그림자를 걸을 것이다. 그러기 위해서 그는 귀수로 향했다.

第十五章

흑역(黑疫) (上)

絶
世
狂
人

매일 밤낮으로 수백 명의 사람들이 죽어 갔다. ……머지않아 온 땅이 묘지로 덮이리라. 나, 아그놀로 디 투라 또한 다섯의 아이들을 내 손으로 묻었다. ……이 수많은 죽음을 목도하며 사람들은 세상의 종말이 왔다고 믿었다.

— 아그놀로 디 투라(Agnolo De Tura, 중세기록관)

\*    \*    \*

"쏴라!"
부관들의 명령에 따라 모든 선풍포수(旋風砲手)들이, 있는 힘껏 예색(曳索, 포의 스위치가 되는 줄)을 당겼다. 그러자 초(梢, 포에서 탄을 날리는 기둥)의 윗부분이 올라가며 바위들이 발사되었다.

쿵! 쿠궁!

바위들은 힘차게 날아 귀수성벽과 성문을 사정없이 두드렸다.

후두둑…….

성벽 일부분에 살짝 깨진 흔적이 생기며 돌가루가 흩날렸다. 하지만 아주 미세한 양에 불과했다. 전체적으로 봤을 때 귀수성은 여전히 천년거석처럼 꿈쩍도 하지 않고 그 자리에 우뚝 서 있었다.

성문은 더 말할 것도 없었다. 삼 척이 넘는 두께의 강판(鋼板)으로 제작된 귀수성문은 어느 모로 보나 멀쩡했다.

아무래도 귀수성 자체가 반산성으로써 언덕 위에 살짝 걸쳐진 형태라 투석기(投石機)의 돌들이 잘 닿지 않았기 때문에 더욱 그런 것도 있었다.

"장군! 이래서는 언제 성문을 부술 수 있을지 알 수 없습니다."

"계속 발사하라! 아무리 쇳덩어리라도 언젠가는 부서지겠지."

"하지만 장군! 이미 역병이 진 내에 파다하게 돌고 있사옵니다. 지금이라도 회군하시는 것이……."

"회군? 지금 회군이라고 했는가? 어디로? 대체 어디로 회군한다는 말인가?"

"……."

당부관의 대답이 끊겼다.

이자송의 말이 맞았다. 그들은 이미 돌아갈 곳을 잃었다.

며칠 전 양성을 공략할 때, 약 이만의 기병이 이자송의 본대 후방 가까이에 출현했었다. 처음 이자송은 그들이 양성을 구하러 온 원군이라 생각했었다. 그래서, 그는 양성의 포위를 잠시 풀고 기병들을 상대하기 위한 진형으로 대열을 개편했다.

그런데 기병들은 이자송의 부대가 전투준비를 마친 순간, 돌연 남동쪽으로 기수를 돌려 사라졌다.

그 방향은 물어볼 것도 없이 이자송과 오만의 병력이 지금까지 걸어왔던 길이었다.

그 길의 끝에는?

물론, 따져 볼 것도, 더 말할 것도 없이 대동이 있었다. 즉, 적들은 대동총관부로 간 것이다.

그걸 본 여러 부관들이 보급과 후방지원이 끊기고, 종국에는 대동이 함락될 수도 있다고 여겼다. 때문에 몇몇 장수들은 당장 퇴각해야 한다고, 이자송에게 주청을 올리기도 했다.

하나 이자송은 일언지하에 그 의견을 물리쳤었다.

총관부에 비록 농병들만이 남아 수성을 하고 있다고는 하나, 대동은 북방의 최대요새로써 쉽게 무너지지 않는 곳이다. 거기에 더해, 지금 회군한다는 건 자신의 실패를 자인하는 꼴이 될 것이었기에 더더욱 그렇게 할 수 없었다.

그에게 주어진 기회는 이번 단 한 번이다.

회군은 그 기회를 버리는 것과 같고, 그 말인즉슨 다시 대동으로 돌아가는 것은 스스로의 목에 칼을 들이대는 것과 조금도 다를 바가 없는 행동이고 결정이었다.

그래서 이자송은 그대로 양성 공격을 감행했고, 기어이 점령에 성공했다.

그런데…….

그것이 지금, 전 원정군의 목을 옥죄어 오고 있었다.

양성을 점령하고 보니 그곳에는 심각한 역병이 퍼져 있었고, 손쓸 틈도 없이 점령군들에게 역병이 옮겨 왔다.

그에 부관들은 다시 한 번 이자송에게 퇴각을 건의했건만, 그때에도 이자송은 부관들의 의견을 묵살했다. 그러고는 그대로, 남은 병력 모두를 끌어모아 귀수로 출진했다.

그 후 일주일…….

지금과 같은 상황에 이르렀다.

처음 원정을 개시했을 때의 계획대로 흘러갔다면, 지금쯤 느긋이 귀수성을 포위 공략해도 될 상황이었겠지만, 이제는 많은 것이 달라졌다.

전령이 보내 온 소식에 의하면, 이미 대동총관부가 적 기병 이 만에 의해 완전히 포위되어 함락되기 일보 직전에 처해 있었다. 한마디로, 원정군의 대본영(大本營)을 잃을지도 모르는 상황이었다.

그럼에도 불구하고, 이곳에서 발을 뺄 수가 없었다.

진 내에 역병이 심각하게 창궐한 이런 형국에서 대체 얼마의 병사가 살아서 대동에 돌아갈 수 있을지 기약할 수 없었기 때문이었다. 만약 그런 상황에서 티무르 칸이 귀수성 문을 열고 나와 퇴각하는 아군의 뒤를 후려치고, 때에 맞춰 대동을 포위하고 있는 기병들이 신속히 아군의 앞을 가로막을 수도 있었다. 그렇게 된다면……

더 볼 것도 없는 결과가 나오리라.

그렇다고 마냥 소득도 없이, 이런 식으로 공성을 계속하는 것도 부담이 되었다.

역병으로 하루에도 수십 명이 죽어 나갔다. 또, 수백 명이 드러누워 죽을 날만 기다리게 되었다. 제대로 된 전투는 전혀 없었음에도…… 그저 역병, 역병, 또 역병으로 병사들이 전투불능에 빠져 갔다.

당연하게도, 전군의 사기는 바닥에 떨어지고, 역병으로 말미암은 탈영병마저 나오고 있는 지경이었다.

자연히 이자송에게 다른 길은 남아 있지 않게 되었다.

"귀수! 귀수만 점령하면 된다!"

저곳, 저 성만 무너뜨린다면 자신의 목숨도 구하고, 종국에는 재기의 발판까지 마련할 수 있게 될 것이다!

퓨욱, 퓨욱!

그가 소리치는 사이에도 귀수성에서 화살이 빗발치듯 날아와 십수 명의 병사들이 죽어 나갔다. 그럼에도 이자송의 목청은 더욱 높아져만 갔다.

그에게는 병사들의 하찮은 목숨 따위보다 자신의 목숨과 성공이 몇 만 배는 중요했으니, 절대 목소리를 줄일 수가 없었다.

역병의 광기는 병사들의 목숨뿐만 아니라, 이미 이자송의 전신, 그리고 정신까지 야금야금 갉아먹고 있었다.

"쏘아라! 계속 쏘아라!"

줄기차게 이어지는 이자송의 명령에, 공격은 끊임없이 이루어졌고 병사들은 점점 지쳐 갔다.

여전히 귀수산성에서는 가까이 접근해 오는 자들과 선풍포수들에게 화살을 쏘는 것 말고는 특별한 대응이 없었다. 드넓은 황하에 돌을 던져 둑을 쌓으려 한다는 느낌이 이런 것일까? 이자송과 병사들은 제풀에 지쳐 가고 있었다.

'놈은 이미 이 상황에 대해 다 알고 있었다······.'

이자송은 이 모든 일에 대해 티무르 칸이 꾸민 것인지도 모르겠다고 여겼다.

아무래도 돌아가는 상황이 그런 것만 같았다. 애초에 저들이 이만의 기병을 출진시키면서, 양성이나 만한산을 구원하지 않은 것도 역병의 창궐에 대해 알고 있었기 때문이 아닐까?

"제기랄!"

혼잣말로 욕설을 뱉어 본다. 그런다고 뾰족한 방책이 떠오르는 건 아니었지만, 그렇게라도 하지 않으면 미칠 것 같았다.

대체 어떻게 해야 한단 말인가? 포위하고 있는 건 본인인데······ 되려 위기에 처해 있다니!

마치 보이지 않는 적들에게 삼중사첩(三重四疊)으로 포

위된 듯한 느낌이 들었다.

"이런 젠장……."

이제는 이자송의 욕설에서도 활기가 별로 느껴지지 않을 정도였다.

그 때문일까? 전군이 공격을 하고 있음에도, 병력 모두 무기력해 보였다.

기적이 일어나지 않는다면, 이대로 전멸의 길로 향하게 되리라.

그런 상태에서 이자송이 다시금 공격 명령을 내리려는 바로 그때였다.

"총독 각하. 지금 용병들이 진 내로 진입하고 있다 하옵니다."

병사 하나가 다가와 이자송 앞에 무릎을 꿇으며 동봉수의 도착을 알려 왔다.

이자송의 초조한 눈에 오랜만에 이채가 번뜩였다.

"이귀가 왔다고?"

"그렇사옵니다."

이귀가 왔는가. 그래, 그자라면, 혹 그자라면…….

"그를 지휘소로 데리고 오라. 내 친히 그를 만나 볼 것이다."

그 말을 끝으로 이자송은 말을 몰아 지휘소로 향했다.

\* \* \*

동봉수는 이미 지휘소에 도착해 있었다. 그는 지난 며칠 간 쉬지 않고 걸어 이곳에 왔다. 다행히 아직 잠복기인 것 같았지만, 언제 발병할지 누구도 알 수 없었다.

만약 그에게 발병한다면…….

이곳에 어떤 일이 벌어질지는 아무도 예측할 수 없었다. 단, 그 일이 동봉수를 제외한, 이곳에 존재하는 모두에게 재앙이라는 것만큼은…….

확실했다.

좌르륵.

지휘소 입구에 처져 있던 발이 젖혀지며 이자송이 나타 났다.

여느 때와 같이 그의 뒤에는 당부관이 따르고 있었다.

동봉수와 이자송의 눈이 동봉수의 긴 머리칼을 사이에 두고 충돌한다. 하지만 이자송은 여전히 그가 무슨 생각을 하고 있는지 전혀 알 수 없었다. 눈을 볼 수 없어서가 아니 었다.

그냥…… 그냥 알 수 없는 것이었다.

"이곳의 상황에 대해서는 그대도 들어서 잘 알고 있을 것이다. 단도직입적으로 묻겠다. 내가 어떻게 해야 하는 가?"

어떻게 해야 되겠는가? 혹은 어떻게 하면 좋겠는가? 가 아니었다. 어떻게 해야 하는가 하는 확정적인 질문이었다.

동봉수는 잠시 이자송을 빤히 바라봤다.

뭔지 모르게 사람을 옥죄는 듯한 저 기운. 이자송은 결국 고개를 살짝 돌릴 수밖에 없었다. 역시 그 원인은 알 수 없었다.

그때 그의 귀에 동봉수의 밋밋한 음성이 박혀 들었다.

"내게 발석거(發石車)의 통제권을 주시오."

아마 남은 생애 동안, 다시 만나기는 힘들겠지…….

저런 어투가 저리도 잘 어울리는 사람이 세상에 또 있을까? 동봉수가 말한 내용보다 먼저, 그런 생각이 이자송의 뇌리를 스쳐 지나간다.

"발석거? 선풍포(旋風砲)를 말하는 것인가?"

선풍포는 지난 수백 년간 중원에서 쓰인 공성 병기.

춘추시대 때 쓰이던 원시적인 모양에서 많이 발전된 무구로써, 땅에 충천주(衝天柱)라는 기둥을 박아 전체를 교정하고는 그 위에 주요 부품을 얹어 회전할 수 있게 설계된 원거리 무기이다.

회전이 가능하다는 데에서 알 수 있듯이, 이 포의 장점은 신속하게 발사 방향을 전환할 수 있다는 것이었다. 그리고 구조와 조립이 매우 간편해서 부품만 들고 다니다가 필요할 때마다 얼마든지 쉽게 조립해 사용할 수 있었다.

그 때문에 대규모 원정 때 이를 전문적으로 운용하는 선풍포수군이 따로 동원될 정도였다. 물론, 이번 귀수 원정에도 오천에 가까운 선풍포수들이 따라왔다.

지금 동봉수는 그 선풍포를 마음대로 운용할 수 있게 해 달라는 것이었다.

"그렇소. 그리고 지금 즉시 이곳의 진지를 뒤쪽 황하까지 물리시오."

선풍포에 대한 일만 하더라도 상당히 무리한 것이었는데, 동봉수의 말은 거기서 끝이 아니었다.

"진지를 저 남쪽 황하까지 물리라? 그대는 지금 나에게 철수 준비를 하라고 하는 것인가?"

"아니오. 진지만 뒤로 물리고 진 내에 있는 모든 동물을 죽이거나 깨끗이 씻겨야 하오. 병사들도 예외는 없소. 이미 병에 들었다는 확신이 드는 자는 전부 죽이고, 병이 들지 않은 자들은 즉시 황하에서 몸을 깨끗이 씻게 하시오."

"……."

이자송은 그가 왜 저런 말을 하는 것인지 당최 이유를 알 수 없었지만, 왠지 믿음이 갔다.

게다가, 이제 이자송이 잡을 생명줄은 이귀, 동봉수뿐이었다. 다른 줄이 있었다면, 고려대상이 되었겠지만, 이제는 가릴 처지가 아니었다.

그는 잠시 생각하는 척하다가 모두 그러마 하고 대답했다. 그러자 동봉수의 말이 곧장 이어졌다.

"마지막으로, 역병에 걸려 죽은 병사들의 사체를 땅에 묻거나 태우지 말고, 모조리 발석거가 놓여 있는 근방으로 옮겨 주시오."

이번에도 이자송은 알겠다고 말했다.

'역시…….'

이자는 뭔가 달랐다.

자신을 만나자마자, 기다렸다는 듯 이 모든 걸 막힘없이 말하는 걸로 봐서는 미리 생각해 놓은 바가 있었던 것일 터!

동봉수가 요구하는 것들이 그리 어려운 일도 아니었다.

지휘권을 넘겨달라는 것도 아니었고 단지 발석거의 통제권을 넘겨달라는 정도에, 진지를 조금 후방으로 옮기라는 것이었으니 말이다.

이야기가 끝이 나자, 동봉수는 이자송을 스쳐 지나 지휘천막의 입구 쪽으로 걸어갔다.

촤르륵.

이상한 일이었다. 얼마 전까지 암울하게 들리던, 발이 걷히는 소리가 이제는 제법 경쾌하게 들린다. 이자송이 귀를 쫑긋거리며 밖으로 나가려는 동봉수의 뒤를 향해 말했다.

"자신이 있는가?"

그 질문에 굳이 주체나 목적을 명시할 필요는 없었다.

우뚝.

동봉수의 걸음이 멈췄다.

그의 얼굴에 밀리면서 위로 올라갔던 발줄기들이 아래로 출렁이며 동봉수의 볼과 턱을 툭툭 건드렸다. 그 모습이 마치 선풍포탄들이 속절없이 귀수 성벽을 두드리던 것처럼 보였다면 이자송의 착각일까?

"당신이 원하는 대로 될 것이오."

예전에 대동에서 그를 처음 만났을 때 들었던 대답과 별차이가 없다. 그때도 저자는 저랬었지.

"나는 그저 당신이 원하는 대답을 한 것뿐이오."

그 말을 마지막으로, 동봉수는 그때와 마찬가지로 이자송의 눈앞에서 사라졌다.

촤라락.

동봉수의 뺨을 거칠게 때리던 발이 이제는 자기들끼리 부딪치며 시끄럽게 떠들 뿐이다.

이자송은 발들이 완전히 멈출 때까지 가만히 있다가, 허리를 뒤로 젖히고는 입맛을 다시며 말했다.

"정말로 내가 원하는 대로 될까……?"

그리고 그대는 내가 원하는 진짜 대답을 알고 있는 것인가……?

그의 공허한 속마음이 발에 부딪혀 더 나아가지 못하고 부서졌다.

*   *   *

이자송은 즉각 동봉수가 말한 모든 걸 이루어줬다.

백여 기에 달하는 선풍포를 전부 동봉수에게 인계했으며, 진지를 남편 황하의 연안이 있는 곳까지 물리고, 역병으로 죽은 시체들을 동봉수가 나가 있는, 귀수성 앞 선풍포수군이 있는 부근으로 몽땅 옮기게 했다.

그리고 보급품 등지에 숨은 쥐들을 박멸하고, 확연히 병에 걸렸다는 티가 나는 병사들을 과감히 죽였다. 또, 살아 있는 병사들에게 전원 목욕을 명했다.

시체 썩는 역겨운 냄새가 진중에 흘러넘쳤지만, 이미 약속한 대로 이자송은 동봉수가 말한 모든 일을 도왔다. 심지어 선풍포를 운용하는 오천 명의 포수들까지 동봉수의 지휘하에 할당했다.

이제 동봉수는 용병 일천 명과 오천의 포병까지 인솔하는 장수가 되었다.

그는 상태창을 닫지 않고 계속 띄워 놓고 있었다. 상태창에 조금의 변화라도 발생한다면 긴급히 대처하기 위함이었다. 그러면서도 그는, 이곳으로 오는 지난 며칠간 구상했던 작업을 바로 시행했다.

"즉시 모든 선풍포를 해체하라."

아마 이자송이 이 자리에 있어 동봉수의 이 명령을 들었다면 기겁을 했을 것이다.

선풍포를 이용해 성벽을 공격할 줄 알았던 동봉수가 선풍포를 해체한다? 지휘관으로서 선뜻 이해하기 어려운 행동이었다. 하지만 이자송은 지금 진지를 뒤로 물리는 일을 총괄하고 있었고, 이 자리에는 동봉수와 그를 수행하는 칠백 명의 용병—이곳으로 오는 도중 삼백 명 정도가 페스트로 말미암아 전투 불능에 빠졌다— 그리고 선풍포를 조작해야 하는 인원들인 선풍포수들밖에 없었다.

선풍포수들은 언뜻 이해할 수 없었음에도 동봉수의 명령을 어기지는 않았다.

병사들에게는 어차피 선택권이 없었으니까. 그들은 시키

면 하고, 시키지 않으면 죽어도 하지 말아야 하는 그저 병에 불과할 따름 아니겠는가.

쿵. 촤르륵. 쿵. 촤르륵…….

이음새가 풀어져 각 부위가 해체되는 소리에 장내가 한동안 부산스러웠다.

선풍포 자체가 이곳에서 조립된 것이었고, 그걸 전담으로 하는 선풍포수들이 직접 하다 보니 얼마 지나지 않아 해체 작업은 모두 끝이 났다.

백 개의 충천주와 초, 그리고 그 둘을 연결하는 각종 부품들과 밧줄들이 생겼다.

동봉수는 다시, 그 모든 것들을 귀수성에서 훨씬 멀리 떨어진 곳으로 옮기라고 명했다. 왜 그런 걸 시키는지 이유는 알 수 없었지만, 포수들과 용병들은 그의 명령을 충실히 수행했다.

금세 작업은 마무리되자, 동봉수는 곧장 다음 일을 시작했다.

"지금부터 내가 하는 걸 잘 보고 이 물건들을 새롭게 조립하도록 해라."

동봉수는 그렇게 말하고는 병들의 대답을 듣지도 않고 바로 행동에 돌입했다.

지금 그에게 시간은, 폭탄에 달린 도화선과 마찬가지였다. 가장 문제인 건, 폭탄의 위력과 도화선의 길이를 모른다는 것.

언제 터질지 모르기에 잠시도 낭비할 시간이 없었다.

쿵. 슉. 쫙……

동봉수의 빠르고 정확한 손길에 의해, 충천주와 초 등이 기계적으로 엮여 갔다.

며칠간 그의 머릿속에서 수십 수백 번 조립되었던 물건이 빠르게 제 모습을 갖춰 가는 것이었다.

그것은 선풍포와 달리 상당히 복잡해 보이는 물건이었다.

단순히 충천주라는 기둥 하나를 바닥에 박아 고정시킨 것이 아니라, 여러 개의 기둥들을 사선이 되게 유기적으로 연결해 땅에 고정하고는, 기둥들의 끝이 모이는 곳에 초를 세워 달았다. 초도 하나가 아니라 두 개를 겹쳐 붙여서 기존 선풍포의 초보다 훨씬 크고 튼튼하게 만들었다.

결정적으로 선풍포와 동봉수가 만드는 물건의 차이점은, 바로 그 끝에 4, 50줄의 예색을 연결하는 것이 아닌, 커다란 바구니를 단 것이었다. 동봉수는 다른 것보다 그 바구니를 만드는 데에 특히 심혈을 기울였다.

기구가 서서히 형태를 갖추어 가자, 그제야 선풍포수들도 동봉수가 만드는 물건이 어떤 것인지 대충이나마 짐작할 수 있게 되었다.

저런 걸 직접 본 적은 없었지만, 그 원리는 한눈에 보기에도 쉽게 알 수 있었다.

4, 50명의 사람이 한 번에 줄을 당겨 그 힘으로 석탄(石彈)을 날리는 선풍포와 달리, 저 물건은 바구니에 돌 같은 물건을 채워서 그걸 떨어뜨리는 힘으로 초를 회전시켜 돌을 날리는 것이리라.

저 비슷한 물건은 그들도 고향에서 많이 보았다. 촌락마다 있는 물레방아가 저것과 비슷한 원리로 움직이니까 말이다.

쿵. 슥. 쫙······.

신장(神匠)이라는 존재가 있다면, 바로 저런 모습이 아닐까?

선풍포수들은 그저 멍하니 입을 벌린 채 동봉수가 '어떤 기계'를 만드는 걸 지켜볼 따름이었다.

놀라운 손재주는 그렇다 치더라도 혼자서 이 장에 달하는 나무기둥을 묶고 조이는 힘은 그들로서는 상상할 수도 없는 일이었다.

쿵. 슥. 쫙!

딱 반 시진.

동봉수가 그것, '트레뷰셋'을 혼자서 조립하는 데에 걸린 시간이다.

그는 힘껏 밧줄의 끝을 잡아당기는 것으로써 마지막 매듭을 짓고는 선풍포수들을 둘러보며 말했다.

"잘 보았나?"

"······."

선풍포수들은 여전히 입만 벌리고 있을 뿐, 쉽게 대답하지 못했다.

"잘 보았는가 물었다."

동봉수 특유의 나직한 음성이 장내에 다시 퍼져 나갔다.

포수들은 그제야 정신을 차리고는 제대로 된 대답을 할

수 있었다.

"네, 넵……!"

동봉수는 그를 둘러싸고 있는 선임포수들을 하나씩 둘러보며 천천히, 그러면서도 또박또박 말했다.

"지금부터 딱 한 식경 준다. 그 후에 만약 나뭇조각 하나라도 이 근처에 떨어져 있다면 너희들은 모두 죽는다."

꿀꺽.

동봉수의 말을 들은 선임포수들 중 누군가가 마른 침을 삼켰고, 그것이 신호가 되었다.

쿵. 좌르륵. 뚝딱…….

트레뷰셋 조립이 본격적으로 시작되었다.

트레뷰셋(Trebuchet).

저쪽 세상의 중세 서양에서 많이 사용되던 투석기.

화약을 사용하는 포탄이 개발되기 전까지 최고의 위력을 발휘하던 공성 병기가 바로 이것이다.

인력으로 돌을 날리는 선풍포에 비해 무려 3, 4배에 달하는 사정거리를 자랑했고, 던질 수 있는 돌의 무게 또한 훨씬 무거웠다. 기계식이었기에 그 명중 정확도 또한 매우 좋았다.

아마 이 중원에도 이 비슷한 물건이 있을 것이다.

하지만 장담할 수는 없었다. 이 변방의 전투에서 아직 선풍포를 쓰는 걸로 봐서는 그리 정교한 장치로 발전하지 못했거나, 이미 중원 내에서는 화약을 이용한 초기형 대포가 사용되고 있으리라.

하나, 동봉수가 그런 걸 감안할 이유 따위는 없었다. 그런 것들은 지금 이곳에 없었고, 지난 일 년간의 엽취에서 한 번도 본 적이 없었다. 그렇다면 없는 것과 마찬가지.

자신이 계획한 일을 하려면 선풍포보다 사정거리가 훨씬 긴 공성 병기가 필요했다. 그에 그는 가장 원시적인 형태의 트레뷰셋을 선택했다. 화약 병기를 만들 수 없는 한에서 그가 할 수 있는 최고의 선택지였으니까.

동봉수가 만든 트레뷰셋은 언뜻 보기에는 매우 정교한 듯 보였지만, 실상 그리 복잡한 것은 아니었다.

원래의 트레뷰셋에는 도르래가 장착되어 있지만, 동봉수는 일부러 그 부분을 생략했다. 도르래가 들어가면 장치의 모양이 무척 난잡해진다.

물론, 도르래를 달면 무게추를 끌어 올리는 일은 훨씬 쉬워진다. 반면, 장치가 복잡다단해지고 조립시간이 오래 걸린다. 그가 볼 때, 이곳의 인력이나 용병들의 힘을 이용하면 굳이 도르래가 필요치 않았다.

일반인들과 달리 무공을 익힌 자들이라 도르래가 없이도, 힘을 합친다면 수백 킬로그램 혹은 수 톤에 달하는 추를 끌어 올리는 데에 무리가 없다고 여겼다.

그렇다고 대충 만든 것은 절대 아니었다. 도르래 부분을 제외한 모든 부분이 정밀하게 계산된 것이었다.

동봉수는 지난 며칠간 이곳으로 오면서 트레뷰셋에 대해서 철저히 구상했었고, 그 사정거리나 형태에 관해서도 명확히 머릿속에 그려 넣고 있었다. 설사 이자송이 그에게 선풍포수군의 지휘권을 넘기지 않았다 하더라도, 용병대를 따로 움직여 이곳 주변에 있는 음산산맥에서 나무를 베어서라도 이 물건을 만들 생각이었다.

쿵! 쿵!

해체된 선풍포의 부품들이 트레뷰셋으로 빠르게 변모하고 있었다.

완전 기초적인 형태의 트레뷰셋이었기에 만드는 데에 정말 얼마 걸리지 않았다. 동봉수가 공언했던 대로, 밥 한 끼 먹을 시간 정도가 지나자, 32개의 트레뷰셋이 만들어졌다.

포수들은 죽기 싫어서였는지, 조금이라도 부족한 부분이 발견되면 나무 조각을 끼워 맞추는 방식 등을 써서 작은 나무 조각 하나까지 모조리 활용했다.

모든 작업이 끝나자, 동봉수는 하나하나 돌며 완성된 트레뷰셋을 살폈다.

큰 이상은 없었다.

조금씩 부정확한 부분이 보였지만, 지금 그런 세세한 것까지 따질 겨를은 없었다. 제대로 작동만 한다면, 계획을 수행하는 데에는 별 무리가 없으리라 판단한 것이었다.

형태 확인을 끝낸 동봉수는 제대로 방향 조준이 되었는지에 대해 체크했다. 그러나, 애초에 조립할 때 귀수산성을 겨냥해서 짜 맞췄기에 새롭게 방향을 조정할 필요는 크게 없었다. 트레뷰셋은 선풍포와 달리 쉽게 방향을 조정하는 일이 안 되었기에 처음 조립할 당시에 이런 식으로 방향을 잘 잡고 세워야 했다. 약간 약간씩 틀어진 부분이 있었으나, 동봉수가 스킬 [운기행공]을 쓴 채 힘을 쓰자 그리 어렵지 않게 정확히 귀수성을 향하도록 방향 조정을 할 수 있었다.

그 일이 끝나자, 동봉수는 즉시 석탄으로 사용하기 위해 가지고 온 둥근 바위들을 트레뷰셋의 초 끝에 달린 바구니에 옮겨 담기 시작했다.

석탄 하나의 무게가 대략 2, 3kg쯤 되는 것 같았다. 바구니의 크기에 빗대어 계산해 봤을 때, 수백 개를 담을 수 있을 듯했다. 그렇다면 추의 총무게는 바구니의 중량까지 합쳐 족히 수 톤은 나갈 터.

이 정도의 추가 하늘 높이 솟구쳤다가 바닥으로 떨어지면서 발생하는 위치 에너지가 온전히 운동 에너지로 전환된다면……

'충분하다.'

트레뷰셋의 세팅을 마친 동봉수는 고개를 옆으로 돌려 저 멀리 봉긋하게 솟은 시커먼 언덕을 보았다.

횡—

북풍이 불자, 언덕이 뿜어내는 냄새가 이곳까지 퍼져 왔다. 백 미터 이상 떨어져 있음에도 그 냄새가 역하기 이를 데 없어서, 동봉수를 제외한 모두의 눈살이 찌푸려질 정도였다.

시커먼 언덕.

그것의 정체는 바로 흑사병으로 인해 죽은 병사들의 시쳇더미였다.

언덕은 지금도 계속해서 그 영역을 넓혀 가고 있었는데, 그 이유는 병사들이 쉴 새 없이 시체들을 그곳으로 날라 오고 있었기 때문이었다.

그것을 바라보며 용병들과 포수들이 모두 표정을 일그러뜨릴 때, 동봉수는 무심히 한 마디 툭 던졌다.

"모든 준비가 끝났군."

무슨 말을 하는 것인가? 발사할 석탄으로 쓸 돌덩이를 모두 바구니에 담아 버리고서는? 대체 뭘 쏘려고 하는 것인가?

동봉수의 말은 쉬이 이해하기 어려웠다.

하지만 몇몇은 동봉수의 시선이 향하는 곳을 보고 그가 무슨 짓을 하려는지 눈치를 챘다.

소름이 돋는 일이었지만…….

이곳은 전쟁터였다.

이기기 위해서는 무슨 짓이든 용납이 되는, 그런 장소.

그리고.

그 지휘관이 동봉수라는 것은 상대편으로서는 재앙에 다름 아니었다.

"안 나오면 나오게 만들어야지."

동봉수의 나직한 음성이 역한 냄새에 섞여 귀수성까지 흘러갔다.

진짜 전쟁은 이제부터 시작이다. 동봉수가 이곳에 왔으니까 말이다.

*　*　*

탁.

말의 뒷다릿살을 게걸스럽게 뜯고 있던 티무르 칸이 고기를 소리 나게 탁자 위에 놓았다. 그러고는 고개를 들었다. 그의 앞에는 인간 같지 않은 큰 키의 거한이 서 있었다.

북원에서 그 누구도 방해할 수 없다는 티무르 칸의 식사 시간에 찾아온 이는 바로 마모로타였다.

티무르 칸이 그를 보며 말했다.

"방금 뭐라고 했느냐?"

"성 앞에 진을 친 중원 녀석들이 포를 해체하고는 이상한 물건을 만들고 있다고 했수."

잘못 들은 것이 아니었다.

적들은 정말로 선풍포를 해체하고 있었다. 티무르 칸의 초안이 살짝 벌어졌다가 다시 닫혔다. 그 짧은 사이, 시퍼런 그의 한쪽 눈이 강렬하게 발광했다.

"지금 즉시 성벽에 설치된 투석포와 노(弩)를 있는 대로 가용해 적들을 향해 일제히 발포한다."

뭘 만드는지는 몰랐으나, 적들이 새로이 뭔가를 시도한다는 사실 자체가 마음에 들지 않는 티무르 칸이었다.

사실 적들이 그동안 선풍포를 쏘는 걸 그대로 놓아 둔 이유는 그것이 이 귀수성에 아무런 위협이 되지 않는다는 걸 잘 알고 있었기 때문이었다.

선풍포는 이미 알고 있는 것이었고, 새로운 것은 말 그대로 새로운 것이다.

전쟁터에서 우리가 아닌, 적들의 편에서 새로운 것이 등장한다는 건 언제가 좋지 않은 일의 전조가 된다. 이런 건 위협이 되기 전에 없애야 하는 것이 병법의 상리였다.

그런데…….

"형님. 근데 녀석들이 포를 해체하는 장소가 성에서 무려 백 장이나 떨어진 곳이우. 우리 투석포는 놈들이 있는 위치까지 닿지 않수다. 노하고 화살이 닿기는 했지만, 방패 수들이 있어서 별로 효과는 없었수."

"……!"

마모로타의 말을 들은 티무르 칸의 얼굴이 순간 굳어졌다.

백 장? 그렇게 먼 곳에서 해체하고 새롭게 무언가를 만든다?

그는 더는 입을 놀리지 않았다. 본능이 위험을 감지했다.

팟!

바람 한 점 없는 내실에 갑자기 강풍이 불었다. 티무르 칸이 극상으로 경공을 발휘해 집무실을 벗어나면서 발생한 것이었다.

"……!"

그에 마모로타도 뭔가 심상치 않음을 감지하고는 빠르게 티무르 칸의 뒤를 따라나섰다.

"회회포(回回砲)⋯⋯?!"

성벽에 오른 티무르 칸은 선풍포수군들이 조립하고 있는 '새로운 투석기'를 봤다. 그는 저 물건에 대해 잘은 몰라도 어느 정도는 알고 있었다.

추가 떨어지는 힘으로 돌을 날리는 물건. 그 사정거리와 위력은 중원에서 쓰는 선풍포나 호준포(虎準砲)에 비해 월등하다는 것도.

"회회포면 저 서역의 코쟁이들이 쓰는 물건 아니우? 하지만 지금 저걸 만든다고 뭘 뾰족한 수가 나겠수? 이 귀수 성벽은 엄청나게 튼튼할 뿐만 아니라, 성문은 쇳덩어리로 되어 있수다. 형님이 뭘 걱정하시는지는 모르겠지만, 내 보기에는 그리 근심할 필요는 없을 것 같수다."

하지만 마모로타의 말에도 티무르 칸의 표정은 여전히 풀리지 않았다.

그의 눈이 너무 가늘어 정확히 어딜 보는지는 알 수 없었지만, 대충 얼굴의 각으로 미루어 봤을 때 그는 적들이 만드는 투석기가 아닌, 그보다 훨씬 뒤쪽을 바라보고 있었다.

마모로타가 눈을 찌푸리며 안력을 증대시키니 확실히 티무르 칸이 지켜보는 그쪽에 무언가 있었다.

뭔가가 잔뜩 쌓여서 된 작은 언덕. 마모로타는 어렵지 않게 그것들이 무엇인지 알 수 있었다.

"음? 시쳇더미? 녀석들이 왜 저기에 저것들을 쌓아 놓았을꼬?"

"마모로타."

"왜 그러시우?"

"지금 바로 고라 흐마들을 데리고 나가 저것들을 모조리 파괴한다."

마모로타는 갑작스러운 출격 명령에도 얼굴 표정 하나 변하지 않았다. 오히려 얼굴 전체에 기이한 미소가 맺힌 것을 보아, 좋아하고 있는 것이 분명했다.

"몽땅 데리고 나가도 되겠수?"

티무르 칸이 여전히 시쳇더미를 바라보며 고개를 끄덕였다.

"하하하! 안 그래도 성에 박혀 있기만 했더니 몸이 근질근질거리던 차였는데 잘되었수다! 내 저것들을 모조리 박살 내고 돌아오리……."

마모로타의 마지막 말은 거의 들리지 않았다.

이미 고라 흐마, '회색 늑대'들을 데리러 갔기 때문이었다.

그때 티무르 칸의 눈에는 선풍포수들 중 몇이 시쳇더미로 다가가는 것이 보였다.

"형제여, 내가 얘기하지 않았나. 이제 이 초원에서 저 괴물을 피할 수 있는 곳은 그 어디에도 없고, 놈들에게는 눈이 없다고. 네가 초원으로 가는 순간 너는 다시는 돌아올 수 없게 되었다. 만약 네가 다시 돌아온다면……."

나는 눈을 감고, 너를 향해 검을 휘둘러야겠지.

＊　　＊　　＊

쿠구구궁.

지진? 갑자기 귀수성벽 바로 아래쪽 기저(基底)에서 뽀얀 먼지가 일어났다.

마른 땅바닥이 거칠게 갈라지며 초원의 숨겨진 속살이 드러난다.

작고 동글동글한 모래부터 크고 각진 자갈들이 허공으로 튀어 오르는 모습이 기괴하면서도 멋지다.

지진으로 인한 지명(地鳴)은 아니었다.

여러 개의 곧은 발이 성벽 위에서 떨어져 땅을 압박하며 벌어진 현상이었다.

사다리.

그것도 귀수성문처럼 강철로 만들어진, 철제 사다리. 그 무거운 것 수십 개가 한꺼번에 메말라 비틀어진 흙 위에 떨어졌으니 땅이 쩍쩍 갈라질 수밖에.

보통은 공성을 하는 쪽이 사다리를 성벽 쪽으로 댄다.

너무도 당연하게도 수성을 하는 쪽은 성 안쪽에서 적들을 막아 내기 위해 그 사다리를 밀어 넘어뜨리거나 제거하기 위해 노력하고, 그래야만 한다.

성을 지켜야 하는 쪽이 성벽 아래로 사다리를 내린다? 통상적으로 있을 수 없는 일이다.

근데, 일어났다. 수성하는 쪽인 티무르 칸의 북로군이 귀수성벽에 사다리를 세웠다.

대체 왜?

컹! 컹컹!

이것이 그 대답이었다.

개가 짖는 소리? 아니었다. 닮았지만 분명한 차이가 있었다.

야성(野性), 숨길 수 없는 그것들의 본성, 그리고 그 근저에서부터 끓어오르는 녀석들의 명료한 살성.

그것이 수백 마리의 갯과 짐승이 내뱉는 소리에 가감 없이 드러나 있었다.

어오우우우—!

이어진 지독히도 기다란 울음소리. 그것이 그 소리 주인들의 정체에 마침표를 찍는다.

그들은 다름 아닌, 늑대들이었다.

그것들이 하나둘 귀수성벽 위에 모습을 드러냈다. 녀석들은 보통의 늑대들보다 훨씬 커서 족히 두 배는 됨 직했고, 그 털빛이 완전한 회색이어서 꼭 바짝 탄 나무의 재를 뒤집어쓴 것만 같았다.

그리고 녀석들의 등에는 창이나 극 등의 긴 무기를 든 철갑병들이 타고 있었다. 그들 하나하나가 풍기는 기운이 예사롭지 않은 것이 정예병들임에 틀림이 없었다.

특히나, 그들의 가장 앞에 서 있는 늑대는 다른 녀석들에 비해서 훨씬 커서, 그 덩치가 호랑이보다도 두 배는 커 보였고, 그 뿜어내는 기세도 다른 모든 늑대들이 쏟아 내는 것을 간단히 압도할 정도였다.

놈의 좌안(左眼)에는 열 십(十)자 모양의 칼자국이 나 있어 더욱 그 인상이 무서워 보였다.

그리고 그 위에 타고 있는 남자 또한 다른 철갑병들에 비해 족히 머리 한두 개는 더 컸다.

전거 마모로타.

그가 티무르 칸의 명령으로 고라 흐마, 즉 회랑전대(灰狼戰隊)를 이끌고 출격한 것이었다.

초원의 흉몽(凶夢).

회랑전대의 별칭.

초원에서는 누구도 만나고 싶어 하지 않는, 최악의 존재들. 그들이 바로 회랑전대였다.

"가자! 카이지! 가서 네 흉성(兇性)을 마음껏 쏟아 내거라! 끼랏!"

마모로타가 은빛거랑 카이지의 목덜미를 가볍게 두드리자, 녀석이 쏜살같이 사다리 아래쪽으로 달려 내려갔다.

비록 지금은 티무르 칸과 마모로타에게 사육되어 그들의 충견처럼 되었다 하나, 한때 녀석은 이 대초원의 패자였다.

그런 만큼, 녀석은 그 덩치에 어울리지 않게 엄청나게 빠른 몸놀림을 발휘했다. 티무르 칸이 북로들의 지존이라면, 녀석은 이 북원의 제왕이었다.

탕, 탕! 타타타타…….

철제 사다리가 흔들리며 카이지의 무게에 걸맞는 쇳소리가 초원 쪽으로 퍼져 나갔다.

수백 마리의 회랑들이 녀석의 뒤를 잇는다. 모두 어찌나 날렵한지 사람을 등 뒤에 태우고도 높고 경사진 사다리를 내려가는 데에 아무런 주저함이 없었다.

마모로타는 성벽 앞에 내려서서, 잠시 다른 늑대들이 모두 내려오기를 기다렸다. 그사이 그는 아까보다 좀 더 가까워진 목표물 쪽으로 눈을 돌렸다.

원근효과로 인해 사람들이 개미처럼 보인다.

비단 그 모양뿐 아니라, 실제로 사람들이 마치 일개미들처럼 부지런히 움직이고 있었다. 그 개미들은 물론 선풍포 수군이었다.

마모로타의 생각보다 몇 백 명 정도 더 많아 보였지만, 큰 이상이 있는 것은 아니었다. 어차피 개미 몇 마리 더 있다고 개미가 아닌 것은 아니지 않은가? 개미는 한 마리가 있든, 백 마리 천 마리가 있든지, 개미다.

"가자, 카이지."

마모로타가 카이지의 목을 감고 있는 고삐를 가볍게 당겼다. 방향은 개미들이 있는 곳.

공격 명령이다.

한데…….

이상하게도 카이지가 움직이지 않았다.

녀석은 티무르 칸과 마모로타에게 절대 복종했다.

그들에게 제압된 후, 이런 일은 여태껏 한 번도 없었다.

그르르르…….

카이지가 낮게 그르렁거리고 있었다. 녀석의 입이 일그러지며 그 이빨이 흉악하게 드러났다.

대체 이 녀석이 뭘 보고 이러는 것인가? 녀석의 머리는 분명히 선풍포수군을 향하고 있었다.

"워워······."

마모로타가 녀석의 목덜미를 쓰다듬어 주며 달랬다.

'음?'

털이······?

이상했다. 카이지의 온몸 터럭이 한 올, 한 올 아주 곤추서 있었다. 마치 고슴도치가 천적을 만났을 때 같달까?

마모로타가 카이지의 털이 이렇게 바짝 선 것을 본 것은 이제껏 딱 한 번뿐이었다.

'저쪽에 형님만 한 강자가 있다는 뜻인가? 아니면······.'

그만큼 무서운 뭔가가 있다는 것일까?'

카이지는 영물 중의 영물.

저 홀로 인간을 뺀 초원의 모든 생물을 발아래 두고, 영리하게 초원을 통치해 왔었다. 아무런 이유 없이 이럴 리가 없었다.

분명히 저쪽에 뭔가가 있다.

'검은 괴물? 그것 때문인가?'

그럴지도 모른다. 녀석의 지독히도 민감한 후각이 저쪽 시쳇더미에서 풍겨 나오는 죽음의 냄새를 맡은 탓이리라. 분명히 그럴 것이다.

마모로타는 그렇게 생각했다. 달리 생각하기는 어려웠으니까.

"걱정하지 마라. 시체들 근처는 얼씬도 하지 않으마. 우리는 그냥 저 회회포들만 부수면 된다."

마모로타는 다시 한 번 카이지의 목을 부드럽게 쓰다듬었다.

바르르.

카이지가 그게 아니라는 듯 몸을 떤다.

하나, 마모로타는 알지 못했다. 아니, 모른 척했다. 검은 괴물이 무서우면 어떻게 저리로 갈 수 있겠는가. 어쨌든 저쪽으로 가야 회회포를 부술 수 있다.

그가 다시 고삐를 당겼다. 두 번째 출발 신호다.

푸르르.

카이지는 투레질을 크게 한 번 하고는, 이내 결심한 듯 앞으로 천천히 걸어 나가기 시작했다.

한 발, 두 발…….

카이지는 언제 주춤했느냐는 듯 빠르게 속도를 올렸다.

두두두!

폭풍 같은 기세가 이럴 때 쓰이는 말인가?

폭풍 질주! 카이지가 미친 듯이 앞으로 달려 나갔다.

다다다!

바로 그 뒤를 따라 회랑전대가 달린다.


현재 그들이 향하는 쪽에는 동봉수를 비롯한 칠백의 용병과 오천 명의 포수, 그리고 시체를 옮기는 몇몇 병사들뿐이었다.

티무르 칸이 무턱대고 마모로타와 회랑전대를 내보낸 것은 아니었다.

그는 주변 정황을 유심히 살피고, 지금 이자송의 원정군 전체가 어떻게 움직이는지 파악이 끝난 상황이었다.

상대의 본대는 진지를 귀수성에서 조금 떨어진 황하변으로 옮기고 있었다―티무르 칸으로서는 무슨 이유인지 알 수 없었지만. 자연히 귀수성 앞 선풍포수군에는 전력 공백이 있을 수밖에 없었고, 그때를 놓치면 검은 괴물들이 성벽을 넘어 귀수성 안으로 날아들어 오리라는 걸 잘 알고 있었다.

하나, 그가 모르는 사실 한 가지가 있었다.

지금 상대의 실질적인 지휘관이 이자송이 아닌 동봉수라는 것, 그것이었다.


동봉수는 회랑전대가 귀수성벽을 내려올 때부터 모든 작업을 멈추고 그쪽을 주시하고 있었다.

다다다다! 컹! 컹컹!

시끄러운 늑대 소리가 귀수성 전방의 황야에 넓게 울려 퍼졌다.

그 소리는 삭풍에 실려 황무지 전체에 쫙 깔렸다. 물론, 동봉수가 있는 곳도 그 전체 중 일부였다.

후우우―

동봉수의 입을 떠난 하얀 김이 바람에 흩날려 이내 스러진다.

"역시나 페스트와 트레뷰셋에 대해 잘 알고 있었나 보군."

확신에 찬 음성.

적들의 우두머리인 티무르 칸이 이미 페스트에 대해 아주 잘 알고 있었고, 이 모든 계획을 진두지휘한 것이 분명해졌다.

거기에 더해, 트레뷰셋에 대해서도 알고 있었던 것이 확실했다. 아니라면, 어떻게 저토록 기민하게 반응을 할 수 있었겠는가.

하긴, 전투 민족인 유목민의 특성상 굳이 저쪽 세상의 칸이 아니더라도 서쪽 멀리까지 원정을 가 봤을 터.

당연히 그 두 가지 것들에 대해 모를 수가 없지 않겠는가? 애초에 페스트도 이곳 몽골 지역에서 처음 발원했다는 것이 정설이었으니.

저쪽 세상이든, 이쪽 세상이든 비슷할 것이다.

하지만 그렇다고 해도…….

저런 조합은 동봉수로서도 예상하지 못했다.

늑대를 타고 다니는 전투 부대라니. 그는 기껏해야 기마병들이 성문을 열고, 조금 출동하리라 봤었다.

기마대가 출진하려면 필히 성문을 열어야 한다.

수성을 하는 입장에서 그것은 결코 부담이 적은 일이 아니었다. 따라서, 포위망이 다소 느슨해진 지금과 같은 상황에서도 절대 많은 수가 나올 수가 없었다. 기껏해야 수백 단위.

한데, 출진부대가 기마병이 아닌 기랑대(騎狼隊)일 줄이야.

그 때문에 성문을 열지도 않고 천 명 이상이 성 밖으로 튀어나왔다. 덤으로 천 마리의 야수들도 함께.

늑대는 잘 길들여지지 않는 들짐승이다. 그런데도 저리 많은 늑대를, 저렇게 잘 사육해 전쟁에 이용한다라……

분명 놀랍지만, 실제로 놀라지는 않았다.

동봉수는 애초에 놀란다는 감정이 뭔지도 잘 몰랐으니까.

다만, 색다르게 느꼈다. 지극히 약간의 흥미가 생겼다고 나 해야 할까. 특히, 저 맨앞에서 달려오는 늑대 같지도 않게 커다란 애꾸 거랑(巨狼)은 자신을 알아봤다.

저 멀리서. 그것도 외눈으로 말이다.

동물들은 인간들에 비해 많이 민감해서 종종 숨겨진 그의 본성을 보고 꼬리를 말 때가 있었다.

녀석은 단번에 자신을 알아봤다. 그런데 그랬음에도 꼬리를 말지 않고 이빨을 드러냈다.

포식자였다. 딴에는 자신 있게 날카로운 이빨을 드러낼 정도로 무서운 야수.

하지만 때로는 이빨을 감출 줄 아는 것이 더욱 무서운 법이라는 걸 모르는 모양이다. 역시 짐승이라 어쩔 수 없나.

그렇다 하더라도 신기한 녀석이기는 했다.

녀석은, 동봉수뿐만 아니라 신무림 온라인 시스템도 관심을 가지고 지켜보고 있었으니까.

동봉수의 눈, 보다 정확히는 시스템의 커서(Cursor)가 녀석의 전신을 둘러싸며 뭔가를 열심히 분석하고 있었다.

동봉수의 시야 오른편 위에 끊임없이 괴상한 문자와 아라비아 숫자들이 나타났다가 사라졌다. 시스템은 저 늑대를 분석하려 애쓰고 있었으나, 아마도 분석이 힘들기에 이런 오류가 발생하고 있는 것이리라.

시스템은 왜 갑자기 저 녀석에게 관심을 두는 것일까?

여러 가지 추론이 가능했지만, 동봉수는 그에 대한 생각을 거기에서 잠시 접을 수밖에 없었다.

"싸그리 밀어 버려라! 동서남북 천하 그 어디에서도 놈들의 흔적을 찾을 수 없게, 잔뼈 하나까지 잘근잘근 씹어 없애라!"

아우후—!

이미 마모로타와 회랑전대가 트레뷰셋이 있는 이곳에 거의 육박하고 있었으니까.

단순히 머릿수로만 보면 이쪽이 몇 배는 많았지만, 선풍포수군에는 비전투 인원이 대다수였다. 그들의 전투력이란 정말 보잘것없다. 실제로는 용병대 대 회랑전대가 될 터.

"전원 이 열 횡대로."

동봉수가 말했다.

자박하게 내리깔리는 음성이었지만 용병 모두의 머릿속에 아로새겨졌다.

우루루루.

정방형으로 뭉쳐 있던 대형이 금세 이 열 횡대로 바뀌

었다.

"포수들은 전원 포를 에워싼다."

선풍포수들이 어영부영하면서도 각 트레뷰셋 주위에 빙 둘러섰다.

저 뒤편에서 시체를 나르던 병사들은 동봉수의 명령 없이도 벌써 또 다른 명을 수행하고 있었다.

그들은 들고 있던 시체를 아무렇게나 팽개쳐 버리고는 새 진지가 있는 황하변으로 뛰어가고 있었다. 자연히 이 소식을 접한 이자송이 본대를 이끌고, 곧 도우러 올 것이다.

이제는 그 시간 간격의 폭이 이 전쟁의 성패를 가늠할 터……

동봉수는 대열 최우측 전방에 섰다.

만일의 사태에 대비해 도주로를 확보하기 위함이었다.

컹컹! 크아컹!

투투투투!

"끼야하—!"

늑대 소리와 그들의 발소리, 회랑전대의 고함 소리가 잠깐 사이 부쩍 높아졌고, 콩알만 하게 보이던 그들의 크기도 어느새 그 형체가 또렷할 정도로 커졌다.

더불어, 땅이 울린다.

땅에 발을 붙이고 있는 동봉수와 용병들의 몸도 따라 흔들거린다. 긴장감이 모두의 몸을 뒤흔든다.

'북귀들보다 세다.'

이제 더 명확해졌다.

회랑전대원 하나하나가 최고의 정예.

용병대로는 저들을 감당할 수 없다. 최악의 경우, 이자송의 본대가 구원하러 오기 전에 자신을 제외한 이곳의 인원 전부가 몰살당할지도 모른다.

"크크크."

얼마만의 의미 없는 툴툴거림인가?

동봉수는 그것이 오히려 반가웠다.

적들의 전력이 높으면 높을수록 그만큼 얻을 수 있는 경험치도 높다는 방증이었으니까.

팟!

동봉수의 신형이 비상하는 매처럼 가볍게 앞으로 날아나갔다.

스캉!

컹! 커컹!

단순한 가로 베기 한 번에 상대 좌측 가장 앞에서 달려오던 회랑전대원 둘이 반 토막이 났다. 물론 그들이 타고 있던 회색늑대 두 마리는 살아 있었다. 그것들은 주인들이 죽었는지도 모른 채 앞으로 계속 뛰어갔다.

양단(兩斷)된 회랑전대원의 상하체가 자연스레 분리되었다. 상체의 뼈와 살가죽은 이미 그 연결 고리를 잃었지만, 관성에 의해 쭉 앞으로 나아갔다. 장기와 내장들이 쏟아져 내려 허공에 징그럽게 흩날렸다.

그 순간!

콰콰광!

마침내 용병대와 회랑전대가 충돌했다.

예상대로, 아니, 예상보다 더 회랑전대는 강했다.

동봉수를 제외한 그 누구도 회랑전대의 공격을 제대로 막지 못했다.

아무리 달려오던 탄력이 있었다고는 하나, 애초에 상대가 되지 않는다. 단 한 번의 격돌. 양자 간의 전력차가 극명히 드러났다.

회색늑대들의 아가리에 머리를 뜯기는 용병, 회랑전대원의 창에 꼬치 꿰이듯 옆구리가 뚫린 포수, 마모로타의 철곤(鐵棍)에 곤죽이 된 병사.

유린당했다. 용병들의 저렴한 표현을 빌리자면, 용병들은 회색늑대와 한 몸처럼 움직이는 회랑전대에게…….

강간당하고 있었다.

퍼버벅! 퍽!

숨 몇 번 쉴 정도의 시간이 흘렀다.

크아악! 윽! 컥!

수백 명이 사망했다.

역시 북원 최대의 무력 집단인가? 회랑전대는 전율적이었다.

말이나 낙타 등의 초식동물들과는 달리 회색늑대들의 움직임은 굉장히 탄력적이어서 용병들의 공격이 전혀 통하지 않았다.

동봉수가 혹시나 기마병의 습격이 있을 것을 대비해 모든 용병들에게 창을 준비하게 했는데도 별 효과를 보지 못했다. 말들이었다면 달려오는 속도를 이기지 못해 창에 꼬치 꿰이듯 뚫렸을 터. 하지만 회색늑대들은 가볍게 방향 전환이나 몸을 웅크림으로써 용병들의 창을 모조리 피했다.

게다가 기량병인 회랑전대원들 또한 각각 고수들인지라 용병들의 부담은 몇 배로 가중되었다.

슉! 캉!

으악!

지리멸렬(支離滅裂).

다른 표현이 뭐가 필요하겠는가. 용병들을 비롯한 포수들이 이리저리 흩어지며 쓸려 나가고 있었다. 몇몇은 도주를 시도했지만, 그마저도 여의치 않았다. 회랑전대는 말 그대로 늑대를 탄 전투 부대. 용병들의 시답잖은 경신술로는 절대로 벗어날 수 없었다.

퍽! 퍽! 화르륵—!

전선(戰線) 곳곳이 삽시간에 무너졌다.

뒤이어 전열(前列)의 트레뷰셋이 파괴되었다. 어떤 것은 철곤에 부서지고, 또 어떤 것은 불에 탔다.

용병들은 용맹하게 버텼으나 상대가 되지 않았다.

슉.

"윽!"

그 와중에도 동봉수는 하나하나 착실히 회랑전대원들을 척살해 나가고 있었다.

낭인검이 한 번 움직인다. 시체가 둘 생긴다.

토막토막.

[1, 2, 3, 4, 5]

[플레이어가 5연참에 성공해 모든 능력치가 5% 상승했습니다.]

[6, 7, 8, 9, 10]

[플레이어가 10연참에 성공해 모든 능력치가 10% 상승했습니다.]

[연참 Lv.2]가 활성화되는 데에는 오랜 시간이 걸리지 않았다.

회랑전대원 중 그 누구도 동봉수를 막지 못했다.

팍! 삭!

재차 회랑전대원과 늑대 한 쌍이 피와 뇌수, 내장을 콸콸 토해 내며 그 일생을 마쳤다.

그사이 수십 명의 용병과 수백의 선풍포수들이 더 죽어 나갔다.

선풍포수군에는 애초에 전투병들이 없었기에, 더더욱 회랑전대를 버텨 내기 어려웠다. 기껏해야 방패수들 정도만이 간간이 수비에 성공하는 것이 전부였다.

자연히 그들이 지키고 있던 트레뷰셋도 하나둘 스러져 갔다. 불에 타거나, 혹은 철퇴에 맞아 부스러기가 되거나.

그런 상황임에도 동봉수는 꾸준히 제 위치를 지키며 적들을 막아 냈다.

동봉수, 만약 트레뷰셋이 다 부서지면…… 너는 어

쩔 텐가?

'다 부서지면……?'

뭘 어떡하나? 다시 만들어 내면 되지.

그런데!

동봉수가 그리 생각한, 바로 그 순간이었다.

저 멀리 귀수성 양옆에 넓게 펼쳐진 산기슭에서 화염이 치솟아 올랐다.

"……!"

티무르 칸이 동봉수의 생각을 비웃듯, 때맞춰 숲에 불을 지른 것이었다.

메마른 스텝 지역의 가을.

불길은 큰바람이 없음에도 금세 산 전체로 번져 갔다.

좀체 표정이 없는 동봉수의 얼굴에도 아주 얕은 웃음이 떠올라 얼굴 전체로 퍼져 갔다.

늑대를 이용한 전투 부대에 이어, 산에 불까지 지르다니.

마치 상대는 그를 비웃듯이 앞서 나갔다. 동봉수는 그것이 그리도 좋았다. 이것 때문에 죽을지도 몰랐지만, 최소한 지금 이 순간만큼은 즐거운 것 아니겠는가.

육식자들을 상대하는 건…….

슥.

후두둑.

언제나 그를 즐겁게 하는 일이었기에.

동봉수가 무심히 눈을 내리깔며 기계적으로 검을 움직였다.

같은 시간, 마모로타의 철곤(鐵棍)도 매섭게 움직이며 용병들을 피곤죽으로 만들고 있었다.

둘은 충돌하지 않고 각자의 상대방을 빠르게 해치우고 있었다. 그러나 동봉수가 월등히 불리했다.

동봉수는 혼자였고, 회랑전대는 마모로타뿐만 아니라 다른 전대원들 또한 피맛을 듬뿍 보고 있었기 때문이었다.

동봉수 홀로는 역부족이었다.

회랑전대는 대원 전원이 일당백의 정예들이었고, 용병들은 그들만 못했다. 선풍포수들과 시체를 옮기는 병사들은 말할 것도 없었다. 아주 형편없는 건 아니었지만, 회랑전대원에 비하면 오합지졸에 다름 아니었다.

결국, 후열의 트레뷰셋까지 견디질 못하고 우수수 부서져 갔다. 이제 남은 트레뷰셋은 다섯도 채 되지 않게 되었다. 그나마도 모두 동봉수 주변에 있는 것들뿐.

압도적으로 많은 수임에도 불구하고, 용병들과 포수들은 회랑전대에게 도리어 포위되었다. 그들은 빙빙 돌며 아군을 도살했다.

"저 자식을 죽여라! 저놈만 죽이면 끝난다!"

그런 상황이 잠시간 더 지속되자, 끝내 동봉수와 다른 아군들이 격리되었다. 자연스레 동봉수 또한 회랑전대에게 둘러싸였다.

티무르 칸의 의도는 완벽히 적중했다. 회랑전대를 내보냄으로써 성문을 열지도 않고 회회포, 즉, 트레뷰셋을 거의 다 파괴했다. 아직 몇 개 남아 있었지만, 다 부서지는 건 이제 시간문제였다.

슥. 슥.

동봉수가 다시 한 번 회랑전대원 둘을 베었다. 그때, 다른 회랑전대원 몇이 철퇴를 휘둘러 트레뷰셋을 공격했다.

동봉수의 몸은 하나고 손과 발은 둘이다. 반면, 적들은 수백이고 손발은 수천이었다. 막을 수 없었다.

동분서주(東奔西走). 그러나 중과부적(衆寡不敵).

또 하나의 트레뷰셋이 무너졌다.

적들은 동봉수를 직접 죽이기 어렵다 판단하여 트레뷰셋 파괴에 전념하고 있었다.

전투는 치열하게 전개되었고, 마침내 황하변으로 갔던 이자송의 본대가 저 멀리서 모습을 드러냈다.

'이제 조금만 더 버티면……'

한 개 정도의 트레뷰셋은 겨우나마 지킬 수 있지 않을까?

고작 한 개로 뭘 할 수 있을까?

그건 그다음에 생각할 문제다.

'일단 지킨다.'

슥.

동봉수의 검이 다시금 소리 없이 회색늑대의 목을 쳐 냈다. 늑대라고 해서 사람과 다를 바는 없었다. 동봉수의 검에 단말마의 비명 한 번 질러 보지 못하고 그대로 황천길로 떠났다.

퍽.

콰르르.

그와 동시에, 마모로타의 철퇴가 서른한 번째의 트레뷰셋을 무너뜨렸다. 바로 뒤이어 횃불을 든 회랑전대원들이 거기에 불을 붙였다. 그 후 그는 저 멀리 흙먼지를 일으키며 달려오는 이자송의 본대를 바라보며 말했다.

"시간이 없다. 얼른 마무리 짓고 성으로 돌아간다!"

그러나 여전히 동봉수는 끈질기게 회랑전대를 막아 내고 있었다. 다른 사람들이 어찌 생각하든, 이곳의 모두가 그를 만부부당(萬夫不當)의 장수라고 느꼈다.

마모로타는 사실 직접 나설 생각까지는 별로 없었다. 어차피 부하들이 알아서 잘 해낼 것이라는 걸 알고 있었던 데다가, 적의 섬멸이 목표가 아니었기 때문이었다.

목표는 오직 하나.

회회포의 전파(全破).

한데, 동봉수의 싸우는 모습이 그의 투쟁심에 불을 지폈다.

'어떻게 저렇게 움직일 수가 있지?'

그는 지난 수십 년간 전장을 누볐으며, 그만큼이나 많은 장수들을 만났고, 베었다.

그중에는 한족의 장수들이 가장 많았다.

그들의 검은 하나같이 화려하며 격식에 가득 차 있었다. 좋게 말해, 아름다운 검이었고, 나쁘게 말하면 식과 초에 갇힌 형식적인, 아니, 형식뿐인 검이었다. 한마디로 말하면, 죽은 검이라고 할까.

그런데 저자는 달랐다. 그것도 아주아주 많이 달랐다. 틀렸다고 표현하고 싶을 정도로 말이다.

분명히 어떤 형과 식이 있는 것 같으면서도 없었다. 또, 그 가운데에서 군더더기가 하나도 없었다. 찌를 때는 찌르기만 하고, 자를 때는 자르기만 한다. 쉬운 것 같지만, 누구도 쉽게 달성할 수 없는 경지였다.

이것은 단순히 검을 오래 다룬다고 해서 오를 수 있는 경지가 아니었다.

"결(缺)을…… 공격하는 것인가?"

뭔지 모르게 그 움직임 하나하나에 '이유'가 있었다. 처음 검이 내밀어질 때는 알 수 없다가도 그 끝에 가서는 분명히 어떠한 '결말'을 가진다.

그것은 정확히 상대의 허를 찌르거나, 혹은 벤다.

마모로타는 그렇게 할 수 없었다. 아니, 북원의 그 누구도 저렇게 할 수 없었다. 이길 수 있다, 없다의 문제는 아니었다.

할 수 있느냐 없느냐의 문제.

그리고 그것이 발전해 이길 수 있을까에 대한 고찰로 이어지게 되었다.

한데……,

'싸울 시간이나 있을까?'

마모로타의 시선이 잠시 이자송의 본대에게 향했다. 사람들이 모기 눈알만 하게 보인다. 이곳에 도착하려면 아직

멀었다. 그의 고개가 다시 동봉수에게로 돌아왔다.

그는 몸에 묻은 피를 툭툭 털어내며 몸을 풀었다.

"고기 한두 점 뜯을 시간은 있겠구마이."

으르르—!

마모로타의 마음을 읽은 것인지 카이지가 벌써부터 투레질을 하기 시작했다.

마모로타가 그런 카이지의 목덜미를 쓰다듬었다.

'음?'

녀석의 털이 아까처럼, 아니 아까보다 더 바짝 곤두서 있었다. 카이지의 시선이 향하는 곳에는 핏빛 광인(狂人)이 서 있었다. 카이지는 분명!

동봉수를 보고 있었다.

그제야 마모로타는 깨달았다. 카이지가 아까 성벽 아래에서 적개심을 드러냈던 대상이 검은 괴물이 아닌, 동봉수라는 것을.

'그랬던가……?'

그랬었어. 그래. 그렇군.

의문에서 확신으로 가는 건 순간이었다.

마모로타의 몸에서 강렬한 투기가 발산된다.

그리고.

그의 열망을 읽은 카이지가 동봉수를 향해 벼락같이 달려들었다.

동봉수는 벌써부터 마모로타와 카이지가 자기를 응시하고 있다는 걸 알고 있었다.

'어서 와라.'

기실 그는 기다리고 있었다.

동봉수에게 마모로타는 이곳에서 가장 큰 경험치 덩어리였으니까.

우웅—

낭인검 위에 뿌연 아지랑이가 솟아났다.

킬 [검기]였다. 그는 거기서 멈추지 않고 아껴 뒀던 스킬 [운기행공]까지 사용했다.

카가강—!

낭인검과 마모로타의 철곤이 맞부딪치며 강렬한 파열음이 울렸다.

그 충돌이 어찌나 강렬했던지 원형의 기파가 생겨 주변의 다른 회랑전대원들을 모조리 수 장 밖으로 튕겨 냈고, 동봉수의 뒤편에 있는, 마지막 트레뷰셋이 살짝 틀어졌다.

단 한 번의 충돌이었지만, 동봉수는 확신했다. 마모로타가 자신과 며칠 전 검을 맞대었던 북귀단주 파이탄보다 한수 위의 고수라는 것을.

까랑—

검과 철곤이 서로 긁히며 듣기 싫은 마찰음이 양자(兩者)의 귓속을 자극했다.

마모로타가 입을 벌리며 그의 싯누런 이를 드러냈다.

"마모로타. 이름?"

앞뒤 생략된 어색한 한어. 그러나 그 의미를 전달하기엔 충분했다.

"이귀."

이름이 아니었지만, 역시나 부족함이 없는 단어 선택이었다.

"이름?"

동봉수가 마모로타와 똑같이 말했다. 대신 그의 눈은 아래쪽을 향하고 있었다.

"카이지."

마모로타가 금세 이해하고 대답했다.

"카이지라⋯⋯."

동봉수가 다시 마모로타의 말을 따라 했다.

원래의 동봉수라면 의미 없을 것 같은 그런 말을 하지는 않았을 것이다. 그가 입을 열어 뭔가를 말했다면, 그 자체로 의미가 있는 것이었다.

그가 굳이 카이지라는 발음을 따라 한 이유는 시스템의 '특이한 오류'가 이제 그 실체를 가지게 되었기 때문이었다.

한동안 [오류! 오류⋯⋯!]라는 메시지만 보내던 시스템이 다른 메시지를 띄우고 있었다.

[영물 ???을 발견했습니다.]
[영물 퀘스트가 활성화되었습니다.]

아마도 가까이서 녀석을 마주한 때문이겠지?

시스템이 마모로타가 타고 있는 늑대, 카이지를 [영물(靈

物)]로 인식했다.

특이한 상황에 얻은 특이한 퀘스트.

퀘스트 창이 얼른 열어달라고 아우성치듯 깜빡인다. 그에 동봉수의 눈이 아주 잠깐 그쪽으로 향했다.

그 순간이었다.

"으랴압!"

갑자기 마모로타의 철곤이 팽이처럼 돌기 시작했다.

곤기(棍氣) 대신 손에서 기파를 뿜어내 몽둥이에 회전력을 가미하는 대력패전(大力覇轉)이라는 수법이었다.

끼리릭—!

철곤에서 발생하는 강력한 회전풍압에 동봉수가 급격하게 뒤로 튕겨져 나갔다.

마모로타는 그때를 틈타!

퍽! 콰작!

동봉수가 지키고 있던 마지막 남은 트레뷰셋의 초를 그대로 부러뜨렸다.

동봉수가 막을 수 있는 틈은 없었다. 무기를 회전시키는 수법은, 본 적도 상상해 본 적도 없었으니까 말이다.

물론, 가장 큰 실수는 강한 적과 무기를 맞댄 상황에서 잠시라도 다른 데에 한눈을 판 탓이겠지.

'재미있어. 역시.'

도대체 언제나 그 끝이 보일 텐가? 이곳은 무궁무진한 야수들의 세계, 중원의 끝자락이다.

과연 그 한가운데인 중원에는 이곳보다 얼마나 더 재미

있는 괴물들이 서식하고 있을 것인가?

동봉수는 마지막 남은 트레뷰셋의 발사대, 초가 파괴되었음에도 한쪽 입가를 설핏 올린다. 그러고는 깜박이는 퀘스트 창에 대해 신경을 껐다.

영물은 카이지다. 마모로타가 아니라.

영물 퀘스트는 마모로타를 해치우고 나서 생각해도 늦지 않다.

게다가 지금은 일단, 하나 남은 트레뷰셋을 구해야 할 타이밍.

동봉수가 익숙하게 낭인검을 고쳐 잡았다. 이제는 숟가락이나 젓가락을 집는 것보다 검을 드는 것이 훨씬 자연스럽다. 너무도 당연히.

후우웅―!

마모로타가 재차 철곤을 자전(自轉)시키며 최후의 트레뷰셋을 향해 휘둘렀다. 이번 목표는 트레뷰셋 전체를 지탱하는 주벽(柱壁)이었다. 주벽이 으깨어지면 사실상 트레뷰셋은 그 기능을 상실하게 된다.

파파팟―!

동봉수가 [경공 Lv.8]을 써 총알처럼 빨리 마모로타를 향해 쇄도해 들었다.

"……!"

마모로타의 부리부리한 눈이 더욱 커졌다. 자신을 덮쳐오는 동봉수의 속도가 생각보다 훨씬 빨라서였다.

아무런 준비 동작도 없이 저런 속도라니. 마모로타로서

는 이해할 수도, 상상할 수도 없었다.

그는 황급히 주벽을 향해 뻗어 가던 철곤을 놓아 버렸다. 이미 초식을 회수하기에는 너무 늦은 이유에서였다. 철곤은 내뻗던 기세와 회전력이 살아 있어 그대로 주벽을 향해 날아들었지만, 반대급부로 마모로타는 완전히 뒤로 물러서지 못했다.

절체절명의 순간!

마치 미끄러지듯 마모로타의 몸이 뒤로 빠지며 동봉수의 검을 피했다.

"후욱후욱……."

마모로타와 혼연일체가 된 카이지가 극적인 때에 뒤로 물러선 것이었다. 그렇지 않았다면 꼼짝없이 동봉수의 검에 격중 되었으리라.

'큰일 날 뻔했구마이. 그렇지만 이제 회회포는 전부 부서……!'

목숨은 위태로웠지만, 소득은 있었다. 아니, 있을 것이라고 확신했었다.

한데!

고속 회전을 하며 날아가던 철곤이 전혀 엉뚱한 곳으로 날아가고 있었다. 원래대로라면 지금쯤 주벽의 허리를 완전히 꺾어 버리고 있었어야 하는데……!

"……!"

퍼어억!

으아악―!

철곤은 그대로 '허공'을 가르며 지나가, 그 경로에 있던 대여섯 명의 회랑전대원들을 곤죽으로 만들어 버렸다.

"사……사라졌어?!"

그렇다. 마모로타의 말처럼 트레뷰셋이 가루가 되기 일보 직전에 증발해 버렸다. 대신 그 자리에는 동봉수가 무심하게 서 있었다.

그가 자신을 보며 나직이 말했다.

"역시 그냥 스킬만으로는 한계가 있나?"

"……."

스킬? 무슨 소리인지 알 수가 없다.

하지만 한 가지 확실한 것은, 그의 철곤이 회회포의 주벽을 으스러뜨리기 직전에 동봉수가 주벽을 손으로 잡았다는 것이었다.

그러고는…….

꺼져 버렸다. 통째로.

"인벤토리 신공은 웬만하면 사람 많은 곳에서는 쓰고 싶지 않았는데."

인벤토리 신공? 마모로타는 여전히 동봉수가 무슨 말을 하는 것인지 알 수 없었다.

하나, 애초에 동봉수가 그런 설명 따위를 마모로타에게 해 줄 의무는 없었다.

팟―!

그리고 동봉수의 턴이 시작되었다.

쐐애액―!

낭인검이 [직도황룡]의 검로를 그리며 앞으로 곧게 뻗어 갔다.

빈손으로는 검을 막을 수 없다. 마모로타는 빠르게 허리에 차고 있던 만도(蠻刀, 날이 활처럼 휘어지고 도신이 넓은 칼)를 뽑아, 비를 쓸 듯 우에서 좌로 비껴 쳤다.

까랑—

낭인검과 만도가 사람 인(人)자형으로 격하게 만난다.

급박하게 뽑았음에도 마모로타의 도에는 도기가 서려 있었기에 어렵게나마 동봉수의 공격을 막을 수 있……!

푸슉—

미세한 소리. 마모로타는 본능적으로 고개를 옆으로 젖혔다.

그 순간, 그의 목에 얄따랗고 긴 생채기가 생겼다. 아마 오랫동안의 전쟁으로 단련된 기감(氣感)이 아니었다면 꼼짝없이 죽었으리라.

조금 전 공격은 낭인검과 만도가 마주치면서 동봉수와 마모로타 둘 사이의 거리가 가까워지자, 동봉수가 입으로 철편을 쏘아 보낸 것이었다.

실로 동봉수만이 가능한 전법.

하나, 어쨌든 마모로타는 동봉수의 수를 막아 냈다.

이제는 마모로타 쪽이 유리하다. 근접거리라면…….

마모로타와 카이지, 그들은 둘이었고, 동봉수는 혼자였다. 게다가 동봉수는 이미 회심의 한 수를 쓰기 위해 움직임을 낭비했고, 내뻗어진 검은 만도에 밀려 옆으로 비틀려진 채였다.

"크카아—!"

역시나 카이지가 바로 반응한다. 자신의 바로 앞까지 붙어 온 고깃덩이를 놓칠 녀석이 아니었다.

카이지가 동봉수의 허벅지를 향해 그 큰 아가리를 쩍 벌린 채 들이밀었다. 그러고는 곧장 입을 닫는다.

콱— 작!

벼려진 듯 날카로운 카이지의 이빨이 동봉수의 대퇴부에 박혀 드는 소리가 듣기 좋았……! 다……?

뭔가가 박히긴 박혔다.

그런데!

그것이 카이지의 이빨이 아니었다. 당한 이도 동봉수가 아니었다.

"크하칵—!"

카이지가 울부짖으며 뒤로 급급히 물러섰다.

후두두둑—

녀석의 입천장과 혀에서 뿜어져 나온 피가 괴괴하게 땅을 적셨다.

공격한 쪽이 도리어 상처를 입었다.

'왜?'

마모로타는 이번에도 그 이유를 알 수 없었다.

그의 눈에 보인 것은 그저 입에 두 개의 칼 조각이 박혀 괴로워하는 카이지뿐이었다. 그는 크게 망설이지 않고 카이지의 입속 아래위로 박힌 두 개의 검편(劍片)을 뽑았다.

"크학—!"

박힐 때보다 뽑을 때가 훨씬 아프다. 마모로타는 그걸 잘 알고 있었지만, 망설일 틈이 없었다. 바로 동봉수가 따라붙을 걸 잘 알고 있었기 때문이었다.

슉—

역시 빈틈을 놓치지 않고 동봉수가 다시 따라붙었다.

후우웅—

이번엔 [횡소천군]이었다.

카이지는 괴로운 와중에도 앞발을 들어 동봉수의 하체를 쓸어 갔고, 마모로타는 만도를 세로로 세워 동봉수의 초식을 막았다.

앞서의 공격과 마찬가지로 이런 형태로 이루어지는 전투 방식을 북방에서는 소위 인랑살법(人狼煞法)이라 불렀다.

늑대가 막으면 사람이 공격하고, 사람이 방어하면 늑대가 상대를 덮친다.

때에 따라서는 둘 다 공격에 나서거나, 둘 모두 방어에 치중할 수도 있다. 유기적으로 움직이기만 한다면 혼자 싸우는 것보다 훨씬 다채로운 방식으로 싸울 수 있고, 그 위력은 단순히 배가 되는 것이 아니라 그 공방 능력이 엄청나게 향상되게 된다.

지금 상황도 만약 동봉수가 검을 회수하고 뒤로 물러서지 않는다면, 아무런 소득도 없이 그 자신만 타격을 입을 수 있었다.

마모로타가 그의 검을 막아 냈고, 지금으로썬 그가 카이지의 발톱을 막을 방법이 없을 것이기 때문……!

아니다. 아니다.

마모로타는 아직 동봉수를 잘 몰랐다.

캉─!

동봉수의 공격을 막은 마모로타가 안장에서 튕겨져 나갔다.

[2연격 실패. 플레이어가 적을 뒤로 강하게 밀쳐냅니다.]

스킬 [연격]이 발동한 것이다.

그로써 인랑일체(人狼一體)가 깨어졌다.

하지만 그렇다고 동봉수에게 닥친 위기가 끝난 것은 아니었다. 여전히 카이지의 발톱이 그의 하반신을 노리고 덮쳐 오고 있었기 때문이었다.

비록, 연격이 기가 막힌─정확히는 계산된─ 타이밍에 발동해 마모로타를 튕겨 내기는 했지만, 동봉수 또한 뒤로 물러서기에는 늦었다.

그 순간!

후우웅─!

동봉수가 사라졌다. 그리고 카이지의 발은 아까 마모로타의 철곤처럼 허공을 소득 없이 갈랐다. 문자 그대로 헛발질!

동봉수가 이전에 파이탄을 죽일 때처럼 [연격]─[보법]의 연계기를 사용한 것이었다.

일거양득(一擧兩得). 그는 이 한 수로 카이지의 공격을 피하고 공중에 뜬 마모로타의 뒤를 잡았다.

"......!"

마모로타는 도대체 정신이 하나도 없었다.

처음 동봉수와 싸움을 시작할 때만 해도 이런 형태의 대전은 전혀 상상도 못했다.

아니, 대체 누가 있어 이런 방식으로 싸운다는 말인가? 도저히 있을 수도 없는 기술들과 상식을 벗어난 전투 능력.

그러나 그도 싸움에는 이골이 난 북방의 전사였다.

놀라기는 했지만, 마모로타는 침착히 대처해 나갔다.

동봉수가 사라지는 순간, 허공에 뜬 자신의 뒤에 무언가의 기척이 느껴졌다.

동봉수가 무슨 수를 썼느냐는 이제 중요치 않았다. 그냥 동봉수가 그의 뒤에 나타났다는 게 의미 있었다.

그는 곧장 몸을 뒤로 뒤틀며 모든 공력을 모아 만도를 휘둘렀다.

그 모습이 마치 커다란 용이 똬리를 틀었다 풀며 꼬리치는 것 같았다. 거룡파미(巨龍擺尾)라는 초식이었다. 거기에 대력패전의 수법이 더해져, 그 위력이 엄청나게 커졌다.

쾅―!

동봉수의 검과 마모로타의 도가 다시 한 번 공기 중에서 마주쳤다. 역시나 엄청난 폭음과 기파가 발생하며 상호 반대 방향으로 튀어 날아갔다.

마모로타가 날아가는 방향은 자연스레 자신이 날아왔던 쪽, 카이지가 있는 위치였다. 그는 날아가는 힘을 이용해 잽싸게 다시 카이지의 등 위에 올라탔다.

반면, 동봉수는 그들과 한참 떨어진 전장 위로 날아가게 되었다. 그는 새처럼 날아 그 경로에 있던 회랑전대원 몇을 향해 낭인검을 사정없이 휘둘렀다. 날아가던 탄력과 스킬력까지 더해진 그의 검은 지독히도 매서웠다.

쫘좌좍!

낡은 헝겊쪼가리가 저리도 쉽게 찢어질까? 회랑전대원들이 순식간에 조각조각 나 버렸다.

"우아압!"

주제를 모르는 회랑전대원 몇이 착지하는 동봉수에게 달려들었지만, 이내 또 다른 넝마조각이 되어 버렸다.

더 이상 달려드는 회랑전대원이 없자, 동봉수는 몸을 돌려 다시금 마모로타와 카이지를 향해 달려들었다. 저쪽에서도 벌써 동봉수를 향해 거세게 질주해 오고 있었다.

팡! 촤라랑―!

동봉수와 마모로타의 표면적인 실력은 거의 백중세였다. 한데, 마모로타 쪽에는 카이지가 있었다.

동봉수는 이제 5분간 [보법]을 사용할 수가 없었고, [운기행공]의 지속시간도 점점 줄어들고 있었기에, 실제로는 그가 훨씬 불리했다.

그나마 동봉수가 버틸 수 있는 이유는 인벤토리 신공이 있기 때문이었다. 찢어진 그의 옷 사이로 시도 때도 없이 희한한 무기들이 튀어나왔으니, 마모로타와 카이지가 대처하기는 쉽지 않았다.

하지만 그런 비정공법은 오래지 않아 파탄이 났다.

팡—!

카이지의 발톱이 동봉수의 왼 허벅지에 그대로 적중되었다.

마모로타가 낭인검과 동봉수의 입에서 발사된 검편을 막는 사이, 카이지가 절묘하게 동봉수의 허점을 찌른 것이었다.

동봉수는 다급히 찢어진 바지 틈을 이용해 방어용 강판(鋼板)을 소환했지만, 카이지의 무시무시한 발톱의 위력을 모두 상쇄하는 것은 애당초 무리였다.

"큭!"

강판이 완전히 우그러지며 동봉수가 뒤로 급격히 밀려났다.

비록 강판이 아주 두껍다고는 하나, 찢어진 바지를 통해 내보낼 수 있는 물건의 면적이 제한되었던 것이다. 게다가 호랑이의 가죽도 가볍게 찢는 카이지의 앞발이었으니, 타격이 없는 것이 더 이상했다.

"크앙! 캉!"

카이지가 때를 놓치지 않고 동봉수에게 따라붙으며 추가공격을 했다.

여전히 녀석의 입안에서는 붉은 액체가 흐르고 있었지만, 그 기세만큼은 맹호에 비할 바가 아니었다.

녀석이 오른발의 발톱을 잔뜩 세우고서는 우측에서 좌측으로 긁듯이 휘둘렀다.

동봉수는 다급히 낭인검을 역수(逆手)로 꺾어 들어 녀석의 발톱을 막았다.

퍽—!

둔탁한 소리가 났다. 동시에, 그만큼이나 둔중한 느낌이 동봉수의 온몸을 엄습했다.

전신의 뼈란 뼈가 모조리 울렸다. 지독한 통증이 손발 끝, 머리털 끝 세포까지 쥐어짰으나, 그의 눈은 오히려 더욱 무심해졌다.

"죽어랏!"

동봉수가 카이지의 공격을 막으며 왼쪽으로 튕겨져 나갔고, 그 반대 방향에서부터 마모로타의 만도가 반월을 그리며 휘둘러져 왔다.

동봉수는 좌수에 들고 있던 낭인검을 즉시 인벤토리로 회수했다가, 바로 우수에 꺼내 들었다.

쾅—!

간발의 차이로 마모로타의 회전하는 만도를 막아 낼 수 있었지만, 그 위력을 모두 받아넘기지는 못했다. 카이지의 공격에 밀려나던 힘과 마모로타의 도력(刀力)이 합쳐진 것이 엄청나게 강했기 때문이었다.

"쿡—!"

답답한 신음 한 줄기. 하나, 이번에는 아까처럼 짧은 신음 한 번으로 그냥 끝나지 않았다.

최악—

동봉수의 입에서 핏물이 줄기줄기 뿜어져 나왔다. 아까는 적의 핏물로 목욕을 했다면, 이번에는 자신의 피로 샤워를 하고 있었다.

"크하하! 도대체 어떻게 싸우는 것인지 모르겠지만, 것도 이제 끝이구마이! 으랴앗!"

마모로타와 카이지가 완전히 끝장내기 위해 재차 공격을 가해 왔다.

하지만…….

그들은 보지 못했다. 내상을 입은 상황에서도 무심함을 유지하고 있는 동봉수의 눈동자를. 핏물이라는 베일이 덧씌워져 있어 더욱 알아보기 어렵다는 것은 그들의 불행이었다.

"……됐어, 이제. 크크."

퍼버벙—!

다시 한 번 굉음이 울리며 동봉수가 실 끊어진 연처럼 뒤로 날아갔다. 이미 마모로타는 동봉수의 혼잣말을 듣고 있지 않았다. 이번 공격에 죽지는 않더라도 다시는 일어나지 못할 것이라고 거의 확신했으니까.

그곳, 동봉수가 시체처럼 널브러져 날아가는 위치에는 회랑전대원들이 용병들과 선풍포수들을 학살하고 있었다. 그중 몇몇이 동봉수가 날아오는 것을 포착했다.

"놈이다! 놈이 날아온다!"

"죽여—!"

"죽어라!"

"컹! 컹!"

그들은 눈을 시뻘겋게 뜬 채 동봉수를 죽이기 위해 대기했고, 회랑들은 입맛을 다셨다.

회랑전대의 사나운 저주가 점점 가까이 들려왔지만, 동봉수는 여전히 웃고 있었다.

"피. 피를 너무 흘렸어. 피가 필요해."

동봉수가 낮게 중얼거린다. 물론, 아무도 들을 수 없었다.

고도가 점점 낮아졌다.

4m, 3m, 2m……

힘이 다 빠진 듯하던 동봉수의 몸을 감싸고 있는 것들이, 그와 땅과의 거리가 줄어듦에 따라 하나씩 바뀌어 갔다.

핏빛 견갑, 핏빛 피혁혜, 그리고 핏빛 죽립.

마지막으로 자신의 피를 머금어 더욱 붉어진 핏빛 낭인검.

동봉수는 검을 그러쥔 후 [검기]를 일으켜 아래쪽을 향해 힘껏 내려쳤다.

퍼버벙!

후두두둑.

혈우(血雨)가, 편육(片肉)이 나린다.

동봉수가 떨어지는 자리에 있던 모든 이들이 한순간에 살육되었다. 동봉수가 마지막 남은 힘을 모두 그러모아 [검기]를 폭발시킨 것이었다.

동봉수는 피와 살점을 맞으며 천천히 몸을 일으켰다.

전장에 혼이 있다면 아주 잠깐 혼이 나간 것처럼 전장이 멈췄다. 그러나, 그 시간은 그리 길지 않았다.

"죽여!"

"저 개자식을 죽여라!"

"조금 전 공격이 마지막이었을 거다! 이젠 검을 들 힘도 없을 것이야! 한꺼번에 쳐라!"

하나 그건 그들의 착각이었다.

스스슥.

동봉수는 더욱 빨라졌고.

[낭인의 피혁혜]
부가능력 : 착용 시 이동력이 1% 증가한다.

더욱 몸을 사리지 않게 되었으며,

[낭인의 견갑]
부가능력 : 적에게 입은 피해의 1%를 같은 적에게 되돌려 준다.

더욱 무자비한 기술을 썼으며,

[낭인의 죽립]
부가능력 : 적에게 입은 피해의 1%를 JP로 환원한다.

무엇보다도······

더욱 생생해졌다. 검을 휘두를수록, 죽일수록, 점점 몸의 혈기가 돌아왔다.

[낭인의 검]
부가능력 : 공격 성공 시, 피해치의 1%를 플레이어의 체력으로 흡수한다.

더 세졌다. 분명히 동봉수의 검은 더욱 강해졌다.

[생존본능 (패시브) Lv.2 숙련도 : 0.00%]
비정한 강호에서 살아남기 위해, 낭인은 어려움에 처할수록 이를 악물고 더욱 악착같이 싸운다.

체력이 일정치 이하로 떨어지는 경우, 체력을 제외한 나머지 능력치가 생존에 대한 강한 열망으로 인해 상승한다.

현재 체력 : 26 / 100 (%)

체력이 50% 이하로 떨어질 시, 모든 능력치가  5% 상승한다.
(Lv.1 활성화)

체력이 20% 이하로 떨어질 시, 모든 능력치가 10% 상승한다.
(Lv.2 활성화)

※ 체력이 떨어졌다가 다시 일정치를 초과해서 회복되는 경우에도 1분간은 생존본능의 효과가 지속된다.

그의 체력은 50% 밑으로 떨어졌다가, 빠르게 회복되고 있었다.

남들이 보기에는 말도 되지 않았지만, 사람을 더 많이 죽이면 죽일수록 그의 상처와 데미지도 사라져 갔다.

"……대체…… 저놈…… 뭐…… 지……?"

마모로타는 너무 어이가 없어서 잠깐 동안 움직일 수가 없었다.

죽일수록 점점 생기 있어지는 검법이라니.

중원에 흡성대법(吸成大法)이라는 것이 전해진다고는 들었는데, 그런 무공으로 보이지는 않았다.

동봉수가 흡수하고 있는 것은 공력이 아닌, 피 그 자체였으니까.

하지만 언제까지 이러고 있을 수는 없었다.

이대로 가만히 있으면 회랑전대가 심대한 타격을 입을 수도 있었다. 아직 동봉수가 회복이 덜 되었을 때 공격해서 끝내야 한다. 시간을 더 끌었다가는 되레 당할지도 모른다.

"끼럇!"

마모로타가 카이지의 고삐를 쳐 동봉수에게 달려가려 했다.

그런데, 어찌 된 일인지 카이지가 움직이지 않았다.

그가 고개를 내려 카이지를 바라보니 카이지의 눈이 죽어 있었다.

살벌하게 번득이던 눈이 반쯤 감겨 있었고, 빳빳하게 서 있던 털이 완전히 숨이 죽어 있었다.

카이지가 입은 상처라고는 아까 동봉수의 대퇴부를 물다

가 입은 '두 개'의 상처뿐이었다. 그것도 그리 깊지 않은 상처 두 개. 고작 그걸로 대회랑(大灰狼)인 카이지가 이럴 수는 없었다.

'독인가?'

그거 말고는 마모로타가 유추할 방법이 없었다.

하지만 그것은 독이 아니었다.

[2연격 성공 시, 적에게 '출혈(出血)'을 일으킨다.]

스킬 [연격 Lv.1]의 효과 중 하나였다. 상태이상 [출혈] 에 걸리면 그 대상은 서서히 죽어 간다. 힐러(Healer)가 있어 바로 치료한다면 별거 아닌 공격이지만, 안타깝게도 이곳에는 힐러가 없었다.

풀썩.

결국, 카이지는 체력이 완전히 떨어져 바닥에 주저앉아 버렸다.

"……."

마모로타는 그냥 회랑전대원들을 무참히 죽이고 있는 동봉수를 바라만 볼 수밖에 없었다.

도대체 종잡을 수가 없었다.

기괴한 암기술과 독술, 상상불허의 사술, 기오막측한 검술, 그리고 무엇보다도 싸울수록 점점 강해지는 괴물 같은 체력.

'아수라(阿修羅)가 현신한다면 저럴까?'

마모로타는 고개를 돌려 이자송의 본대가 진군해 오는 쪽을 쳐다본다. 아까보다 확연히 가까워져 있었다. 이대로 일각 정도만 지체한다면 저들에게 퇴로가 끊겨 포위 섬멸될 것은 자명한 일.

"끼아악!"

비명이 끊이지 않는다.

남은 회랑전대원들이 어느새 하나둘 동봉수를 피해 마모로타의 주위로 모여들었다.

"장군! 처, 철수하셔야 합니다!"

겁을 모르는 회랑전대원들이 말을 더듬고 있었다. 누구 때문인지는 굳이 말하지 않아도 알 수 있었다.

"모두 철군한다."

마모로타의 명령이 떨어졌다.

"철수하라! 회랑전대 전원 철수하라!"

"성으로 돌아가자! 끼랴!"

복명복창은 전쟁터에서 꽤 효율적인 의사전달 수단이다. 곧 하나씩 회랑전대원들이 귀수성으로 퇴각하기 시작했다.

그렇지만, 정작 명을 내린 마모로타는 떠나지 않았다.

"장군! 어서 떠나셔야 합니……!"

퍽.

마모로타가 그 큰 손을 들어 바로 옆에서 떠드는 회랑전대원의 머리를 바수어 버렸다.

"거 참 겁나게 시끄럽구마이. 그냥 저들끼리 가면 될 것을. 안 그런가?"

그 한 수로 남은 회랑전대원들 또한 서둘러 장내를 떠나기 시작했다. 마모로타가 어떤 심정인지 짐작한 것이었다.

짤박짤박.

동봉수가 다가왔다.

짧았지만 치열했던 전투로 인해, 사방에 피가 홍건했다. 그에 발소리마저 걸쭉하게 변해있었다.

그가 마모로타의 일 장 앞까지 다가와서 말했다.

"이제 몇 초 안 남았어."

끝까지 모를 말만 한다.

"크크큭."

마모로타가 건조한 웃음을 토해 냈다. 그러고는 마침 자신의 발 앞에 떨어져 있는 그의 성명무기인 철곤을 줍기 위해 허리를 숙였다. 차가운 철곤의 감각이 손바닥을 타고 온몸에 전달된다.

"몇 가지 묻고 싶은 것이……."

푹.

특히나 목에 더.

"난 분명히 몇 초 안 남았다고 얘기했다."

아마 마모로타는 죽으면서도 궁금했을 것이다.

초가 뭔데……? 영원히 알지 못하게 되었다.

"너, 생각보다 경험치가 적구나."

경험치가 뭔데……?

풀썩.

그렇게 허무하게 전거 마모로타가 죽었다.

그나마 그에게 위안인 것은 트레뷰셋을 대부분 부셨다는 것일 텐데, 죽은 그의 동공에 갑자기 여러 개의 다리를 가진 큰 기구가 맺혔다.

트레뷰셋이었다.

마모로타는 몰랐겠지만, 트레뷰셋 한 대가 동봉수의 인벤토리 안에 고스란히 보존되어 있었다.

동봉수의 턴은 아직 끝나지 않았다.


「절세광인 4권 계속……」

## 부록 : 스킬과 법칙의 정리 (1)

◆신무림 온라인 법칙

— 신무림 온라인 제1법칙 : 인벤토리는 칸제(制)가 아니라 공간제다. 공간은 가로, 세로, 높이가 똑같은 백 평의 큐브모양이다.

— (수정) 신무림 온라인 제2법칙 : 신체 어느 부위(추가 : 신체의 내외를 가리지 않는다)와 직접적으로 맞대고 있는 어떤 물건이라도 인벤토리 안에 넣을 수 있다(단, 그 크기가 인벤토리보다는 작아야 하며 살아 있는 생물이 아니어야 한다).

추가 : 한 번에 하나씩만 넣었다가 빼낼 수 있는 것이 아

니라, 수련에 의해 그 개수가 더 늘어날 수도 있다.

— 신무림 온라인 제3법칙 : 곤충과 동물(아직 확실한
건 아니다. 쥐 이외의 다른 동물 실험 필요)은 경험치가 없
고, 인간을 죽이면 경험치가 오른다(강함과 약함에 따른 차
이 확인 필요).

— 신무림 온라인 제4법칙 : 인벤토리의 아이템을 빼낼
때 동봉수의 신체 중 어느 부위로든 뽑아낼 수 있다.

— (수정) 신무림 온라인 제5법칙 : 레벨 업을 하면 몸
에서 하얀빛이 사방으로 뿜어지며, 몸에 있는 상처가 모두
회복된다. 동시에 모든 스탯이 조금씩 올라간다. 즉, 힘이
세지고 몸이 날래지고 지능이 높아진다.
추가 : 이때 회복되는 건 상처뿐만 아니라, 소실된 신체
까지 모두 포함한다.

— 신무림 온라인 제6법칙 : 스킬에는 숙련도 시스템이
적용된다. 즉, 스킬을 많이 사용할수록 능숙해진다.

— (수정) 신무림 온라인 제7법칙 : 패시브 스킬 영안은
동봉수의 반경 20미터 이내에 접근한 위험인자를 파악해
서 그에게 알려 준다. 기준은 레벨 10 차이.
추가 : 영안은 동봉수에게서 '가장 가까이 있는 한 명'

의 레벨 10이상 차이가 나는 대상만 표적으로 한다. 만약, 그의 주변 10미터 거리에 한 명이 있고, 다른 한 명이 5미터 거리에 있다면 영안이 느낄 수 있는 대상은 5미터 거리에 있는 단 한 명뿐이다.

— 신무림 온라인 제8법칙 : 여럿이서 한 명을 죽이는 일이 발생하는 경우, 동봉수가 얻는 경험치의 양은 그가 사망자에게 입힌 데미지에 비례한다(첫타나 막타의 효율에 대해서는 좀 더 연구가 필요).

— 신무림 온라인 제9법칙 : 시스템이 선물로 준 아이템은 불괴(不壞)가 아니다. 녹거나 부서지거나 혹은 닳는다.

추가1 : 플레이어인 동봉수 이외에는 아이템의 효과를 느끼거나 혜택을 볼 수 없다.

추가2 : 아이템은 중복 착용이 되지 않는다.

ex) 초보자의 신을 신은 상태에서 낭인의 피혁혜를 덧신더라도, 장비창에 착용으로 표시되는 것은 초보자의 신뿐이다.

※여전히 이 모든 법칙은 정해진 것이나 확실한 것이 아닐 수 있다.

◆스킬 종류(액티브)

[경공(輕功) Lv.8 숙련도 : 55.77%]
몸을 가볍게 하는 무공. 경공을 익힘으로써 더 높이 뛸
수 있고, 떠 빨리 달릴 수 있다.
현재 적용 레벨 : Lv.8 (플레이어는 이 스킬의 레벨 수
위를 조절할 수 있습니다.)
점프력 보너스 : 80%
이동력 보너스 : 80%
초당 진기 소모 : 8 JP

[삼재검법(三才劍法) 제 1초식 횡소천군(橫掃千軍)
Lv.9 숙련도 : 28.91%]
무림에 흔하디흔한 검법. 내공이 없는 범인들도 익힐 수
있다.
횡소천군은 옆으로 베기의 강화판.
이 스킬의 모든 행동 보너스치는 관련스킬의 숙련도 및
검기/검강의 시전유무와 관련이 있습니다.
현재 적용 레벨 : Lv.9 (플레이어는 이 스킬의 레벨 수
위를 조절할 수 있습니다.)
횡참(橫斬) 사정거리 보너스 : 9%
횡참(橫斬) 공격력 보너스 : 9%
횡참(橫斬) 시전속도 보너스 : ─8%
회당 진기 소모 : 110 JP

[삼재검법(三才劍法) 제 2초식 직도황룡(直搗黃龍) Lv.9 숙련도 : 5.88%]

무림에 흔하디흔한 검법. 내공이 없는 범인들도 익힐 수 있다.

직도황룡은 찌르기의 강화판.

이 스킬의 모든 행동 보너스치는 관련스킬의 숙련도 및 검기/검강의 시전유무와 관련이 있습니다.

현재 적용 레벨 : Lv.9 (플레이어는 이 스킬의 레벨 수위를 조절할 수 있습니다.)

찌르기(刺) 사정거리 보너스 : 9%

찌르기(刺) 공격력 보너스 : 9%

찌르기(刺) 시전속도 보너스 : ―8%

회당 진기 소모 : 110 JP

[삼재검법(三才劍法) 제 3초식 태산압정(泰山壓頂) Lv.7 숙련도 : 95.99%]

무림에 흔하디흔한 검법. 내공이 없는 범인들도 익힐 수 있다.

태산압정은 내려치기의 강화판.

이 스킬의 모든 행동 보너스치는 관련스킬의 숙련도 및 검기/검강의 시전유무와 관련이 있습니다.

현재 적용 레벨 : Lv.7 (플레이어는 이 스킬의 레벨 수위를 조절할 수 있습니다.)

종격(縱擊) 사정거리 보너스 : 7%

종격(縱擊) 공격력 보너스 : 7%

종격(縱擊) 시전속도 보너스 : ―6%

회당 진기 소모 : 90 JP


[운기행공(運氣行功) Lv.3 숙련도 : 56.23%]

단전에 축기된 기를 몸에 분포된 경맥을 통해서 기를 인위적으로 유도하는 수련법.

시전 시, 일시적으로 공격력과 방어력이 상승한다.

지속시간/쿨타임 : 5/10 (분)

회당 진기 소모 : 300 JP

현재 스킬 보너스 : 공격력/방어력 상승 90%


\* \* \*


[검기(劍氣) Lv.3 숙련도 : 1.68%]

검에 기를 덧씌워 파괴력을 증가시키는 기술. 공격력을 비약적으로 증가시키지만, 검기를 유지하는 데에는 많은 공력이 필요하다.

검기의 발출효과로 사정거리가 소폭 상승한다.

공격력 보너스 : 150%

사정거리 보너스 : 3%

초당 진기 소모 : 50 JP

[보법(步法) Lv.4 숙련도 : 15.77%]
　상대의 공격을 효율적으로 피하기 위해 고안된 기묘한 걸음걸이.
　시전 시, 전후좌우 중 한 방향으로 1회 순간이동 한다.
　쿨타임 : 5분
　현재 적용 레벨 : Lv.4 (플레이어는 이 스킬의 레벨 수위를 조절할 수 있습니다.)
　이동거리 : 4m
　회당 진기 소모 : 1000 JP


◆스킬 종류(패시브)

[베기 (패시브) Lv.Max 숙련도 : 0%]
　무기를 휘두르는 기술.
　무기를 상하좌우로 움직이며 적을 격멸하는 것은 가장 기본적인 공격 중 하나이다.
　현재 행동 보너스 : 50%


[찌르기 (패시브) Lv.Max 숙련도 : 0%]
　무기를 찌르는 기술.
　무기를 전후로 움직이며 적에게 관통상을 입히는 것은 가장 기본적인 공격 기술 중 하나이다.
　현재 행동 보너스 : 50%

[던지기 (패시브) Lv.Max 숙련도 : 0%]

무기를 던지는 기술.

날카롭거나 뭉툭한 물건을 적에게 던져 상해를 입히는 기술은 고래로부터 이어져 온 기본적인 공격 기술 중 하나이다.

현재 행동 보너스 : 50%


[막기 (패시브) Lv.Max 숙련도 : 0%]

무기를 들어 막는 기술.

무기를 수직이나 수평으로 세워 적의 공격을 막는다.

현재 행동 보너스 : 50%


[영안(靈眼) (테스터 패시브) Lv.1 숙련도 : 0%]

테스터 전용 스킬.

현재 행동 보너스 : 0%

—신무림 온라인 제 7법칙 참고


\* \* \*


[연참(連斬) (조건부 패시브) Lv.2 숙련도 : 60.05%]

인간은 피를 보면 볼수록 광분하는 성향이 있다. 특히, 낭인은 생존에 대한 강한 갈망으로 이 경향이 좀 더 두드러진다.

지속시간 : 5분

5연참에 성공했을 시, 모든 능력치가 5% 상승한다. (Lv.1 활성화)

10연참에 성공했을 시, 모든 능력치가 10% 상승한다. (Lv.2 활성화)

※ 연참의 효과가 끝나기 전에 다음 적을 베어야지만 Kill 수가 유지된다.


[연격(連擊) (패시브) Lv.1 숙련도 : 17.74%]

초식(招式)이 없이, 오직 실전으로만 검을 익힌 낭인의 검격은 투박하지만 예측불허하기에 무섭다. 무엇보다도 낭인은 적이 비록 자신의 검에 격중 되지 않았다 하더라도 절대로 포기하지 않고 끈질기게 물고 늘어진다. 한 번에 베지 못한다면, 두 번, 세 번, 심지어 백 번도 넘게 휘둘러 반드시 적을 격살한다.

연이어 플레이어의 공격을 받은 적에게 특수한 상태이상을 일으킨다.

2연격 성공 시, 적에게 '출혈(出血)'을 일으킨다. 2연격 실패 시, 적을 뒤로 밀어낸다. (Lv.1 활성화)

※ 잇따른 공격이 연격으로 인정되기 위해서는 공격과 다음 공격이 1초 안에 이루어져야 한다. 발생하는 상태이상의 효과는 레벨에 따라 차이가 난다.


[철포삼(鐵布衫) (패시브) Lv.1 숙련도 : 91.45%]

몸의 피부를 극도로 단단하게 하는 외기공.

영구적으로 체력과 방어력이 상승한다.

체력 / 방어력 보너스 : 5%


[생존본능 (패시브) Lv.2 숙련도 : 0.00%]

비정한 강호에서 살아남기 위해, 낭인은 어려움에 처할수록 이를 악물고 더욱 악착같이 싸운다.

체력이 일정치 이하로 떨어지는 경우, 체력을 제외한 나머지 능력치가 생존에 대한 강한 열망으로 인해 상승한다.

현재 체력 : 100 / 100 (%)

체력이 50% 이하로 떨어질 시, 모든 능력치가 5% 상승한다. (Lv.1 활성화)

체력이 20% 이하로 떨어질 시, 모든 능력치가 10% 상승한다. (Lv.2 활성화)

※ 체력이 떨어졌다가 다시 일정치를 초과해서 회복되는 경우에도 1분간은 생존본능의 효과가 지속된다.


※ 스킬은 레벨업에 따라 더 생길 수도 있다.

절세
광인

1판 1쇄 찍음 2014년 7월 7일
1판 1쇄 펴냄 2014년 7월 10일

지은이 | 곤 붕
펴낸이 | 정 필
펴낸곳 | 도서출판 **뿔미디어**

편집장 | 이재권
기획 · 편집 | 윤영상

출판등록 | 2002년 9월 11일 (제081-1-132호)
주소 | 경기도 부천시 원미구 상동로 117번길 49(상동) 503호 (우)420-861
전화 | 032)651-6513 / 팩스 032)651-6094
E-mail | bbulmedia@hanmail.net
홈페이지 | http://bbulmedia.com

## 값 8,000원

ISBN 979-11-315-2576-0 04810
ISBN 979-11-315-1159-6 04810 (세트)